LUNDI

HORS DU TEMPS

E. L. TODD

Fallen Publishing

Lundi

1

Une autre journée au bureau
Francesca

LORS DE MON PREMIER JOUR DE TRAVAIL AU GRIND, UN CAFÉ DE Myrtle Beach, le bruit constant du mixeur me donna la migraine. Dès qu'il cessait de mixer durant une foutue seconde, il fallait qu'il recommence ! Prendre les commandes des clients était une prise de tête, car je ne pouvais entendre un mot de ce qu'ils disaient. Et dès que j'élevais la voix pour qu'ils puissent me comprendre, le mixeur s'éteignait et me donnait l'air d'une tarée hystérique.

Mais à présent, ce mixeur me donnait l'impression d'être chez moi.

Je travaillais au Grind depuis presque trois ans. C'était un excellent job étudiant. Il était flexible avec mes horaires de cours, et quand je voulais zapper le travail pour me rendre à une fête, je pouvais facilement échanger ma place avec un autre employé.

Ce n'était pas l'emploi de mes rêves, mais ça me convenait pour l'instant.

Le café était mort cet après-midi-là, donc j'ouvris mon pot de pâte faite maison et la battis avec une cuillère jusqu'à ce qu'elle soit à nouveau veloutée. Puis je la versai dans un moule et l'enfournai.

— Qu'est-ce que tu nous prépares ?

Marie, ma coloc et meilleure amie, attrapa son tablier et le noua autour de sa taille. Elle empestait le tabac, et je sus qu'elle avait été fumer dans la ruelle. J'avais tenté de l'encourager à arrêter plusieurs fois, mais n'avait fait qu'empirer sa dépendance.

— Des muffins aux pommes et aux cerises.

— Hmmm… ça a l'air délicieux.

J'étais célèbre pour mon amour de la pâtisserie. Nous avions un four à la maison, mais il n'était pas à la hauteur de celui du Grind. J'en profitais dès que je le pouvais.

— Ils ne sont pas trop sucrés, comme ça, ils ne te donneront pas le diabète.

Marie fourra quelques pastilles à la menthe dans sa bouche pour couvrir les relents de tabac.

— Ce n'est pas le diabète qui m'inquiète.

— Juste le cancer du poumon ?

C'était un coup bas mais je m'en balançais. Marie leva les yeux au ciel.

— Je fume deux fois par jour… parfois une seule fois.

— Si tu fumes si rarement, pourquoi fumer du tout ?

Je posai ma main sur ma hanche et plissai les yeux. Je n'étais pas encline à critiquer, mais je voulais que ma meilleure amie soit de ce monde aussi longtemps que possible.

— Ferme-la et retourne cuisiner.

Elle me contourna et se dirigea vers l'avant du café. Je levai les yeux au ciel, bien que personne ne soit là pour me voir. Puis je réglai le minuteur du four.

— MINCE, ILS SONT VACHEMENT BONS.

Marie grignotait un muffin au comptoir. Quelques clients étaient installés aux tables de l'entrée, mais personne ne faisait la queue. Heureusement, notre gérant était assez indulgent avec nos petites folies. Une fois, un client s'était plaint que Marie l'ait servi en étant au téléphone, mais notre gérant n'avait pas semblé s'en soucier.

— Merci.

— Tu utilises de vraies pommes et cerises ? demanda-t-elle, la bouche pleine.

— Ouaip. Le naturel est la seule voie à suivre.

J'essayais de ne pas manger toutes mes pâtisseries, auquel cas je deviendrais vraiment diabétique.

— On pourrait probablement les vendre à deux dollars pièce.

Elle termina le muffin avant de lécher les miettes sur ses doigts.

— Deux dollars ? demandai-je. Plutôt quatre-vingt-dix-neuf centimes.

— Tu plaisantes ? s'exclama-t-elle. Notre croissant au chocolat se vend à 3,5$.

— Ouais, l'arnaque quoi.

Je remarquai les miettes autour de sa bouche mais ne dis rien car je savais qu'elle finirait par s'y atteler. Pour l'instant, elle était concentrée sur ses doigts.

La cloche située au-dessus de la porte sonna quand quelqu'un entra dans le café. Cette clochette était là pour nous sauver la mise lorsque nous faisions des choses que nous n'étions pas censées faire – comme maintenant. Je posai le plateau de muffins sur le comptoir avant de lisser mon tablier, sans regarder qui était le client.

— Oh mon Dieu ! s'exclama Marie avant de baisser la voix pour que je sois la seule à pouvoir l'entendre. C'est lui !

— Lui qui ?

— Ce mec super canon qui vient souvent ici. Il fait du télétravail ou quelque chose comme ça. Il a l'air trop âgé pour être à la fac…

Elle lissa immédiatement ses cheveux avant de vérifier son haleine.

Je jetai un coup d'œil par-dessus le comptoir et aperçus le mec dont elle parlait. Elle n'exagérait pas sur sa beauté. Il était vraiment canon. Ses cheveux marron foncé étaient un peu ébouriffés, mais c'était sans doute fait exprès. Ils étaient fournis et épais, et il était clair qu'il passait souvent les doigts dedans lorsqu'il était plongé dans ses pensées. Il portait un pantalon et une chemise à col avec une cravate bleu foncé. Il devait faire un bon mètre quatre-vingt-cinq, et il remplissait bien ses vêtements. Même avec sa chemise à manches longues, les muscles de ses bras étaient évidents. Son torse était épais et son ventre musclé. Il se tenait en bout de file et avait les yeux levés vers le menu, décidant ce qu'il voulait commander.

C'était franchement une bombe.

— Invite-le à sortir, lui murmurai-je.

— T'es folle ? lâcha-t-elle. Hors de question !

— Pourquoi pas ?

— Parce que c'est nul, dit-elle rapidement. Les filles n'invitent pas les garçons à sortir.

— Depuis quand ? demandai-je. S'il dit non, tant pis. Passe à autre chose. Mais s'il dit oui… invite-le à boire un verre.

— Hors de question que je lui demande ça.

Elle leva sa main pour que je la boucle. Quand elle faisait ça, je savais qu'elle voulait vraiment que j'abandonne le sujet.

— Tu ne crois pas qu'un mec trouverait ça sexy ?

— Quoi ? demanda-t-elle.

— Qu'une fille vraiment canon l'invite à sortir ?

— Je vais juste flirter un peu et voir où ça mène.

Le mec s'approcha du comptoir, comme s'il était prêt à commander.

— Marie, attends !

J'attrapai son bras et une serviette.

— Quoi ? demanda-t-elle, irritée.

— T'as du muffin partout sur le visage.

Je lui tendis la serviette.

— Oh mon Dieu ! s'exclama-t-elle en s'essuyant la bouche. C'est parti ?

— Non, dis-je en attrapant la serviette. Laisse-moi faire.

Elle jeta un regard furtif vers le comptoir.

— Merde, il est là.

Sans un autre mot, elle décampa dans la réserve.

Je jetai la serviette dans la poubelle puis sentis mon rythme cardiaque accélérer. Marie allait rater sa chance avec M. Beau Gosse, mais je ne pouvais pas la laisser lui faire face avec des lèvres pleines de crasses.

Je m'approchai du comptoir et prétendis que rien ne s'était passé. Comme si nous n'étions pas en train de parler de son physique canon deux secondes plus tôt.

— Salut. Que puis-je faire pour vous servir ? demandai-je en le regardant dans les yeux.

Ses yeux bleus étaient un peu surprenants, au début. J'avais déjà vu des yeux bleus, chez des tas de gens. Certains étaient plus brillants que d'autres. Certains étaient un mélange de vert ou de gris. Les siens étaient inhabituellement foncés et vifs. Ils étaient si beaux qu'ils semblaient presque irréels. Ils contrastaient bien avec sa peau claire. Chaque trait de son visage était parfait, mais l'ensemble avait un effet fatal. Je ne pouvais détecter un seul défaut nulle part.

— Salut. Comment ça va ?

Il me parla en me regardant dans les yeux. Habituellement, les gens fixaient le panneau ou la vitrine de pâtisseries lorsqu'ils me parlaient. Ils ne me prêtaient jamais attention. J'étais juste la nana qui leur préparait leur café.

— Super, dis-je en me plantant devant la caisse. Et toi ?

— Un peu fatigué. D'où ma raison d'être ici.

Il posa une main sur le comptoir, révélant une montre reluisante à son poignet. Il avait un air assez décontracté, pas prétentieux comme je l'aurais imaginé.

— Il te faut de l'essence pour ton moteur ? dis-je en lui lançant un sourire chaleureux.

— Pour ainsi dire.

Ses yeux ne quittèrent jamais mon visage.

— Alors va pour un café fort. Qu'est-ce qui te plairait ?

— Je le bois généralement noir. Sauf si tu as autre chose à recommander.

Je n'étais pas prête à être mise sur la sellette, mais je gardai mon sang-froid.

— Je peux toujours ajouter une dose d'Espresso – ou deux. On dirait que tu en as bien besoin.

Je souris pour qu'il sache que je plaisantais. Le fantôme d'un sourire se dessina sur ses lèvres. Au lieu de soulever les coins de sa bouche, ses yeux s'éclaircirent. Ils semblaient être le portail vers ses pensées.

— Je fais confiance à ton jugement.

— Deux doses d'Espresso, alors, dis-je en prenant note dans un coin de ma tête. Autre chose ?

Ses yeux quittèrent mon visage pour la première fois depuis qu'il était arrivé au comptoir.

— J'aimerais un de ces muffins.

Je jetai un coup d'œil derrière moi et vis les muffins aux pommes et cerises que j'avais préparés. Je ne pus masquer la surprise dans ma voix.

— Ceux-là ?

— Oui. Ils sont à vendre, non ?

— En fait, je les ai préparés… pour m'amuser.

Son sourire réapparut.

— Alors je dois vraiment en goûter un. Je veux même bien le payer.

Accepter de l'argent ? Ce serait bizarre.

— C'est offert par la maison. On dirait que tu as passé une sale journée.

Je saisis un plateau et déposai un muffin dessus.

— Waouh ! Je n'ai jamais eu un si bon service ici.

Ne sachant pas quoi répondre, je lui fis un petit sourire avant de préparer son café. Lorsqu'il fut prêt, je le posai sur le plateau et l'appelai. Il me tendit l'argent.

— Je ne t'ai jamais vue ici avant.

— Je travaille ici depuis un bout de temps.

Je lui rendis sa monnaie, et le simple fait de toucher sa main m'électrifia. Sa peau était légèrement rugueuse, comme s'il utilisait constamment ses mains.

— Alors j'espère que je te reverrai la prochaine fois.

— Et j'espère que tu ne seras pas aussi fatigué quand ça arrivera.

Cette fois-ci, il me lança un véritable sourire.

— J'espère aussi.

Il attrapa son plateau et s'installa à une table proche de la fenêtre. Il sortit un ordinateur portable de sa sacoche et le posa sur le comptoir.

— T'as vraiment de la veine, charogne !

Je me retournai et aperçus Marie. Son visage n'était plus couvert de miettes.

— Quoi ?

— Il flirtait à fond avec toi.

— Pas du tout, argumentai-je.

— Il ne m'a jamais parlé comme ça.

Elle croisa les bras et l'observa dans l'entrée. Elle poussa un sifflement silencieux.

— C'est vraiment un beau gosse.

— Il a vraiment quelque chose de spécial…

Mon regard se posa sur ses grandes mains. Je me demandais ce qu'il pouvait bien faire avec.

— Invite-le à sortir.

Je me retournai si vite vers Marie que je me tordis le cou.

— Quoi ?

— Où est passée ta théorie d'inviter les mecs à sortir ?

— Et bien, c'est *ton* mec.

C'était la règle tacite entre nous.

— Absolument pas, dit-elle en riant. J'ai juste dit qu'il était canon. Je n'ai aucune revendication sur lui. Et on dirait que tu as toutes tes chances.

— Ma couille, je lui ai parlé, quoi, deux minutes ?

— Ne me *couille* pas ! dit-elle en levant un doigt. Ce n'était que des paroles en l'air, quoi.

— Non, répondis-je, sur la défensive. Mais je ne le connais même pas.

— Et alors ? Elle posa les mains sur ses hanches. Pas besoin de parler beaucoup pour s'envoyer en l'air.

Je levai les yeux au ciel et m'éloignai.

— Là, tu t'emballes un peu.

Elle attrapa un muffin et me le lança dans le dos.

— S'il revient, je t'enquiquinerai plus qu'une mouche sur un caca.

— Et je suis sûre que tu tiendras parole.

Une semaine passa sans voir M. Beau Gosse. Pendant des jours après ça, je pensai à ces yeux bleus expressifs. Son visage était indéchiffrable, mais en regardant dans ses yeux, vous pouviez trouver tout ce que vous cherchiez.

Il exsudait l'assurance, mais parlait poliment. Au lieu de me traiter comme une mule, comme le faisaient la majorité des clients, il m'avait regardé dans les yeux en me parlant. Peut-être était-il commerçant. J'étais certaine qu'il était capable de vendre de tout, même des radios détraquées.

Après qu'une semaine se soit écoulée, je commençai à l'oublier. C'était l'un des hommes les plus attirants que j'aie jamais vu, mais peut-être avais-je exagéré son charme après-coup. Un mec pouvait-il être si canon ? Parfois, le souvenir d'une chose était meilleur que la véritable chose.

Heureusement, Marie ne m'en reparla pas. Elle l'avait sans doute oublié, elle aussi. Nous avions l'esprit trop occupé par nos études. J'avais quelques examens cette semaine-là et un rapport de labo à rendre. J'adorais sortir et flirter, mais je n'avais pas tellement de temps à y consacrer.

Un mardi après-midi, la cloche sonna. Dès que j'entendais ce bruit, je me tournais vers la porte en espérant voir M. Beau Gosse. Mais ce n'était jamais lui. Aujourd'hui, je n'avais même pas pris la peine de regarder, ayant enfin cessé de penser à lui.

— Maintenant, c'est toi qui a l'air fatiguée.

Je levai la tête et vis les yeux que je n'avais pas oubliés. Sa présence me pris de court, mais j'agis comme si j'avais su qu'il était là pendant tout ce temps.

— J'imagine qu'on a échangé nos places.

Il se tenait devant le comptoir, vêtu de sa tenue de bureau typique. Je me demandais ce qu'il faisait dans la vie, mais ne lui posai pas la question.

— J'aurais dû penser à t'amener un café !

Cette expression amusée miroitait dans ses yeux. Il avait du bagout et semblait l'utiliser souvent.

— Je bois déjà bien trop de caféine comme ça, dis-je en

m'installant à la caisse. Qu'est-ce que je peux te servir aujourd'hui ?

— Pour commencer, j'aimerais un autre de ces muffins.

Ceux que j'avais préparés ?

— Il t'a plu ?

Un sourire authentique se dessina sur ses lèvres.

— Je l'ai englouti en dix secondes. Ça répond à ta question ?

Je tentai de ne pas rougir. Je m'empourprais toujours quand quelqu'un me complimentait.

— Je suis ravie que ça t'ait plu. La pâtisserie est un de mes passe-temps.

— Peut-être que tu devrais en faire ton métier et les forcer à fermer boutique.

Ouvrir ma propre pâtisserie était mon rêve. Je ne faisais des études que pour me préparer à ouvrir un commerce… et au cas où je n'y parvenais pas et devais trouver un autre boulot.

— Je vais y réfléchir.

Il me dévisagea sans dire un mot. Son regard n'était pas envahissant ou inconfortable. Mais il était le seul à pouvoir s'en sortir comme ça. Si quelqu'un d'autre m'avait regardée ainsi, j'aurais trouvé ça louche.

— Un autre Espresso ?

— Un café noir, s'il te plaît. Je ne suis pas aussi fatigué aujourd'hui.

— Tu as eu une bonne nuit de sommeil ?

— Quelque chose dans le genre.

Un sourire étira les coins de ses lèvres.

Je ne savais pas ce que signifiait son commentaire. Insinuait-il qu'il avait tiré son coup hier soir ? Ou mon imagination s'emballait-elle ? L'idée de le voir nu et d'être la fille dans son lit me donna la chair de poule. J'évacuai cette pensée trop perverse de mon esprit.

— Autre chose ?

— Tu n'as plus de ces excellents muffins ?

— Non, malheureusement pas.

— Peut-être la prochaine fois, dit-il en haussant les épaules.

— Ouais...

Son aura d'assurance me donnait chaud et froid en même temps. Parfois, lorsqu'il s'approchait suffisamment, je pouvais sentir son parfum. Il était léger et pas étouffant. Je pensais pouvoir détecter son odeur naturelle, comme du savon.

— Ça fera 2,15 dollars.

Il ouvrit son portefeuille et me tendit un billet de cinq.

Je lui pris et effleurai ses doigts, sentant cette électricité à nouveau. Mon attirance était évidente. J'espérais juste qu'elle n'était pas aussi évidente à ses yeux.

— Voilà ta monnaie.

Je lui tendis sa monnaie et le ticket. Puis je le regardai en sentant mon cœur marteler dans ma poitrine. Il me rendait nerveuse, ce qui était inhabituel. Personne ne m'avait jamais rendue nerveuse.

Il fourra la monnaie dans son portefeuille.

— Tu t'appelles comment ?

Mon cœur remonta dans ma gorge d'anticipation. Au fond de moi, j'espérais qu'il m'inviterait à sortir avec lui. La pensée d'être assise en face de lui dans un restaurant et de parler de musique fit papillonner mon estomac. Je ne savais rien de lui, mais je voulais tout apprendre. Et je n'aurais pas dit non à un baiser chaste non plus.

— Francesca. Mais tout le monde m'appelle Frankie.

— Frankie, dit-il avec un grand sourire, cette fois-ci. Ça me plaît.

— Et toi ?

— Hawke.

Hawke ? Je n'avais jamais entendu un tel nom. Mais il semblait lui convenir... d'une manière inhabituelle.

Il surprit ma confusion.

— C'est mon second prénom, mais tout le monde m'appelle comme ça.

— Oh… c'est sympa.

Je voulais lui demander son vrai prénom, mais il me l'aurait dit s'il avait voulu que je le sache. Il attrapa son café avant de s'éloigner.

— À un de ces quatre, Frankie.

— Oui, à la prochaine.

Il ne m'accorda pas un autre regard en s'asseyant et en se mettant au travail.

Je poussai un profond soupir tandis que la déception me submergeait. Je ne savais pas ce que j'avais espéré qu'il se passe. Mais j'aurais aimé me retrouver avec son numéro de téléphone en main.

Marie se mettait du vernis sur les ongles lorsque j'entrai.

— Comment s'est passé le boulot ?

— Super. M. Beau Gosse a un nom.

Je posai mon sac sur le plan de travail avant d'ôter l'élastique de mes cheveux.

— Ooh…

Elle souffla sur son gros orteil avant de refermer le flacon de vernis.

— Comment il s'appelle ? Je parie que c'est un nom vraiment sexy. Comme… Dublin. Non, Carter. Attends…

Elle continua à énumérer des noms.

— T'as pas bientôt fini ? demandai-je d'un ton sarcastique.

— D'accord. Alors ?

— Il s'appelle Hawke.

Ses yeux s'écarquillèrent de surprise. Puis elle hocha lentement la tête.

— Qu'est-ce que je t'avais dit ? Je savais que ce serait canon.

— Apparemment, c'est son second prénom, mais c'est comme ça qu'il se fait appeler.

— C'est quoi, son prénom ?

— Je ne lui ai pas demandé.

— Tu as demandé autre chose ? demanda-t-elle en se penchant en avant d'impatience. Peut-être un rencard ?

Elle sourit comme une idiote.

— Non. Et il ne m'a pas invitée non plus.

Elle lança un sourire victorieux.

— Pas si facile, pas vrai ?

— Je ne suis pas sûre qu'il soit intéressé par ça. Un mec aussi séduisant a probablement déjà une petite amie – ou une longue liste d'admiratrices. Je doute qu'il soit disponible.

— Mais tu ne le sauras pas tant que tu n'auras pas demandé, pas vrai ?

Elle recommença à vernir ses ongles.

— J'imagine.

J'aurais dû ravaler mes paroles. Hawke et moi flirtions dès que nous nous voyions – du moins, je supposais que c'était flirter. Si ça allait quelque part, je voulais le savoir. Je n'étais pas pressée, mais je n'aimais pas non plus poireauter.

Une semaine plus tard, Hawke réapparut. Comme toujours, il portait son pantalon et sa chemise à col. Sa sacoche était pendue à son épaule, et ses cheveux étaient ébouriffés par une longue journée à passer ses doigts dedans. Son aura respirait l'assurance et le pouvoir. Il n'avait nul besoin d'ouvrir la bouche pour en donner l'impression.

— Salut, Frankie.

Il s'approcha du comptoir, les yeux rivés sur mon visage. Ses épaules baraquées étaient formidables et sexy à la fois. Je voulais m'y accrocher tandis que je le chevauchais sauvagement.

Reste concentrée.

— Salut, Hawke.

— Comment vas-tu aujourd'hui ?

— Super bien.

Maintenant que tu as franchi la porte. J'avais attendu que cette cloche-là sonne toute la semaine. Chaque fois que je levais les yeux, j'étais déçue. Mais il était enfin là.

— Comment ça va ?

— Je suis assoiffé.

Il ouvrit son portefeuille et posa la monnaie sur le comptoir.

— La même chose que d'habitude, s'il te plaît.

— Un café noir.

Il hocha la tête.

— Tu ne varies jamais ?

— Je suis prévisible, dit-il en haussant les épaules.

Je versai son café et le déposai sur le comptoir. Cette fois-ci, je n'eus pas besoin de lui donner le prix. Je rassemblai sa monnaie et la lui tendis.

— Tu bosses dans le coin ?

— À quelques kilomètres d'ici. Je viens ici parce que c'est généralement mort – et silencieux.

— À l'exception du mixeur.

Il sourit légèrement en rangeant sa monnaie dans son portefeuille.

Allait-il m'inviter à sortir ? Était-il intéressé ? Ou flirtait-il avec toutes les filles ?

Il glissa son portefeuille dans sa poche et attrapa son café.

Il n'allait pas m'inviter. Je ne m'étais encore jamais sentie aussi nerveuse en invitant un garçon, mais c'était le cas à présent.

— Tu aimerais aller boire un verre un de ces jours ?

Après l'avoir dit, je réalisai que ça n'était pas si difficile. Soit il acceptait mon offre et je serais aux anges, soit il dirait non et je passerais à autre chose.

Une légère réaction apparut dans son regard. Il sembla surpris par ma demande. Il reposa sa tasse sur le comptoir, comme s'il avait l'intention d'y rester.

— Avec grand plaisir.

Mon cœur se retourna.

— Je pensais que tu avais un copain. Les jolies filles comme toi ne sont pas souvent célibataires.

Je tentai d'empêcher mes joues de rougir mais sus que j'échouais misérablement.

— Tu as de la chance.

— C'est vrai.

Il sortit son téléphone et me demanda mon numéro.

— Tu es libre vendredi ?

— Pour toi.

Ses yeux s'éclaircirent légèrement.

— Je passerai te chercher à dix-neuf heures.

— Parfait !

— Je me réjouis d'avance, Frankie.

Il me lança un dernier regard avant de prendre son café et de se diriger vers la table.

J'attrapai une serviette et me mis à nettoyer le comptoir et les appareils. Mes mains tremblaient d'excitation. Mon cœur palpitait et mes pieds ne voulaient pas rester immobiles.

J'avais un rencard avec M. Beau Gosse.

2

Premier rencard
Francesca

— LAISSE-MOI ARRANGER TES CHEVEUX UNE DERNIÈRE FOIS.

Marie prit le fer à boucler et fit quelques spirales de plus à l'arrière de mon crâne. Puis elle vaporisa de la laque sur mes cheveux.

— OK. Maintenant, c'est parfait.

Elle faisait toute une histoire de ce rendez-vous.

— Ce n'est qu'un rencard.

— Mais ce mec est canon.

— Tous mes rencards sont canons.

— Mais Hawke est une toute autre catégorie de canon.

Elle me fit tourner sur moi-même et me regarda de la tête aux pieds.

— Tu es superbe. Il va te baver dessus.

— Il est canon et il a l'air vraiment sympa. Mais c'est juste un mec normal, comme toi et moi.

Marie ne semblait pas avoir entendu un seul mot de ce que je venais de lui dire.

— Je sors jusqu'à après minuit pour vous laisser plus d'intimité.

Elle me lança un clin d'œil théâtral.

— Je ne vais pas coucher avec lui.

— Et pourquoi pas ?

— Je ne le connais pas.

— Qu'est-ce que tu as besoin de connaître ? demanda-t-elle. Il est canon. Point final.

Marie et moi opérions nos vies sentimentales de manières très différentes. Parfois, son approche était meilleure, parfois c'était la mienne.

— On verra comment ça se passe.

— J'ai mis des capotes dans ta table de nuit juste au cas où.

— Marie !

— Quoi ? demanda-t-elle innocemment. On ne sait jamais. Peut-être qu'il oubliera d'en apporter.

— Tu es si—

Quelqu'un toqua à la porte. Marie tapa dans ses mains, toute excitée.

— Le voilà !

— Oh mon Dieu, on dirait ma mère !

— Je suis ta meilleure amie, donc je suis un peu comme ta mère.

— Non, une meilleure amie est censée être cool, affirmai-je. Et une mère est censée être agaçante.

— Peu importe, dit-elle en balayant mon commentaire de la main. Va ouvrir la porte. Je veux voir la tête qu'il fera en te voyant.

Je dus lutter de toutes mes forces pour ne pas lever les yeux au ciel. Je portais un jean et un bustier noir. Je pensais que nous irions dans un endroit décontracté et n'avais pas vu l'intérêt de me mettre sur mon trente-et-un. J'aimais ce haut parce qu'il me donnait l'air plus mince que je n'étais. De plus, j'avais de belles épaules. Mais je n'étais pas fan de mes jambes, raison pour laquelle je portais un jean.

J'ouvris la porte et vis Hawke sur le seuil. C'était la première fois que je le voyais porter un jean. Il était taille-basse, et il portait des Vans aux pieds. Son t-shirt gris lui allait bien. Il dévoilait la puissance de son torse et son ventre plat. Et naturellement, son visage était superbe.

— Salut.

Je tentai de ne pas donner l'impression de le reluquer si avidement.

Hawke ne se montra pas discret non plus. Il me regarda de haut en bas, l'admiration évidente dans ses yeux. Il posa les yeux sur mes épaules avant de descendre jusqu'à ma taille. Ses yeux se posèrent enfin sur mon visage, et lorsque ce fut le cas, il ne les détourna pas.

— Tu es superbe.

— Merci. T'es pas trop mal dans une tenue normale.

Hawke me lança un demi-sourire.

— Je suis pas trop mal dans à peu près tout ce que je porte.

Son regard espiègle me signala qu'il n'était pas aussi arrogant qu'il en donnait l'impression.

— Tu es prête ?

— Laisse-moi prendre mon sac.

Je fis un pas à l'intérieur et récupérai mon sac sur la table.

Marie se tenait à côté, l'air d'une lycéenne curieuse. Hawke l'aperçut depuis le seuil de la porte.

— Je te reconnais. Tu travailles au Grind aussi, pas vrai ?

— Oui, dit-elle en s'approchant de la porte et en serrant sa main. Frankie et moi sommes colocataires.

— Cool, dit Hawke en lâchant sa main. Ça semble être un chouette endroit pour travailler.

— Si on aime les gens qui sont grincheux sans leur dose de café, dit Marie en riant.

— Et si on aime s'empiffrer de pâtisseries, ajoutai-je.

Hawke sourit.

— Vous ne donnez pas l'air de vous empiffrer tant que ça.

Marie se pencha vers moi et murmura dans mon oreille.

— Il me plaît encore plus.

Je devais sortir de là avant que Marie ne me ridiculise.

— Passe une bonne soirée.

J'attrapai Hawke par le bras et le tirai à ma suite.

— Vous aussi.

Marie nous fit signe à la porte d'entrée comme un parent enquiquinant.

Hawke gloussa en marchant à mes côtés.

— Vous êtes très proches, pas vrai ?

— Malheureusement.

Nous atteignîmes son pick-up et il m'ouvrit la portière côté passager.

— Les bons amis ne courent pas les rues. C'est bien que vous soyez là l'une pour l'autre.

Il referma la portière derrière moi avant de s'installer au volant.

— Oui, elle est géniale. Je l'adore… même quand elle agit comme ça.

Je regardai notre immeuble et la vis jeter un coup d'œil par la fenêtre comme une maman stressée et curieuse. Il démarra le moteur.

— Tu as faim ?

— J'ai toujours faim.

— Super. Tu aimes la cuisine italienne ?

— J'adore la cuisine italienne.

Il me lança un sourire amusé.

— Tu n'es pas trop difficile.

J'espérais juste ne pas être trop facile.

En face de moi, Hawke se plongea dans son menu. Son t-shirt moulait bien ses épaules. J'avais le sentiment qu'il serait beau peu importe ce qu'il portait – ou ne portait pas.

— Je déteste devoir te demander ça…

Il leva les yeux de son menu et croisa mon regard. Je me raidis légèrement en attendant de voir ce qu'il allait me demander.

— Tu as plus de vingt-et-un an ? Je voulais commander une bouteille de vin.

Je soufflai tout l'air dans mes poumons en me détendant.

— Oui. J'ai vingt-deux ans.

Le soulagement éclaira son visage.

— Je voulais juste être sûr.

Quel âge avait-il ?

Lorsque le serveur apparut, Hawke commanda le vin et son dîner. Je fis de même avant de lui tendre mon menu.

N'ayant plus rien d'autre à regarder, nous nous dévisageâmes. Je pouvais regarder n'importe qui dans les yeux sans me sentir mal à l'aise, mais ce contact prolongé était assez inconfortable. Cependant, Hawke ne semblait pas dérangé. Il me dévisageait ouvertement, mais pas de manière importune.

J'aimais ça.

Il émanait de lui une assurance évidente, sans qu'elle soit indécente ou arrogante. Il savait qu'il était beau, et ne s'en cachait pas. Mais il n'était pas pour autant exécrable.

— Alors, dis-m'en plus sur toi, dit-il.

— Je déteste cette question.

Il me fixait de son regard agréable habituel.

— Pourquoi ?

— Trop ouverte. Demande-moi ce que tu veux savoir et je te le dirai.

Il était assis droit comme un I sur sa chaise.

— Alors ça ressemble plus à un interrogatoire.

Je ne pouvais pas le nier.

— C’est vrai. Alors, jouons plutôt à un jeu.

— Quel genre de jeu ? demanda-t-il en haussant un sourcil, comme s’il était intrigué.

— Je vais te poser une série de questions et tu dois y répondre.

— Et en quoi est-ce différent ?

Il tenta d’effacer le sarcasme de sa voix.

— Je vais te montrer, dis-je avant de m'éclaircir la gorge. Thé ou café ?

— Café, lâcha-t-il.

— Gaufres ou crêpes ?

— Gaufres.

— Plage ou neige ?

— Plage, dit-il en plissant les yeux. Maintenant, tu en sais un rayon sur moi !

Au lieu d’être ennuyé, il semblait amusé.

— Hé, ce sont des choses importantes.

Il gloussa.

— Oui, c’est important de savoir si je suis plutôt gaufres ou crêpes.

— Et si je voulais te préparer le petit-déjeuner un matin ?

Ses yeux s’assombrirent d’intérêt. Je n’avais pas réalisé la manière dont il pourrait interpréter ces paroles avant qu’il ne soit trop tard. Son esprit voyagea à un endroit que je n’avais pas anticipé.

— Alors maintenant, tu pourras me préparer des gaufres et un café à la plage.

Le léger sourire ne s’évanouit pas de ses lèvres.

— Exactement !

— Mon tour, dit-il. Requins ou dinosaures ?

— C'est vraiment une question bizarre, dis-je en riant.

— Je pense que c'est de la plus haute importance, dit-il en haussant les épaules.

— Dinosaures.

— Cuir ou tissu ?

— Cuir.

— Rochers ou sable ?

— Sable, répondis-je.

Il sourit.

— Maintenant, je connais ton âme.

— Ah ah ! oui, tu as raison.

Je gardai mes mains sur mes cuisses, me tordant les doigts sous la table pour qu'il ne puisse les voir. Je me sentais un peu nerveuse et ne pouvais lutter contre ce sentiment.

— Tu étudies toujours ?

Il regarda par la fenêtre avant de reposer ses yeux sur moi.

— J'étudie à l'Université Webster.

— C'est une bonne fac, dit-il en hochant la tête. Qu'est-ce que tu étudies ?

— Les affaires.

— Vraiment ? demanda-t-il sans prendre la peine de cacher sa grimace.

Il sembla se rendre compte qu'il s'était montré grossier, parce qu'il chercha à se rattraper.

— Désolé. Il n'y a aucun mal à étudier ça. C'est juste que je ne m'y attendais pas de ta part.

— Qu'est-ce que tu t'attendais à ce que j'étudie ?

— Quelque chose d'intéressant, dit-il en haussant les épaules. Comme l'art, ou la musique.

— Je suis vraiment nulle dans ces domaines-là. Tu devrais voir les peintures au doigt que je faisais étant petite.

— J'adorerais ça, dit-il d'un ton tout à fait sérieux.

Je continuai.

— J'aimerais ouvrir ma propre pâtisserie un jour. C'est mon rêve depuis que je suis toute petite. Mais je voulais étudier les affaires avant de me lancer. Je ne sais rien de comment faire tourner une boutique ou se lancer dans un commerce. Et si les choses ne se passent pas comme je le veux, au moins j'aurai un diplôme pour rattraper le coup.

Hawke hocha la tête d'un air intéressé.

— Tu as la tête bien ancrée sur les épaules. Et si tes pâtisseries sont aussi bonnes que celle que j'ai goûtée, alors tu réussiras sans problème.

Certaines personnes pensaient que mon rêve était idiot. C'était sympa d'entendre des encouragements, pour une fois.

— Merci. Et toi, qu'est-ce que tu fais ?

— Je suis stagiaire.

Il soupira comme s'il n'aimait pas l'avouer tout haut.

— Je travaille pour une société d'investissement. En gros, nous gérons les investissements de nos clients, mais ne prenons pas de décisions. Nous sommes plutôt des conseillers qu'autre chose.

— Cool.

— Le stage ne paie pas grand-chose, donc j'ai hâte de le terminer et de pouvoir passer aux choses sérieuses.

— Ils t'offriront sans doute un poste à temps plein quand tu auras terminé.

— C'est possible.

L'idée ne semblait pas l'emballer plus que ça. Peut-être n'aimait-il pas la société pour laquelle il travaillait.

— Mon frère voudrait être boursier. Vous avez pas mal de choses en commun.

— Je suis sûr que oui.

Lorsque le serveur arriva avec le vin, Hawke le sirota avant de le reposer sur la table.

— Tu as quel âge, sans indiscrétion ?

— Je viens d'avoir vingt-six ans.

— Oh. Joyeux anniversaire en retard.

— Merci, dit-il en hochant la tête.

— Tu as étudié où ?

— En Caroline du Sud, répondit-il. J'ai terminé mon Master au printemps, et maintenant me voilà dans la vie active.

Je fis le calcul dans ma tête et réalisai que nous avions quatre ans de différence. Ça me semblait beaucoup, mais je ne voyais aucune raison d'en faire tout un plat. Ce n'était pas comme si j'avais dix-huit ans et lui vingt-deux.

— Félicitations. On dirait que tu peux être fier de toi.

Il but une autre gorgée de vin.

— Peut-être bien, oui.

Je remarquai qu'il n'aimait pas beaucoup parler de lui, du moins professionnellement. Peut-être était-il simplement modeste. C'était sympa de rencontrer un mec comme ça, pour une fois.

— Tu aimes le sport ?

— Je suis un grand fan de sport - de baseball, principalement.

— Cool. Et quelle est ton équipe favorite ?

— Les Yankees.

Je fis la grimace.

— Je ne crois pas que ça va marcher entre nous...

Il plissa les yeux.

— Sérieusement, ne me dis pas que tu es fan des Giants !

Je haussai les épaules en signe de culpabilité. Il secoua la tête, déçu.

— Et bien, le reste de la soirée va vraiment être délicat...

— Peut-être qu'on devrait laisser tomber tout de suite ?

— Tu as sans doute raison.

L'affection dans son regard m'indiqua qu'il plaisantait.

— Mais tu me plais beaucoup donc... je vais mordre sur ma chique.

— J'imagine que je pourrais laisser couler... pour l'instant.

Il poussa un soupir exagéré.

— Crise évitée.

Le serveur arriva avec nos plats et les posa devant nous. J'avais commandé des lasagnes et lui du poulet à la parmigiana.

— Ça a l'air bon, dit-il en reluquant mon assiette.

J'avalai une bouchée.

— C'est délicieux.

Il prit sa fourchette et la planta sans plus attendre dans mon assiette. Il me regarda dans les yeux en le faisant, avec un regard espiègle.

— Tu as raison. Peut-être que c'est ce que j'aurais dû commander.

Je plantai ma fourchette dans son assiette et lui rendis la pareille.

— Le tien est bon aussi.

— J'ai une idée. Partageons nos assiettes.

Il tira mon assiette vers lui. Il me donna la moitié de son dîner et prit la moitié du mien. Puis il repoussa mon assiette devant moi.

— Problème résolu.

— Tout le monde y gagne.

Il mâcha lentement et n'ingurgita pas sa nourriture comme la plupart des hommes que je connaissais. Il faisait des pauses et sirotait son vin.

— Comment s'est passée ta journée ? demandai-je.

— Bien. Mais j'étais constamment distrait en pensant à notre rendez-vous.

— Ah oui ?

— Oui. J'ai été surpris que tu m'invites à sortir.

La sincérité transparaissait dans ses yeux.

— Tu n'as jamais été invité par une fille ?

Il gloussa en regardant son plat.

— Si, si. Je ne m'attendais pas à ce que *tu* m'invites à sortir.

— Pourquoi pas ?

— Je ne suis pas sûr, dit-il. C'est juste que c'était inattendu.

Je me demandais s'il se faisait constamment draguer. À en juger par son look et son succès, c'était sans doute le cas.

— Mais je suis ravi que tu l'aies fait, dit-il. C'est sexy, quand une fille fait le premier pas. Ça montre de l'assurance – et l'assurance est une qualité que j'apprécie.

— C'est peu orthodoxe, mais je n'ai jamais été traditionnelle.

— Et ça me plaît.

Il but son vin tout en me regardant. Il me dévisageait beaucoup, mais j'aimais ça. Il me donnait toute son attention, et ne jouait pas de jeux.

— Je suis surprise que tu n'aies pas de copine.

— Qu'est-ce qui te fait penser que j'en aurais une ? demanda-t-il.

— Tu es agréable à regarder et charmant.

— Et vite lassé.

Il mangea silencieusement et n'en dit pas plus sur le sujet. Peut-être avait-il vécu une rupture douloureuse récemment et ne voulait pas en parler. Ou peut-être n'avait-il simplement rien à en dire.

— Où as-tu appris la pâtisserie ?

— Avec ma Yaya.

Il se figea.

— Avec qui ? Pardon ?

— Ma Yaya, dis-je en riant. Ça veut dire grand-mère en grec.

— Oh, je vois, dit-il en hochant la tête.

— Elle m'a tout appris quand j'étais jeune, et j'ai grandi avec ces connaissances. À présent, j'invente la plupart de mes recettes et fais les choses à ma façon. Mais tout a commencé avec elle.

— Elle travaillait dans une boulangerie ?

— Non. Elle est juste douée en cuisine.

— Très cool.

Il termina son plat, nettoya son assiette et but le reste de son vin.

— J'ai des talents assez limités. Mais je sais comment commander à emporter.

— C'est un talent utile.

Il sourit imperceptiblement.

— Tu veux bien m'excuser ?

Je me levai de ma chaise et posai ma serviette sur la table.

— Bien sûr.

Il me regarda m'éloigner, ses yeux perçant mon dos.

Quand j'eus terminé mes affaires aux toilettes, je me refis une beauté. Mon cœur battait à tout rompre tant il me plaisait. Il avait des lèvres alléchantes et un corps parfait. Mais il était également intéressant. Il possédait un équilibre de plusieurs qualités. Et il était plus âgé. J'aimais les hommes plus âgés. Ils étaient plus mûrs que les mecs que je rencontrais à la fac.

Et il était vraiment sexy.

Après avoir repris mes repères et m'être dirigée vers notre table, je vis Hawke parler à une femme. Elle semblait avoir son âge et était jolie. Elle portait une robe moulante et des talons couleur chair. Ses cheveux étaient coiffés de manière classique.

Plus je me rapprochais, plus je me sentais irritée. À en juger par la manière dont elle se penchait vers lui en lui lançant des regards aguicheurs, soit elle le draguait, soit elle le connaissait déjà de manière romantique.

Je m'en fichais, mais c'était assez osé de flirter avec un mec qui était clairement en plein milieu d'un rendez-vous. Il y avait des règles contre ça, surtout entre femmes.

Lorsque j'atteignis la table, Hawke prit la parole.

— Ça m'a fait plaisir de te voir, Jessica.

Hawke ne semblait pas irrité par sa présence, mais ne semblait pas non plus particulièrement ravi.

Elle me balaya rapidement du regard. La déception sur son visage m'indiqua que je ne lui plaisais pas du tout, même si je n'avais pas prononcé un seul mot.

— Appelle-moi.

Elle rejeta ses cheveux en arrière et s'éloigna. Le fait qu'Hawke ne me la présente pas m'indiqua qu'il n'en avait pas envie.

— Désolé.

— C'est OK.

Je m'assis et croisai les jambes. Hawke ne mentionna pas son amie ni comment il la connaissait.

Et je ne lui posai pas la question.

L'addition était sur le bord de la table, et il était clair qu'Hawke l'avait déjà payée.

— C'est moi qui t'ai invité, tu ne te souviens pas ?

Son air amusé habituel fit briller ses yeux.

— Je suppose que je suis assez traditionnel sur certaines choses.

— Alors je te suis redevable la prochaine fois.

Je n'aurais pas dû supposer qu'il y aurait de prochaine fois, mais c'était sorti tout seul. Ce n'était pas commun pour moi de trouver un mec qui me plaisait vraiment. Hawke et moi partagions un lien, et je savais qu'il pourrait se développer si nous prenions le temps de le cultiver. Mais j'ignorais si ce sentiment était partagé.

— Nous verrons. Tu es prête ?

Contrairement à d'habitude, ses yeux ne révélèrent pas ses pensées.

— Oui.

Nous quittâmes le restaurant et marchâmes sur le trottoir. Hawke n'avait pas fait un seul geste pour me toucher, et moi non plus. Je l'avais déjà invité à sortir, donc je ne pensais pas qu'il me revenait de faire le premier pas.

Alors que nous nous dirigions vers son pick-up, plus bas dans la rue, je le sentis passer son bras autour de ma taille, et il m'attira contre lui. Son torse était aussi solide qu'une dalle de béton, et son bras ressemblait à un radiateur personnel. Son parfum me submergea, et j'éprouvai la folle envie que son odeur imprègne mes draps.

Je lui lançai un regard aguicheur pour lui indiquer que son étreinte me plaisait. Sa grande main était posée complètement sur ma fesse. Il pressa légèrement les doigts, ce qui me donna une montée d'adrénaline.

— J'ai passé une excellente soirée.

— Moi aussi.

Il ouvrit la portière côté passager de son pick-up sans me lâcher des yeux. Ses lèvres étaient dangereusement proches des miennes. On aurait dit qu'il pensait à m'embrasser, mais n'en était pas encore certain.

Sans réfléchir, je m'avançai et pressai mes lèvres contre les siennes. Dès l'instant où nous nous touchâmes, je sentis ma bouche brûler. Ses lèvres douces et charnues étaient si délicieuses contre les miennes. J'avais fait le premier pas, mais il prit le contrôle dès l'instant où nous fûmes unis. Il m'embrassa résolument, tout en soufflant dans ma bouche.

Miam.

Il s'éloigna lentement avant de frotter son nez contre le mien.

— Ça te dit d'aller quelque part de plus tranquille ?

Puis il attendit que je monte en voiture. Je laissai parler mes hormones.

— Oui.

Je ne voulais pas que ce baiser se termine, mais je savais que rester là sur le trottoir n'était pas le meilleur endroit pour ça. Je montai en voiture et serrai mes cuisses bien fort. Son baiser était si délicieux que j'aurais voulu qu'il continue pour toujours. Maintenant j'avais chaud partout, et je sentis de la sueur couler dans ma nuque.

Hawke s'installa au volant et démarra le moteur. Sa main se posa immédiatement sur ma cuisse et il la serra par-dessus mon jean. Sa grande main prenait presque toute ma cuisse. J'avais envie que ces mains me touchent partout.

Il me ramena chez moi en silence. Il n'alluma pas la radio et ne relança pas la conversation. Ses pensées étaient probablement exactement au même endroit que les miennes. Sa main était restée sur un endroit respectable, mais je ne l'aurais probablement pas balayée si elle avait été posée ailleurs.

Lorsque nous atteignîmes ma maison, il m'accompagna jusqu'à la porte d'entrée. Son bras enlaça à nouveau ma taille, m'ancrant à lui. Dès l'instant où nous atteignîmes le porche, il m'attrapa par la nuque et écrasa sa bouche sur la mienne. Il était maintenant beaucoup plus agressif, comme s'il avait passé tout le trajet à penser à ce moment. Il tâta mes lèvres avec les siennes et suça ma lèvre inférieure comme s'il l'avait fait une centaine de fois. Ses mains amplifièrent le baiser. Il en glissa une dans mes cheveux et les serra dans son poing. L'autre agrippa férocement ma fesse, comme si je lui appartenais pour toujours.

Il me déplaça vers la porte et me poussa contre elle. La longueur de son membre était apparente dans son jean, et je pouvais le sentir frotter contre mon ventre. Il était impressionnant. L'idée qu'il m'étire fit immédiatement couler une mare de désir entre mes jambes. Bien que je sois assurée et entreprenante, je n'étais pas une fille facile. J'aimais prendre mon temps et cultiver une relation. Le sexe était toujours meilleur ainsi.

Mais là, je n'étais pas sûre de savoir ce que je voulais.

Ses lèvres continuèrent à dévorer les miennes, et ses mains

glissèrent lentement de ma taille à ma poitrine. Il tripota agressivement mes seins, les pressant et les massant.

C'était si bon !

Ses lèvres se posèrent sur mon cou, et il couvrit cette zone sensible de baisers tout en continuant à me peloter. Ses lèvres frôlèrent mon oreille.

— J'ai pensé à ça toute la soirée, et c'est bien mieux que ce que je pouvais imaginer.

Ses lèvres se reposèrent sur ma gorge et ses mains disparurent sous ma blouse, tâtant la peau de mon ventre.

Je voulais ceci. Je le voulais vraiment.

Mais il fallait que je l'arrête. Tout allait trop vite. Parfois, se précipiter tuait la chose avant qu'elle ne puisse vraiment naître. Et Hawke me plaisait vraiment. C'était notre premier rendez-vous, mais je savais qu'il y avait quelque chose de spécial entre nous. Je ne voulais pas tout foutre en l'air pour une nuit de passion. Je voulais que ça évolue en quelque chose de plus.

— Et si on gardait quelque chose pour le prochain rendez-vous...

J'attrapai ses mains et les baissai.

Il éloigna ses lèvres de mon cou et me regarda dans les yeux. Son regard était fiévreux, comme s'il ne voulait pas que ça se termine. Il observa mes lèvres comme s'il voulait m'embrasser à nouveau.

— C'est ici que je te dis bonne nuit.

S'il était déçu, il le cacha bien.

— J'espère que tu n'es pas une de ses filles qui croient à la règle du troisième rendez-vous. Parce que c'est une règle à la con.

— Non... mais je crois au fait d'y aller plus lentement.

Il inclina légèrement la tête, comme s'il était confus. Il me regarda d'un air que je ne lui avais encore jamais vu. Son regard était vide. Peut-être que trop de pensées tourbillonnaient dans son esprit pour que je puisse les déchiffrer. Il recula légèrement.

Ses paroles résonnèrent dans mon esprit, et voir sa silhouette masculine dans l'obscurité me fis hésiter. Nous avions une connexion, et nous la sentions tous les deux. Était-ce stupide d'attendre par principe ? Ça changeait quoi, que nous nous connaissions à peine ? Des tas de relations commençaient ainsi.

— En fait... tu aimerais entrer ?

Je sortis mes clés de mon sac.

Il comprit que j'avais changé d'avis, mais je ne vis aucune réaction distincte sur son visage. Il ne s'approcha pas, resta à quelques pas de distance.

— En fait... je viens de me souvenir que je dois emmener ma mère à l'aéroport à cinq heures du mat. Je ferais mieux de rentrer.

Il fit un pas de côté, se dirigeant vers le trottoir.

— J'ai passé une très bonne soirée. À un de ces quatre.

Puis il se retourna et avança vers son pick-up. Sans jeter un seul regard en arrière.

Mes clés étaient toujours dans ma main, et je fus soudain consciente de la brise légère qui soufflait dans mes cheveux. Le moment avait changé si rapidement, si intensément, que mon cerveau n'arrivait pas à suivre. Le moteur du pick-up rugit en démarrant, et puis Hawke s'éloigna dans la rue. La lueur rouge de ses phares arrière brilla dans l'obscurité.

Et puis il disparut.

3

Jour de lessive
Francesca

— Il n'a toujours pas appelé ? demanda Marie.

— Non.

Une semaine s'était écoulée sans recevoir de nouvelles d'Hawke. Vu la manière dont les choses s'étaient terminées lors de notre rendez-vous, la balle était dans son camp. Je ne comprenais pas vraiment ce qui s'était passé.

— Même pas un message ?

— Non.

Je m'appuyai contre le comptoir et croisai les bras.

Marie lissa son tablier, un air concentré sur le visage.

— Qu'est-ce qui s'est passé ? J'ai raté quelque chose ?

— La soirée s'est super bien passée. On a passé du bon temps et on s'est vraiment bien entendus. J'ai même été un peu jalouse en voyant une fille lui parler.

— Quelle fille ? demanda-t-elle.

— Je ne sais pas... mais c'était clair qu'ils avaient un passé romantique. Ou qu'elle *voulait* avoir une relation romantique.

Marie leva une main.

— Wow, attends une minute. Cette salope le draguait pendant votre rencard ?

— Assez culotté, hein ?

— Heu, ouais !

Elle secoua la tête, un air irrité sur le visage.

— À sa décharge, j'étais aux toilettes. Mais tout de même… assez grossier.

— Tu parles !

— Mais quand on est retournés à son pick-up, il y a eu ce baiser…

— Ouais ?

Elle se pencha en avant, avide d'entendre tous les détails croustillants.

— Et c'était… vraiment bon. Peut-être qu'il embrasse toujours divinement bien, mais il y avait tant d'alchimie entre nous. Je suis presque sûre qu'il l'a ressentie aussi. Et quand il m'a ramenée, on a commencé à s'échauffer contre la porte. Les choses sont devenues bizarres quand j'ai mis le holà.

— Pourquoi ? demanda-t-elle.

Je ne comprenais toujours pas pourquoi.

— Aucune idée… Je lui ai dit que je voulais arrêter là et il a fait un commentaire sur la stupidité d'attendre par principe. Puis j'ai dit quelque chose que je n'aurais pas dû…

— Qu'est-ce que tu as dit ?

— Qu'on ne devrait pas précipiter les choses.

Marie haussa un sourcil.

— Et pourquoi est-ce une chose stupide à dire ?

— Je ne suis pas sûre, mais pour lui, ça voulait clairement dire quelque chose. J'ai changé d'avis et l'ai invité à rentrer parce que je savais qu'il avait raison. Pourquoi attendre pour attendre ? On avait tous les deux passé du bon temps, et on se plaisait vraiment. Mais c'est là qu'il m'a complètement ignorée.

Marie fit la grimace.

— Il t'a ignorée ? Je ne comprends pas. Tu l'as invité à entrer, et il a changé d'avis comme ça ?

— Je ne comprends pas non plus. Je suis pratiquement sûre qu'il mentait à propos d'emmener sa mère à l'aéroport, mais je n'allais pas me mettre à le critiquer.

Marie pinça les lèvres tout en considérant mes paroles.

— Il y a quelque chose qui nous échappe, là.

— Mais quoi ?

— Peut-être qu'il avait quelque chose d'autre à l'esprit.

— Je ne sais pas...

J'aurais voulu ne pas me laisser déranger par ça, mais en vain. S'il n'était qu'un crétin, alors je ne devrais pas gâcher un seul autre instant à penser à lui. Mais il n'avait pas du tout ce genre de personnalité. C'était un type bien. J'en étais sûre. Rien n'avait de sens et c'était ce qui me dérangeait le plus.

Et j'avoue que j'étais blessée qu'il ne m'ait pas invitée à sortir à nouveau...

La cloche tinta au-dessus de la porte et Marie jeta un coup d'œil au client. Puis elle marqua un temps d'arrêt.

— Merde ! le voilà.

— Hawke ?

Elle hocha la tête avant de se précipiter dans la réserve.

— Parle-lui.

Le rideau se referma derrière elle et elle disparut.

J'étais soudain nerveuse alors que je n'avais aucune raison de l'être. Je refusais d'être intimidée par qui que ce soit. Peut-être avais-je dit quelque chose que je n'aurais pas dû, mais j'avais le droit. Je m'approchai du comptoir et vins à sa rencontre.

Hawke portait sa tenue de bureau habituelle. Le pantalon le moulait, ainsi que sa chemise à col. Une petite part de moi regrettait de ne pas avoir vu cet homme superbe nu quand j'en avais eu l'occasion.

— Salut.

Qu'étais-je censée dire d'autre ? Pourquoi n'as-tu pas appelé ? Non, je n'étais pas une de ces filles.

L'espoir brûla mon cœur en le voyant apparaître. S'il ne voulait plus jamais me voir, il ne serait pas venu ici. Il se tenait debout, les mains dans les poches.

— Salut. Comment ça va ?

— Bien. Et toi ?

— J'ai connu mieux, dit-il. Je sors d'une réunion, alors je suis un peu vidé.

— Elle était barbante ?

— Non… juste longue.

Il leva les yeux vers le menu.

— Il va me falloir un Espresso aujourd'hui – un double, tant qu'à faire.

— Pas de problème.

N'allions-nous pas parler de notre rendez-vous ? Il agissait comme s'il ne s'était rien passé. Ne voulait-il plus sortir avec moi ? Je l'avais déjà invité une fois, et je n'allais pas recommencer.

— Pas de muffins, je suppose ?

Il me lança ce sourire qui m'avait fait craquer. Il s'étendait jusqu'à ses yeux, comme toujours.

— Non, pas aujourd'hui.

— Mince, dit-il avec un haussement d'épaule peu enthousiaste.

Je l'appelai après avoir terminé sa commande.

Il me tendit l'argent en me dévisageant.

Je lui rendis sa monnaie.

Puis nous nous regardâmes dans les yeux.

Franchement, c'était tout ? Avais-je rêvé notre rendez-vous ? Ne lui plaisais-je pas autant qu'il me plaisait ? Pourquoi se contentait-il de me dévisager ? Allait-il dire quelque chose ?

— Euh... je peux avoir mon café ?

Je ne le lui avais pas donné ! Mon Dieu, mais quelle idiote ! Je le fixai, pensant qu'il allait dire quelque chose.

— Oh, désolée.

Je lui tournai le dos et attrapai le café, sentant mes joues s'empourprer d'embarras. Puis je me retournai en tentant de faire bonne figure.

— Merci.

Il le prit et ajouta un couvercle. Puis il se retourna.

— Et voilà, c'est tout ?

Pourquoi avais-je lâché ça tout haut ? Surtout au travail ! Pourquoi ne pouvais-je pas la fermer ?

Il s'arrêta avant de se retourner vers moi.

— Pardon ?

Finalement, j'aurais préféré n'avoir rien dit. Ce n'était pas l'endroit pour avoir cette conversation.

— On est sortis ensemble et on a passé du bon temps et je n'ai plus de nouvelles de toi... et tu es parti tellement bizarrement...

Je ne m'étais jamais retrouvée dans cette situation avant. Les mecs étaient généralement assez faciles à comprendre, mais je n'avais jamais été ignorée ainsi.

Il observa les gens dans l'entrée avant de se retourner vers moi.

— C'est juste que je ne le sentais pas.

Quoi ? Qu'est-ce qu'il ne sentait pas ? On avait passé une excellente soirée. Tout était parfait. Notre baiser... ses baisers étaient-ils toujours comme ça ? Parce que je n'avais jamais ressenti quelque chose de pareil dans ma vie. Même si j'étais blessée et bouleversée, je ne pouvais nier ce que j'éprouvais.

— Juste parce que je ne voulais pas coucher avec toi ?

Il plissa des yeux, comme s'il avait été provoqué.

— Non, bien sûr que non. Tu m'as invité chez toi, tu te souviens ?

— Alors... que s'est-il passé ?

Il soutint mon regard sans sourciller.

— On vient juste de mondes différents, Frankie. Tu me plais vraiment mais... je ne suis pas le genre d'homme qu'il te faut.

— Et quel genre d'homme es-tu, exactement ?

J'aurais vraiment dû abandonner là, mais j'avais du mal à le digérer. On ne m'avait jamais plaquée comme ça avant. Un instant il était épris de moi, et nous passions du bon temps, et puis la suivante il m'oubliait complètement et disparaissait.

Il se pencha vers moi et baissa la voix.

— Le genre qui n'est pas assez bien pour toi.

Je ne comprendrais jamais ce qui s'était passé avec Hawke, et je devais apprendre à lâcher le morceau. J'ignorais ce qu'il voulait dire en disant qu'il n'était pas assez bien pour moi. Il était génial. De quoi voulait-il parler ?

Qu'importe ce qui se passait ou ce qu'il voulait dire, ça ne changeait rien au fait que c'était terminé. De toute manière, je ne voulais pas fréquenter quelqu'un de si vague. Ça entraînerait plus de migraines que d'orgasmes, et je n'avais aucune envie de gérer son cinéma.

Et il avait cinéma tatoué partout sur lui.

Je tentai de l'oublier mais c'était étonnamment difficile. En repliant mon linge, je pensais à la manière dont il me regardait à table. Il me dévisageait comme si j'étais la seule femme dans la pièce. Et il était charmant et poli... il m'avait fait rire. De plus, l'alchimie physique entre nous n'aurait pas pu être éteinte par un extincteur.

Je refusai de pleurer pour un mec qui ne valait pas mon

temps, donc je passai à autre chose et eus d'autres rendez-vous. Je rencontrai quelques mecs via des amis communs et dans des bars. Ils étaient tous attirants, certains collants, mais aucun d'eux ne correspondait à mes attentes. Je n'éprouvais rien du tout pour eux.

Pas comme ce que j'éprouvais pour Hawke.

Pourquoi ? Pourquoi désirais-je quelqu'un qui était clairement indisponible ? C'était si irritant ! Il y avait une pléthore de mecs à l'université. Pourquoi ne me plaisaient-ils pas ? Après qu'un mois se soit écoulé, je pensai à Hawke moins souvent.

Mais je ne l'avais pas oublié.

Il n'était pas venu au Grind depuis un bout de temps, et je supposais qu'il ne reviendrait jamais. Il ne voulait probablement pas me voir, pas après que je l'aie confronté ainsi. Et je ne le blâmais pas. Ça n'était pas ma meilleure facette.

Mais un jour, un lundi, il entra dans le café. Comme toujours, il portait sa tenue de bureau et sa sacoche passée sur l'épaule. Un léger duvet couvrait son visage, et j'aimais ce look. Il était plus brut et mettait l'accent sur ses belles pommettes.

Ma première réaction fut de courir dans la réserve et d'agir comme si je ne l'avais pas vu, mais je refusais de faire ça. Je n'avais peur de rien. Je relevai le menton et agis comme s'il n'avait rien de spécial.

Il s'approcha du comptoir et ses yeux se posèrent sur mon visage. Il m'observa comme s'il tentait de mémoriser chacun de mes traits. Il avait les mains dans les poches et le regard distant.

— Hé !

— Hé. La même chose ?

Il ignora ma question.

— Comment ça va ?

— Bien. Je me prépare à fêter Thanksgiving. Et toi ?

— Super. Je suis impatient d'avoir quelques jours de congé.

Je passe les vacances chez un ami et sa famille. Ça devrait être sympa.

N'avait-il pas de famille ? Je n'osai pas lui poser la question.

— Tu mérites bien des vacances. Tu es bien plus beau quand tu es reposé.

Je lui lançai un sourire taquin. Il me rendit un sourire.

— Je suis sûr que tu vas préparer tes fameux muffins pour ta famille.

— Ils ne me laisseraient pas entrer si j'y coupais. Je t'en garderai quelques-uns.

— C'est très gentil de ta part, dit-il avec un regard affectueux.

Maintenant, j'étais encore plus déroutée. Nous étions comme deux faces d'une même pièce. Ça collait entre nous. Ce n'était pas forcé. C'était complètement naturel. Je ne partageais ce genre de connexion avec personne d'autre. *Lui si ?*

— Comment se passent tes cours ?

— Bien. Après Thanksgiving, place aux examens de fin d'année. Pas vraiment réjouissant, mais bon.

— Et bien, au moins, il y aura le Black Friday.

J'éclatai de rire.

— Mon Dieu ! non. Je ne sors pas me faire piétiner. J'achète tout en ligne.

Il gloussa.

— C'est ce que je fais aussi.

— Alors… un café noir ?

Il se frotta le côté de la joue, là où poussait sa barbe naissante.

— Ajoute une dose d'Espresso. J'ai pas mal de boulot à terminer.

— Quand tu viens ici, c'est pour travailler ?

Il me lança un sourire triste.

— Je travaille au bureau, puis je dois préparer le lendemain.

En moyenne, je travaille environ treize heures par jour, week-ends inclus.

Je fis la grimace.

— Tu es sûr de ne pas vouloir une double dose d'Espresso ?

Il sourit jusqu'aux yeux.

— En fait, ce serait probablement mieux.

— C'est parti.

J'introduisis sa commande dans l'ordinateur de la caisse.

— Autre chose ?

— Ce sera tout. Merci.

Il posa l'argent sur la table. Je lui tendis sa monnaie et m'assurai qu'il reçoive son café, cette fois-ci.

— Alors, passe de bonnes vacances.

— Toi aussi, Frankie.

Il hocha la tête une dernière fois avant de s'éloigner et de s'installer à table.

Je poussai un profond soupir en l'observant. Qu'est-ce qui était si particulier chez ce mec ? Pourquoi ne pouvais-je pas l'oublier ? Pourquoi ne pouvais-je lui dire salut et à bientôt ? Pourquoi nos conversations étaient-elles si naturelles ? Pourquoi nous entendions-nous si bien ? J'aurais préféré qu'il soit un enfoiré arrogant qui me fasse tant chier que je ne penserais plus jamais à lui. J'aurais préféré le détester d'avoir interrompu notre rendez-vous comme il l'avait fait.

Mais j'en étais tout simplement incapable.

4

Thanksgiving
Francesca

J'ADORAIS LES VACANCES DE FIN D'ANNÉE.

C'était l'époque de l'année durant laquelle je pouvais me retrouver en famille. Durant l'année scolaire, j'étais trop occupée pour pouvoir m'amuser. Parfois, j'avais à peine le temps de me brosser les dents. Mais durant le long week-end de Thanksgiving, il était requis de ne rien faire. Nous paressions à la maison, mangions, faisions la sieste et traînions un peu plus dans la maison.

C'était une excuse pour être paresseux.

Et c'était l'occasion de revoir ma Yaya. Elle était la femme la plus douce du monde entier. Elle avait traversé des tas d'épreuves dans sa vie, la perte de son mari et d'une de ses filles, mais elle parvenait à rester heureuse et encourageante. Elle ne se laissait jamais démonter. Pour elle, la vie devait être savourée. C'était grâce à elle que j'essayais toujours de rester optimiste.

Yaya vivait à quelques kilomètres de la côte, dans les montagnes. Elle avait un adorable petit chalet entre les arbres.

Un magnifique lac se trouvait à environ un kilomètre et demi de distance à pied. C'était toujours si tranquille et serein... c'était un endroit vraiment paisible.

Dès que j'approchai de la maison, je sentis l'excitation parcourir mes veines. Ce week-end allait être génial. Il n'y aurait pas de discussion d'école ou de travail. Ce serait un séjour amusant et détendu. Mon frère serait là aussi, et je me réjouissais toujours de le voir. Nous vivions dans la même ville, mais étions généralement trop occupés pour échapper à nos vies et passer du temps ensemble.

Je transportai mes sacs jusqu'au perron, et avant de pouvoir toquer, la porte s'ouvrit à la volée. Yaya était clairement restée assise à la table de la cuisine en attendant que mon frère et moi arrivions. Son visage exprimait l'enchantement, et elle poussa un cri avant de me prendre dans ses bras.

— Tu es si belle, me dit-elle, comme toujours lorsqu'elle me voyait. Tu m'as tellement manqué, ma chérie.

Je lui rendis son étreinte.

— Tu m'as manqué aussi, Yaya.

Elle me serra pendant longtemps, avant de s'éloigner à contrecœur.

— Je suis tellement contente de te voir. Je n'arrivais pas à dormir tant j'étais impatiente de vous voir.

Elle m'aida à porter mes sacs à l'intérieur.

— Je suis encore plus excitée que toi. Je vais pouvoir m'empiffrer de tes incroyables tartes et de toutes tes autres spécialités.

— Je me prépare depuis des semaines, dit-elle en riant.

Nous laissâmes mes sacs juste derrière la porte. Je les transporterais dans ma chambre plus tard. J'étais trop excitée pour y penser en ce moment.

— Axel arrivera bientôt. Il amène une connaissance pour le week-end.

— Une petite amie ? lâchai-je.

Mon frère n'avait jamais amené quelqu'un d'autre avec lui. Je savais qu'il avait des relations amoureuses, mais aucune suffisamment sérieuse pour nous la présenter.

— Non, je pense que c'est un ami du boulot. J'ai cru comprendre qu'il n'avait nulle part où aller pour Thanksgiving.

— Oh, quel dommage, dis-je. Mais si c'est un ami d'Axel, il doit être sympa.

— Je suis sûre qu'il sera charmant.

Elle entra dans la cuisine pour préparer deux tasses de thé. Puis elle s'assit en face de moi à la table de la cuisine.

— Et quelles nouvelles de ton côté, ma chérie ?

J'attrapai ma tasse et bus une gorgée.

— Pas vraiment grand-chose. Je travaille, je vais en cours... ma vie est assez rasante, en fait.

Je lâchai un gloussement attristé.

— Ce n'est pas vrai, protesta-t-elle. Et la pâtisserie ?

— J'ai rarement le temps de faire quoi que ce soit, mais j'ai préparé des muffins aux pommes et aux cerises. Ils sont vraiment bons, d'après ce que disent les gens.

— Il faudra que je les goûte.

— Bien sûr. J'en ai dans mon sac.

Yaya but une gorgée de son thé.

— Alors... y a-t-il un homme dans ta vie ?

Je pensai immédiatement à Hawke. J'aurais aimé avoir une autre réponse.

— Non... J'ai eu un rendez-vous avec un mec il y a un petit moment...

— Et ? m'encouragea-t-elle.

Je secouai la tête.

— Ça n'a mené nulle part. Mais il me plaisait vraiment.

Elle me tapota la main.

— Tu es si jeune. Tu as toute ta vie pour trouver le bon. Je suis ravie que tu sois difficile à séduire.

Je suis difficile, mais seulement pour les mauvais.

— Oui, peut-être que tu as raison.

Des voix se firent entendre à l'extérieur.

— Ferme-la, mec, dit Axel. J'ressemble pas à Carrie Underwood quand je chante.

— Tu t'es déjà entendu ? demanda son ami. Franchement, enregistre ta voix et puis écoute-toi. C'est du Carrie Underwood tout craché.

— Comment tu connais Carrie Underwood, de toute manière ? demanda Axel.

— Sunday Night Football, dit-il. Sans dec' !

— Peu importe, dit Axel. T'es vraiment une fille.

— Hé, c'est pas moi qui chante comme une fille, répondit son ami.

— On dirait que les garçons sont arrivés, déclara Yaya en repoussant sa tasse avant de se relever.

La seconde voix me semblait familière, mais je ne parvenais pas à identifier où je l'avais déjà entendue. Peut-être était-ce un ami d'Axel que j'avais déjà rencontré. Je n'étais pas douée avec les noms. J'espérais pouvoir m'en souvenir cette fois-ci.

Axel ouvrit la porte le premier.

— Yaya, me voilà ! La fête peut commencer !

Yaya courut vers lui et couvrit ses joues de baisers.

— Mon garçon, tu es si beau, et si grand !

— Merci, Yaya, dit Axel. Et tu es superbe, comme toujours.

Yaya balaya son commentaire de la main.

— Tu es adorable.

Je m'approchai de l'entrée et les observai partager leur moment. De telles étreintes me réchauffaient toujours le cœur. C'était facile de se laisser aller à la dépression. Mais des moments comme ceux-ci me rappelaient qu'il y avait tant de choses qui en valaient la peine dans la vie.

— Yaya, permets-moi de te présenter mon ami Hawke.

Que venait-il de dire ?

Hawke entra à l'intérieur, un sac en bandoulière sur son épaule.

— C'est un plaisir de vous rencontrer. Merci de me permettre de passer les vacances avec vous.

Il tendit la main pour lui serrer. Yaya ignora son geste et le prit dans ses bras.

— Ici, on ne fait pas dans la poignée de main, on fait dans le câlin.

Axel gloussa avant de déposer ses sacs.

— Pardon, mais je n'ai pas saisi votre nom, dit Hawke en lui tapotant le dos. Axel m'a juste dit que vous étiez sa grand-mère.

Elle recula et lui donna une petite tape sur la joue.

— Je m'appelle Yaya.

— Juste Yaya ? demanda-t-il.

Axel agrippa son épaule.

— Juste Yaya. Cherche pas à comprendre.

— OK, dit Hawke. C'est un plaisir de vous rencontrer, Yaya.

— Tout le plaisir est pour moi, mon cher.

Était-ce vraiment en train d'arriver ?

Ou étais-je en train de rêver ?

Hawke allait passer tout le week-end ici ?

Pourquoi n'avais-je jamais de chance ?

Axel s'approcha de moi et il vit l'expression sur mon visage.

— Waouh... t'as vu un fantôme ou quoi ?

Mes yeux restèrent rivés sur Hawke.

— Joyeux Thanksgiving...

— Euh, ouais.

Il haussa un sourcil et me tapota maladroitement le dos.

— Hawke, je te présente ma morveuse et casse-pieds de sœur, Francesca.

Lorsqu'Hawke posa les yeux sur moi, il se raidit. Le mouvement fut si subtil que personne ne le remarqua à part moi. Il me regarda sans réagir. Son regard ne révéla pas ses pensées comme il le faisait d'habitude. Il était infiniment profond, dissimulant tous ses secrets.

Que dois-je dire ? Que dois-je faire ?

Hawke s'approcha de moi, ses yeux rivés aux miens. Il était clairement tout aussi surpris de me voir que moi. Vêtu d'un jean et d'un t-shirt, sa tenue décontractée lui donnait l'air baraqué et puissant. Sa conversation devant la maison avait été si enthousiaste et chaleureuse. Je ne l'avais pas entendu parler ainsi depuis notre rendez-vous. Lorsqu'il arriva à ma hauteur, il examina mon visage comme s'il tentait de jauger mes pensées. Puis il tendit la main.

— C'est un plaisir de te rencontrer.

Je la regardai sans savoir si je devais la serrer. Si j'agissais comme si je le connaissais, je serais forcée d'expliquer à ma famille comment nous nous étions rencontrés. Et ce n'était pas une histoire que je désirais raconter. J'avais le sentiment qu'Hawke non plus. Je serrai sa main, et l'instant où nous nous touchâmes, je sentis le courant habituel passer entre nous. Nous étions deux poteaux portant le même câble. L'électricité nous traversa, et dès que le contact fut rompu, l'énergie cessa de s'écouler.

— Un plaisir de te rencontrer également. Et oui, mon frère ressemble bien à Carrie Underwood quand il chante.

Un authentique sourire étira les lèvres d'Hawke.

— Je savais que je n'étais pas le seul à le penser.

Il laissa tomber sa main, et j'eus froid instantanément, comme je m'y étais attendu.

Axel observa notre interaction sans capter notre connexion évidente.

— Hawke et moi travaillons dans la même boîte. Celle qui nous exploite comme des mules.

— Du moins, quand on ne fout pas le bordel, ajouta Hawke avec un regard espiègle.

— Je suis surpris qu'ils ne nous aient pas encore virés, dit Axel.

— Au moins, tu pourras poursuivre ton rêve, grâce à tes talents vocaux, le taquina Hawke.

Axel leva les yeux au ciel.

— Laisse tomber, mec. Les gens vont croire que tu es sérieux.

— Ma couille, dit Hawke en riant. Je suis sérieux.

— Ne m'appelle pas ma couille.

Je ne pus m'empêcher de repenser à ma relation avec Marie. Je l'appelais souvent ma couille par accident aussi.

— Laisse-moi te montrer ta chambre, proposa Yaya. Elle donne vue sur les arbres, c'est très joli.

— Je suis sûr que oui, dit Hawke en me regardant.

Nous nous regardâmes pendant longtemps avant qu'il ne se retourne et ne monte les escaliers après Yaya.

Je restai plantée là et ne fus que vaguement consciente d'Axel à côté de moi.

— Chic type, hein ?

— Pardon ?

Je n'avais pas capté ce qu'il venait de dire.

— J'ai dit que Hawke est un chic type. Je suis sûr qu'il va vous plaire.

Il me plaisait déjà – un peu trop, même.

— Ouais...

HAWKE ET MOI N'EÛMES PAS L'OCCASION DE PARLER DURANT LE reste de la soirée. Nous étions toujours en compagnie de Yaya ou d'Axel. Lorsque nous nous assîmes en face l'un de l'autre pour dîner, il ne cessa de me dévisager quand personne ne le regardait. Et lorsque mon frère lui parlait, il semblait ne l'écouter qu'à moitié.

Yaya l'adorait, ce qui ne me surprenait pas. Elle adorait tout le monde. Peu importe qui vous étiez, vous étiez toujours bienvenu chez elle. Lorsqu'Hawke la complimenta sur sa cuisine, elle l'adora encore plus.

— Ça te dirait d'aller pêcher demain ? demanda Axel.

— Il y a un lac dans le coin ? s'enquit Hawke.

— C'est une rando d'un peu plus d'un kilomètre.

Hawke hocha la tête.

— OK, j'en suis.

— Tu veux venir, morveuse ? me demanda Axel.

Je le fusillai du regard.

— J'ai un nom.

— Peu importe, dit Axel. Tu veux venir ?

— Elle a un très beau nom, dit Yaya. Tu pourrais l'utiliser.

Axel n'osa pas la défier.

— Francesca, aimerais-tu nous accompagner ?

Je ne voulais pas m'approcher plus d'Hawke que nécessaire, mais je ne semblais pas vraiment avoir le choix. De plus, j'adorais pêcher. Ça me rappelait de bons souvenirs d'enfance.

— Bien sûr.

— Et toi, Yaya ? demanda Axel.

— Non, je fais l'impasse, dit Yaya. Je ne suis pas fan de l'odeur.

— OK. On partira tôt le matin et on sera de retour pour le déjeuner.

Puis il se tourna vers moi.

— Si tu n'es pas prête pour six heures, on partira sans toi.

— Je serai sûrement réveillée avant toi.

Mon frère me taquinait beaucoup, mais je savais que c'était affectueux.

— Tu es comme un paresseux, argumenta Axel. Si je ne te donne pas un coup de pouce, tu ne bouges pas.

— Et toi, tu es comme un escargot. Si je ne te ramasse pas pour te porter, tu ne vas jamais nulle part.

Yaya se pencha vers Hawke.

— Ils sont comme ça depuis qu'ils sont petits.

Hawke gloussa.

— C'est divertissant.

— Tu as des frères et sœurs ? demanda Yaya.

— Non, malheureusement pas.

Il avala immédiatement une gorgée d'eau.

— Considère-toi chanceux, dit Axel.

Je ne laissais jamais ses insultes en reste.

— Et considère-toi chanceux de ne pas avoir un frère qui chante comme Carrie Underwood.

Hawke éclata de rire, mais tenta de se reprendre.

— Je m'en fous, dit Axel en rassemblant les assiettes et en les amenant jusqu'à l'évier. Je vais faire la vaisselle juste pour ne pas devoir contempler ta laideur.

Je m'assis devant le feu en lisant un bouquin. La fenêtre donnait sur la forêt et une infinité d'arbres. C'était un endroit sombre, et parfois, mes yeux me jouaient des tours lorsque je sondais ses profondeurs.

La télévision était allumée, et Yaya était installée dans son fauteuil relax habituel. Axel et Hawke étaient calés dans l'autre canapé. Même en lisant, je pouvais sentir le regard insistant d'Hawke pénétrer ma peau. Je savais exactement lorsqu'il me regardait ou pas, juste par la chaleur de son regard.

Vers la fin de la soirée, Yaya bâilla avant de quitter son fauteuil.

— Je vais me coucher. Amusez-vous bien demain à la pêche.

— Pas de problème, dit Axel.

— Bonne nuit, Yaya, dit Hawke.

Je fis un signe de la main à Yaya tandis qu'elle montait les escaliers.

— À demain matin.

Elle nous observa tous avec un regard empli d'affection. Elle semblait sur le point de pleurer.

— C'est si bon de vous avoir tous ici…

Puis elle monta les escaliers. Lorsque la porte de sa chambre se referma, nous sûmes qu'elle était partie.

— C'est une dame vraiment adorable, dit Hawke.

— Oui, elle est vraiment cool, dit Axel.

Ils continuèrent à regarder la TV.

Je me remis à lire mon livre et sus qu'Hawke me dévisageait à nouveau. J'avais du mal à croire que j'allais devoir passer tout le week-end avec lui. C'était censé être des vacances de détente, mais à présent, je devais être constamment sur mes gardes. Mon objectif de cesser de penser à Hawke se retournait contre moi.

— Je suis crevé, dit Axel une heure plus tard. On devrait aller se coucher, on se lève tôt demain.

— Oui.

Axel se releva et se dirigea vers les escaliers.

— Tu viens ?

— Dans quelques minutes, dit Hawke.

Axel lui lança un regard soupçonneux avant de me regarder. Puis il se retourna vers Hawke. Il sembla vouloir dire quelque chose mais se reprit. Il grimpa les escaliers et suivit le couloir en bois dur. Puis la porte de sa chambre s'ouvrit et se referma.

Je savais exactement pourquoi Hawke était resté ici.

— Je ne savais pas.

Ce fut tout ce qu'il dit, et il prononça ces mots comme s'ils expliquaient tout.

Je reposai mon livre et me tournai vers lui.

— Le nom de Yaya ne t'avais pas mis sur la piste ?

— Axel ne l'a jamais appelée comme ça. Il m'a juste invité à passer le week-end avec sa famille. Il n'a pas spécifié qui en faisait partie.

Je savais que je ne pouvais pas me fâcher contre lui.

— Et bien, tu passeras du bon temps. Ma famille est vraiment sympa – même mon frère.

Il n'avait pas de famille avec laquelle passer le week-end ; je ne pouvais pas non plus le faire se sentir mal ?

— Yaya est une personne très chaleureuse. Je vois d'où tu tiens ça.

Son compliment me fit tressaillir. Il ne me connaissait pas suffisamment pour faire une telle déclaration.

— Je suis désolé d'avoir gâché ton week-end.

— Tu n'as rien gâché, répondis-je automatiquement.

Le son de l'eau qui coulait dans la salle de bain nous fit lever la tête. Mon frère se préparait sûrement pour se coucher, ce qui voulait dire qu'il pouvait nous entendre.

Je déposai le livre sur la table avant de m'asseoir sur le siège à côté du sien.

— Tu n'as rien gâché, répétai-je à voix basse.

Il me dévisagea ouvertement, et ses yeux bleu vif étaient époustouflants, comme toujours. Il observa mes lèvres comme s'il voulait m'embrasser, avant de rapidement détourner le regard comme si cette pensée ne l'avait même pas effleuré.

— Je ne veux pas que tu sois mal à l'aise.

— Je ne le suis pas. Il n'y a aucune raison de ne pas être amis.

Même si j'aurais préféré être plus que ça.

— Tu veux être mon amie ? demanda-t-il d'une voix emplie de surprise.

— Pourquoi ne le voudrais-je pas ?

Il pinça les lèvres en considérant ma question.

— Je sais que notre situation est assez inhabituelle.

Parce que tu l'as décidé ainsi.

— Je suis prête à oublier le passé si tu l'es aussi.

Il poussa un profond soupir, comme si mes paroles l'avaient blessé.

— Alors allons de l'avant.

Cet homme était une énigme. Je ne parvenais pas à le comprendre. C'était comme si notre rendez-vous n'avait jamais eu lieu. Avait-il oublié nos baisers passionnés sur le pas de ma porte ? Avait-il oublié à quel point c'était bon ? Ou n'avait-il rien éprouvé de tel ? Je voulais le lui demander, mais je savais que ça ne nous mènerait nulle part.

— Alors, à demain matin.

— Oui.

Il continua à me dévisager comme s'il ne voulait jamais s'arrêter.

Son regard me poussa à rester immobile plus longtemps que je ne l'aurais voulu. Je restai assise une minute de plus, lui rendant son regard. Je finis par m'en décrocher et me diriger vers les escaliers. Je tentai de parvenir à ma chambre aussi vite que possible, sachant qu'elle était juste à côté de la sienne.

Je m'assis sur le bord du lit avant de regarder par la fenêtre. La lune était basse dans le ciel, et elle projetait une lumière vive dans la chambre. Les ombres s'étiraient partout. Je tentai de m'éclaircir l'esprit et de penser à la beauté silencieuse qui m'entourait.

Mais je ne parvenais qu'à penser à l'homme que je ne pouvais avoir.

5

Partie de pêche
Francesca

J'ÉTAIS LA PREMIÈRE EN BAS ET PRÊTE AU DÉPART. J'AVAIS DÉJEUNÉ et bu mon café, et ma canne à pêche était accrochée à mon sac à dos.

J'aurais dû savoir que mon frère ne serait pas prêt.

Je me rendis jusqu'à sa chambre et toquai à la porte.

— Lève ton cul, Axel !

J'entendis marmonner à l'intérieur.

— Il est plus de six heures, criai-je. Si tu n'es pas prêt dans cinq minutes, nous...

Je dus m'interrompre parce que la porte de la salle de bain s'ouvrit et Hawke en sortit, une serviette passée autour de la taille. De la vapeur sortait de la pièce derrière lui et ses cheveux étaient encore humides.

— Heu...

J'en oubliai ce que j'étais en train de dire. Son torse était ciselé et bien tracé, et son ventre était orné de huit sillons musculaires au lieu de six.

Oh Mon Dieu !

Hawke dut voir l'expression sur mon visage parce qu'il sourit.

— Bonjour.

— Bonjour…

Il fallait que je cesse de le fixer des yeux. J'espérais juste que ma bouche était fermée et que ma langue ne pendait pas comme celle d'un chien.

Il passa ses doigts dans ses cheveux avant de se rendre dans sa chambre.

Je me tournai immédiatement pour le regarder, remarquant les muscles imposants de son dos. Ils étaient tracés comme si quelqu'un les avait sculptés jusqu'à atteindre la perfection. Il était le modèle idéal du corps masculin. Des gouttes d'eau coulaient toujours sur la peau de son corps.

Je n'étais que vaguement consciente du fait que je toquais toujours à la porte d'Axel.

— Putain, j'arrive ! héla Axel.

La porte s'ouvrit à la volée, et il me lança un regard venimeux.

— Donne-moi cinq minutes et je serai prêt à y aller.

Je me retournai vers lui.

— Quoi ?

Je n'avais pas entendu une seule de ses paroles.

Il leva les yeux au ciel et claqua la porte.

NOUS GRIMPÂMES LA PISTE AVEC NOS SACS SUR LE DOS. Randonner au lever du soleil était ma partie favorite de la pêche. Les oiseaux chantaient sur leurs branches et l'odeur des arbres pénétrait mes narines. Je pris mon temps et traînai en arrière pour apprécier le paysage – en particulier, la vue du cul d'Hawke.

Il était délicieux.

— Ça va, flemmarde ? héla Axel, à l'avant de la file.

Je détournai immédiatement les yeux du derrière d'Hawke.

— Ça va super. Continuez.

Il nous fallut presque une demi-heure pour y arriver parce que la randonnée se faisait uniquement en montée. Mes mollets étaient en feu. J'étais essoufflée, mais l'exercice m'avait fait du bien. Je n'avais pas toujours le temps de m'entraîner dans ma vie de tous les jours.

Lorsque nous atteignîmes enfin le lac, je m'étirai le dos.

— La vache, ça a pris des plombes.

— En voilà une qui ne pète pas la forme, dit Axel.

— Au moins, je ne chante pas comme une fille, marmonnai-je tout bas.

Hawke me lança un sourire.

— Putain, vous allez me lâcher avec ça ?

Axel s'approcha du quai où notre petit bateau flottait.

— Allez, allons-y.

— On attrapera plus de poisson près du rivage, dis-je.

— Comment tu le sais ? demanda Axel.

— Parce qu'il y a des tonnes de bateaux au milieu du lac. Les poissons se regroupent dans les zones plus fraîches et moins peuplées.

Papa nous avait appris ça il y a longtemps, mais Axel, qui ne se souvenait jamais de rien, ne sembla pas convaincu.

— Ou peut-être qu'on devrait monter à bord parce que tous les autres le font.

— Il y a un tuyau de l'autre côté du lac, où l'eau douce s'écoule. Je te dis que c'est là qu'il y en aura le plus.

Axel semblait toujours hésiter.

— Tu en sais un rayon sur la pêche, dit Hawke.

Ce n'était ni une question, ni une déclaration.

— J'étais un garçon manqué en grandissant, répondis-je.

Hawke hocha la tête mais n'ajouta rien.

— Je préfère utiliser le bateau, finit par dire Axel. Et je ne vais pas te laisser traîner toute seule, donc monte à bord.

— Me laisser ?

C'était une de mes bêtes noires. Je refusais de me laisser mener à la baguette – par quiconque.

— Tu ne me laisses pas quoi que ce soit. J'irai où je veux et quand je veux.

Hawke ne réagit pas ouvertement, mais je décelai une étincelle d'admiration dans son regard. Axel leva les yeux au ciel.

— On prend le bateau, donc ce serait plus logique que tu viennes avec nous, non ?

Sachant que j'étais un électron libre, que je n'en faisais qu'à ma tête, il fit machine arrière. S'il continuait à m'emmerder, je n'aurais aucun problème à me barrer et rentrer toute seule à la maison.

— Allez, ce sera plus amusant comme ça.

Il me dévisagea en attendant ma réponse ; je posai mes mains sur mes hanches.

— Ne me laisse pas tout seul avec lui, intervint Hawke. Il va se mettre à chanter – et tu sais ce que ça veut dire.

Axel lui lança un regard assassin.

— D'accord, je vous suis, dis-je en descendant sur le quai et m'approchant du bateau.

Axel poussa un soupir de soulagement avant de monter à bord.

Hawke resta en arrière et m'offrit sa main pour m'aider à embarquer.

— Non, merci.

Je sautai dans le bateau sans problème et m'assis. Hawke m'observa d'un air indéchiffrable. Puis il monta à bord et s'installa dans la rangée derrière moi.

— Bon, dit Axel en attrapant les deux pagaies. C'est parti !

En fin de matinée, j'avais attrapé le plus de poissons – de loin. Mon frère en avait à peine attrapé un. Hawke s'était mieux débrouillé en en pêchant trois, ce qui était impressionnant sachant qu'il n'avait plus pêché depuis dix ans.

— C'est ta canne, dit Axel. Elle est meilleure.

— Et les poissons savent faire la différence ? demandai-je avec sarcasme.

Axel m'éclaboussa. Je lui rendis la pareille.

— Lâche-moi !

Hawke resta à l'arrière et posa les yeux sur le lac d'un air paisible.

— Arrête, dis-je en me protégeant le visage. Tu vas faire chavirer le bateau.

— Pas avec ton gros cul assis dedans, lâcha Axel.

— J'ai un très beau cul !

Je l'éclaboussai une dernière fois. Le bateau parvint à quai et Hawke en sauta.

— Vous agissez comme des gosses, tous les deux. Je vais attendre ici.

Axel leva les mains en l'air.

— Trêve ?

— Tu dois des excuses à mon cul, dis-je.

— Et si je le bottais ? demanda Axel.

Je le frappai doucement avec la pagaie et sortit du bateau, sur le quai, sans prêter attention à la main tendue d'Hawke.

Hawke se pencha vers moi tandis qu'Axel tentait de sortir du bateau.

— Tu as vraiment un très beau cul.

Il me lança un clin d'œil espiègle avant de se retourner vers

Axel. Je le dépassai pour qu'il ne voie pas mes joues empourprées. Je tentai de balayer ce compliment, mais venant d'Hawke, il me toucha en profondeur.

Axel sortit du bateau et rassembla son matériel. Nous avions davantage à transporter au retour qu'à l'arrivée. Au moins, la marche ne durerait pas plus de trente minutes.

Nous entamâmes la descente et Axel mena la file comme d'habitude. Cette fois, je marchais juste derrière lui, Hawke derrière moi. Je me demandais s'il observait mon cul tout comme j'avais observé le sien un peu plus tôt.

À mi-chemin de la randonnée, Axel me lança un regard par-dessus son épaule.

— Frankie, viens ici.

Je n'aimais pas recevoir des ordres, mais je fis ce qu'il demandait au cas où c'était quelque chose d'important. J'accélérai le pas jusqu'à me retrouver à ses côtés.

— Qu'est-ce qui se passe ?

— Tu t'es bien amusée aujourd'hui ?

— Oui. Pourquoi ?

— Juste par curiosité.

Il jeta un regard à Hawke par-dessus son épaule avant de se retourner vers moi.

— Qu'est-ce que tu penses de lui ?

C'était quoi, cette question ?

— Il est sympa...

— Mais tu n'es pas attirée par lui, si ?

Pourquoi posait-il la question ? Était-ce marqué sur mon visage ?

— Non.

— Super, dit-il, l'air soulagé. Alors je n'ai pas à m'inquiéter.

Quoi ?

— T'inquiéter de quoi ?

— Tu sais, je sais que tu as eu une histoire avec mon ami Michael.

— Genre, il y a un million d'années ! Qu'est-ce que ça a à voir avec Hawke ?

— Et bien, Michael est un type bien. Hawke… pas tellement.

Mon cœur cogna fort contre ma poitrine et je me sentis étourdie. Hawke avait fait une déclaration similaire, et maintenant mon frère était d'accord avec lui. Qu'est-ce que ça voulait dire ?

— Ce n'est pas un type bien ? Je ne comprends pas. Pourquoi est-ce ton ami, alors ?

— Ah, non, il est très sympa. C'est un de mes meilleurs amis. Mais ce n'est pas le genre de mec que j'aimerais voir ma sœur fréquenter. Tu vois ce que je veux dire ?

— J'ai l'air de savoir ce que tu veux dire ? lâchai-je.

Il jeta un autre coup d'œil par-dessus son épaule pour s'assurer qu'Hawke ne pouvait pas l'entendre.

— Il aime jouer. Ça ne l'intéresse pas d'avoir une petite amie. Il est… tu vois ce que je veux dire. J'avais l'impression d'avoir détecté un genre de… je ne sais pas… de connexion entre vous deux. Je ne voudrais pas que tu gâches ton temps avec lui. Je sais que je te taquine beaucoup, mais je ne veux pas que tu sois blessée. Tu as déjà vécu suffisamment d'épreuves comme ça.

Il aime jouer ? Ça ne l'intéresse pas d'avoir une petite amie ?

— Je voulais juste te prévenir. Tu sais que je ne fourre pas mon nez dans tes affaires, mais… je pensais devoir te le dire. Toutes les filles craquent sur lui, donc je suis sûr que tu le trouves mignon aussi.

Mon cœur chavira.

— Heu… merci.

Axel ne détecta pas la déception dans ma voix.

Maintenant, tout avait plus de sens. Je cherchais quelque chose de sérieux – un jour ou l'autre – et il cherchait une aventure qui ne mènerait nulle part. C'était pour ça qu'il n'avait pas couché avec moi. Il pensait que je cherchais une passade quand je l'avais invité à aller boire un verre et embrassé devant son pick-up, et je ne pouvais pas franchement le blâmer. Mais quand j'avais parlé de petit-déjeuner et de ne pas précipiter les choses, il avait dû comprendre que je voulais plus qu'un coup d'un soir. Il aurait pu accepter mon invitation et me laisser tomber le lendemain après avoir tiré son coup, mais il ne l'avait pas fait.

Comment aurais-je pu le détester ?

6

Virée nocturne

Hawke

AXEL TOQUA À LA PORTE AVANT D'ENTRER DANS MA CHAMBRE.

— Tu es occupé ?

— Non.

Je verrouillai l'écran de mon téléphone et le fourrai dans ma poche.

— Qu'est-ce qui se passe ?

— Tu veux sortir ce soir ?

— Sortir où ?

Aux dernières nouvelles, nous étions au milieu de nulle part.

— Il y a quelques bars en ville. Et le week-end de Thanksgiving, c'est le moment idéal pour draguer des filles. Elles sont déprimées parce qu'elles sont seules et tout ça.

Le visage de Francesca apparut immédiatement dans mon esprit, même si j'ignorais pourquoi.

— Peut-être qu'on devrait rester ici pour passer du temps avec ta famille.

— On partira tard, après le dîner. Yaya sera au lit, et Francesca aussi.

Ça ne me semblait toujours pas acceptable.

— Et il y a des motels pas chers tout près, si on veut les ramener. Peut-être qu'on pourrait échanger, comme la dernière fois.

C'était une chose de cesser de fréquenter Francesca et de décider de rester amis, mais c'en était une autre de pavaner ma vie privée sous ses yeux. Elle me plaisait vraiment, et passer du temps avec elle ce week-end avait intensifié mon béguin pour elle. Elle était différente des autres filles. Elle était futée, confiante et forte. Elle se débrouillait seule et n'avait pas besoin d'un homme pour l'aider à débarquer d'un bateau ou porter son sac lors d'une randonnée.

Et c'était pour ça que je ne pouvais pas sortir avec elle.

Lorsqu'elle m'avait approché, je pensais qu'elle ne cherchait qu'une passade. Comme toutes les autres, nous passerions la nuit à nous envoyer en l'air avant que je ne m'en lasse et la rejette. Mais quand elle m'avait dit qu'elle voulait cultiver une relation avant de coucher, j'avais réalisé que je l'avais complètement mal interprétée.

Et je m'étais senti complètement idiot.

Je ne voulais pas l'abandonner comme je l'avais fait. Mais je ne voulais pas lui donner une raison de me rappeler. Je l'avais repoussée pour qu'elle ne veuille rien avoir à faire avec moi.

Parce que je savais que j'aurais du mal à rester loin d'elle.

Le Grind ne servait pas le meilleur café. Il était médiocre et trop cher. Mais je m'y rendais juste pour la voir. J'aimais lui parler, flirter avec elle. La chaleur qui rayonnait d'elle m'avait immédiatement attiré.

J'adorais les courbes de son corps et le goût de ses lèvres. J'avais pensé à la baiser pendant tout notre rendez-vous. J'avais fantasmé sur toutes les manières de la faire jouir.

Je désirais toujours la baiser.

Mais je ne le pourrais jamais. Elle était inaccessible. Elle voulait quelque chose que je ne pourrais jamais lui donner, pas seulement à elle mais à n'importe qui. Ça ne pourrait pas arriver, à moins qu'elle ne change d'avis sur ce qu'elle voulait de moi.

Mais ça ne se produirait pas.

Je la respectais et je l'appréciais beaucoup. Je soupçonnais que cet attrait ne passerait pas. Il y avait une connexion entre nous, une connexion que je ne pouvais nier, quoi que je fasse. Et pour cette raison, je ne pouvais sortir avec son frère sans qu'elle sache exactement ce que j'allais faire. Je me sentais coupable, d'une manière que je ne parvenais pas à expliquer.

— Restons ici. On pourra sortir un autre soir.

Axel me regarda d'un air suspicieux – je n'avais jamais dit une telle chose dans ma vie.

— Quoi ?

— C'est Thanksgiving, ma couille. Ça peut attendre.

— J'ai dit qu'on pourrait y aller après le dîner.

— C'est quand même grossier.

Axel capta le fil de mes pensées.

— Tu as un faible pour ma sœur ?

Son attitude amicale s'évapora complètement. Mon ami fut remplacé par un frère territorial et protecteur. Ses narines se dilatèrent et des cornes apparurent sur ses tempes.

— Ma sœur n'est pas le genre de fille que tu cherches. Ce n'est pas une fille facile. Elle a de la classe. Et je t'enfoncerai mon poing dans les dents si tu essaies quoi que ce soit.

Je ne pouvais lui dire que j'étais déjà sorti avec elle.

— Non, je n'ai pas un faible pour elle.

— Alors pourquoi tu ne veux pas sortir ?

— Je ne crois pas que ce soit une bonne idée. Sortons un autre jour.

— Pourquoi tu agis comme une gonzesse, là ?

Il ne laisserait pas tomber tant qu'il n'aurait pas ce qu'il voulait.

— D'accord. Allons-y.

— Super, dit-il en me frappant l'épaule. J'ai besoin de tirer un coup ce soir. Ça fait plus d'une semaine pour moi.

— Content de le savoir, répondis-je d'un ton sarcastique.

Yaya et Francesca préparèrent le repas de Thanksgiving et refusèrent de laisser Axel ou moi les aider. Lorsqu'Axel me parla à table, je me sentis déconnecté de ses paroles en observant Francesca se déplacer dans la cuisine. Elle portait un jean skinny et un pull vert ample. Il révélait les contours de son corps, et je me souvins de ses nichons entre mes mains.

Elle avait une belle paire de nibards.

J'avais du mal à détourner les yeux parce qu'elle attirait mon attention quoi qu'elle fasse. Elle avait ça dans le sang.

Nous finîmes par nous installer à table et Yaya récita le bénédicité. Puis nous entamâmes le repas. La nourriture était aussi incroyable que je m'y étais attendu, et j'ignorais si c'était Yaya ou Francesca qui en était responsable. Probablement les deux.

Francesca était assise en face de moi, donc je fus forcé de regarder son magnifique visage, même si j'aurais préféré l'éviter. Ses yeux verts brillaient constamment et reflétaient son humeur. Ils me rappelaient les arbres de l'autre côté de la fenêtre, épais et verts. Son teint pâle ne semblait pas hâlé par le soleil, mais était néanmoins superbe. Mes yeux ne cessaient de se poser sur ses lèvres. Je voulais les entrouvrir avec ma langue et la pousser à prononcer mon nom.

Après le repas, nous aidâmes tous à nettoyer la vaisselle et à ranger les restes. En s'attaquant à la tâche en équipe, elle fut bientôt terminée. Je frôlai Francesca à de nombreuses reprises, et à chaque fois, ma bite tressauta.

J'avais tant envie d'elle.

Nous nous assîmes dans le salon et regardâmes la TV dans un silence confortable. Francesca lisait le même livre que la veille. C'était un bouquin de l'Oprah's Book Club. Dès qu'elle était plongée dans l'histoire, les expressions de son visage changeaient légèrement. Ses sourcils bougeaient et parfois, les coins de ses lèvres se relevaient. Elle tournait silencieusement les pages en léchant ses doigts.

Je ne regardai pas une seule fois la TV.

À un moment donné de la soirée, Yaya monta se coucher. Puis Axel la suivit. Avant de partir, il me lança un regard d'avertissement qui indiquait clairement que sa sœur était zone interdite.

Je hochai la tête en signe de compréhension.

Axel monta à l'étage et referma la porte de sa chambre.

Francesca continua à lire, comme si elle n'avait pas remarqué que sa famille était montée se coucher.

— Il te plaît ?

Son regard croisa le mien, comme si elle avait été arrachée d'un endroit lointain.

— Pardon ?

— Ton livre. Il te plaît ?

— Oh...

Son air confus disparut.

— Oui, il me plaît.

— Tu es loin ?

— Environ à la moitié. Je n'ai pas souvent le temps de lire autant que je le voudrais, donc c'est une excellente opportunité.

— Je suis surpris que tu sois encore debout après toute la dinde qu'on a mangé.

Elle gloussa.

— La lecture endort certaines personnes. Elle a l'effet contraire sur moi.

Je ne lisais pas beaucoup. Ça n'avait jamais été un de mes passe-temps.

— Il va falloir que je redouble d'efforts à la salle de sport lundi.

Elle leva les yeux au ciel.

— Ouais… comme si tu en avais vraiment besoin.

Quand j'étais sorti de la salle de bain enveloppé dans une serviette, Francesca s'était pratiquement mise à baver. Elle avait rivé les yeux sur mon torse et perdu le fil de ses pensées, tout en continuant à marteler la porte de son frère.

— Si je veux faire de l'effet, je dois faire des efforts.

Elle reposa les yeux sur son livre.

— Tu fais de l'effet sans aucun effort, Hawke.

Ses cheveux bruns tombèrent sur une de ses épaules, et ils brillèrent à la lueur du feu.

La télévision s'évanouit en arrière-plan. Je n'avais aucune idée de ce qui passait.

— Merci pour le dîner. Tu as fait de l'excellent boulot.

— De rien. Je préfèrerais cuisiner toute la journée plutôt que d'étudier.

— Pourquoi ne le fais-tu pas ?

Elle haussa les épaules.

— J'ai presque fini mes études. Autant en avoir pour mon argent et obtenir mon diplôme.

Elle referma le livre et le posa sur le côté, comme si elle n'avait plus l'intention de lire ce soir. Ses ongles n'étaient pas vernis comme ceux de la plupart des filles que je connaissais. Ils étaient naturels.

— Tu as sans doute raison.

Elle se leva du fauteuil avant de s'asseoir à côté de moi sur le canapé.

— Tu passes du bon temps ?

— Oui.

Je fus soudain conscient de notre proximité. Il m'aurait suffi de me pencher vers elle et de baisser son jean pour obtenir ce que je voulais. Francesca était une femme intrinsèquement sexy. Elle était magnifique sans faire d'effort.

— Et toi ?

— Ouais. Dès que je suis à la maison, en famille, je suis heureuse.

Il manquait clairement certaines personnes. Il était clair que ses parents n'étaient plus de ce monde, mais je n'étais pas sûr de ce qui leur était arrivé. Axel ne l'avait jamais mentionné, et je ne lui avais évidemment pas posé la question. Les émotions et sentiments n'étaient pas un sujet de discussion entre mecs.

— Si ça ne te dérange pas d'en parler, qu'est-il arrivé à tes parents ?

Son expression ne changea pas du tout. Elle conserva le même calme, comme si je n'avais pas touché de corde sensible.

— Ils sont décédés quand j'étais jeune. Yaya a pris le relais et nous a élevés.

Elle n'élabora pas plus.

— Yaya a fait du bon travail.

— Oui, elle est assez incroyable. Elle a perdu tant de proches, mais elle est toujours heureuse. Elle a eu une très bonne influence sur Axel et moi.

Elle ne mentionna pas ce qui était arrivé à ses parents, et je supposai qu'elle ne voulait pas en parler. Elle tourna ses yeux verts vers moi, et j'y vis un éclair d'hésitation.

— Tes parents sont décédés aussi ?

Je soutins son regard en tentant de réfléchir à une réponse. Je n'aimais pas parler de ma vie ou de moi-même. Ça allait à l'encontre de toutes mes croyances. Il était plus facile de tenir les autres à distance plutôt que de les laisser s'approcher et voir qui j'étais et d'où je venais.

— Non. Ils sont partis en vacances tous les deux.

Francesca ne put cacher sa surprise.

— Oh… Euh, c'est sympa. Où sont-ils partis ?

— Dans les Caraïbes. Axel m'a invité pour que je ne sois pas tout seul.

— Je parie que tu préfèrerais être au paradis qu'ici, dit-elle avec un petit rire.

— Non, pas du tout.

Je soutins son regard en prononçant ces paroles. Être ici, loin de tout le reste, était exactement ce que je désirais. Aller pêcher le matin, et surtout l'expérience de cette camaraderie tranquille était un changement bienvenu dans ma vie solitaire. Francesca se rapprochait le plus d'être la petite amie que je n'avais jamais eue.

Les pas d'Axel se firent entendre dans l'escalier, et un moment plus tard, il apparut dans le salon. Il nous fusilla tous deux du regard, et l'accusation transparut dans ses yeux.

— Je disais justement à Francesca que mes parents étaient aux Caraïbes.

Il valait mieux que je parle en premier, connaissant le côté protecteur d'Axel.

Axel se détendit légèrement en ajustant la montre à son poignet.

— Tu es prêt à y aller ?

J'avais tout oublié de nos plans.

— Où allez-vous ? demanda Francesca.

— En ville, répondit Axel sans la regarder. Allons-y.

— Je peux vous accompagner ? demanda Francesca.

Non. Ce serait encore plus gênant !

— Non, morveuse, dit Axel. On va boire un verre au bar et

on n'a pas besoin d'un corbeau pour faire fuir tous les moineaux.

— Je ne suis pas un corbeau, siffla Francesca.

— Tu ressembles à un corbeau, renvoya Axel.

J'ignorais comment me sortir de cette situation. La culpabilité me dévorait vivant. Si je sortais avec Axel, Francesca saurait quel genre d'enfoiré j'étais. J'avais tous les droits de faire ce que je voulais mais... je n'avais pas envie de le faire. Pas devant elle.

— Axel, je ne me sens pas au top..., dis-je en frottant ma tempe comme si j'avais une migraine. Vas-y sans moi.

Le regard accusateur était de retour.

— Alors prend de l'ibuprofène.

Francesca observa notre interaction.

— On sortira demain. Après la pêche ce matin et le dîner... ça ne me dit rien, vraiment.

Je trouverais bien une excuse demain aussi. Axel ne dirait rien devant sa sœur, même s'il était évident qu'il en avait envie.

— Bon, ben, moi, je sors. À demain.

Il attrapa ses clés et sortit. Il ne claqua pas la porte, mais il sembla se retenir.

Je me retournai vers Francesca en tentant de ne pas la dévisager.

— Tu te sens bien ?

— Oui, je vais bien.

— Parce que j'ai de l'aspirine, si tu veux.

Son air inquiet la rendait encore plus belle, d'une certaine manière.

— Ne t'inquiète pas pour moi.

Francesca posa ses mains sur ses genoux et les tordit silencieusement.

À présent, j'étais mal à l'aise, et ne savais pas quoi dire. Je ne voulais pas sortir avec Axel parce que je savais que ça tendrait les choses encore plus entre nous. Mais inventer une excuse pour rester ici semblait rendre la situation tout aussi inconfortable.

— Mon frère m'a dit de me tenir à l'écart.

Au lieu de regarder le mur d'en face ou le sol, elle me regarda dans les yeux. Elle ne semblait jamais nerveuse en ma présence. Rien ne pouvait l'intimider.

— Il a dit que tu n'étais pas un type bien.

Son frère avait fait le sale boulot à ma place.

— Et il a raison.

Elle ne réagit pas ouvertement, mais une légère déception apparut dans ses yeux.

Je savais que je l'avais blessée en ne la rappelant pas après notre rendez-vous. Son expression lorsque je l'avais plantée devant sa porte resterait toujours gravée dans mon esprit. Je savais qu'il y avait toujours des sentiments de son côté, ainsi que du mien.

— Je suis le genre de mec que tu détestes. Je suis désolé de ne pas avoir été clair dès le début.

Elle scruta mes yeux comme si elle tentait d'y déceler quelque chose. C'était quelque chose qu'elle faisait souvent, et je n'étais pas sûr de savoir pourquoi.

— Je ne te déteste pas, Hawke. Et tu ne m'as donné aucune raison pour.

— Je ne suis pas du même avis. Je t'ai complètement mal interprétée quand on s'est rencontré. Je suis désolé que ma stupidité ait causé tant de malaise.

— Mais tu ne m'as pas mal interprétée, dit-elle. J'ai un peu exagéré avec le rentre-dedans... parce que tu me plaisais vraiment.

Mon cœur accéléra dans ma poitrine.

— Et je ne te blâme pas d'avoir eu la mauvaise impression, continua-t-elle. C'est facile d'interpréter mon audace pour de la facilité.

J'aurais préféré qu'elle soit facile.

— Je suis ravi qu'on ait pu arranger les choses.

Elle hocha la tête.

— On est deux adultes. Au moins maintenant, je comprends un peu mieux les choses.

Elle soutint mon regard pendant un instant, ses yeux verts aussi vifs qu'une pelouse fraîchement tondue sous la chaleur de l'été.

— Et donc... tu n'as jamais de relations amoureuses ?

— Non, dis-je sans hésitation.

— Jamais ?

— Jamais.

Je la regardai dans les yeux en répondant. Elle devait comprendre que ça ne changerait jamais.

— Donc tu... couches avec des femmes et ne les rappelles jamais ?

— C'est ça.

J'étais toujours sincère.

— Je les fréquente généralement quelques semaines, et puis j'arrête de les appeler parce que je m'en lasse.

Elle ne recula pas devant mon franc-parler.

— Et ça ne t'ennuie jamais ?

— Non.

Avoir une relation, quel qu'en soit le genre, n'était pas une option pour moi.

— Ça semble assez solitaire...

La pitié apparut dans ses yeux. Mais la solitude était tout ce que je connaissais.

— C'est parfois le cas... mais j'aime ça.

— Pourquoi ? demanda-t-elle en secouant légèrement la tête.

Pourquoi ? C'était une question à laquelle que je ne pourrais jamais répondre. Peu importe qui me la posait.

— Parce que.

La tristesse était placardée sur son visage.

— Et tu vas continuer à faire ça jusqu'à ce que tu tombes sur la bonne ?

— Je ne tomberai jamais sur la bonne. Même si je tombais dessus, je n'en voudrais pas.

Je n'avais jamais tant approfondi ce sujet avec une autre personne. Lorsque les autres me posaient des questions à ce sujet, je ne leur répondais même pas. Je laissais le silence s'étirer.

— Mon frère fait ce qu'il fait... mais je sais qu'il a aussi des relations amoureuses.

— Et c'est lui, pas moi.

Pourquoi insistait-elle avec cette conversation ? Voulait-elle que je change ? Pensait-elle qu'elle pourrait me pousser à changer ?

— Je ne suis pas bon pour toi, Frankie. Je ne sais pas combien de fois ou de manières différentes je peux te le dire. Si tu cherches le prince charmant ou un chevalier servant, ce n'est pas moi. Je suis sombre, froid et distant.

Lui exposer la vérité comme ça ne me faisait pas me sentir mieux, mais ça lui permettrait de comprendre que je ne changerais jamais – même pas pour elle.

— Je te crois.

Je ne vis pas la tristesse attendue dans ses yeux. Il n'y avait même pas de jugement.

— C'est juste que... je sens une connexion entre nous. Je ne peux l'expliquer... Tu vois de quoi je veux parler ?

Je voyais absolument. Je l'avais sentie dès l'instant où je l'avais rencontrée. C'était pour ça que je ne pouvais m'empêcher d'aller au Grind même si je ne supportais pas la manière dont son amie Marie me fixait toutes les deux secondes. Je voyais une vision de notre mariage reflété dans les yeux de Marie. Mais je revenais pour Francesca. Et lorsqu'elle m'avait fait comprendre qu'elle voulait s'envoyer en l'air, j'avais été vraiment ravi… mais je m'étais planté.

— Je suppose.

Je ne pouvais que minimiser mes sentiments.

— Nous voulons tous deux des choses différentes et il n'y a pas de mal à ça. Si c'est comme ça que tu veux vivre ta vie, tu ne baisseras pas dans mon estime pour autant. Et moi, je voudrais me marier et avoir des enfants un jour, et il n'y a rien de mal à ça non plus. Je ne devrais pas baisser dans ton estime pour ça.

— Ce n'est pas le cas.

Elle n'avait pas fait une seule chose pour baisser dans mon estime. En fait, je débordais d'admiration pour elle.

— J'aimerais qu'on soit amis – vraiment amis. Sans plus se cacher la vérité. En restant honnêtes. Ça économiserait du temps.

Elle ne me considérait pas comme un enfoiré dégoûtant ? Elle m'acceptait simplement tel que j'étais ? Elle ne tentait pas de me changer ? C'était si facile ?

— J'en serais ravi.

C'était la seule chose que je pouvais lui offrir, plutôt que la baiser quelques fois avant de m'en désintéresser. D'une certaine manière, c'était mieux ainsi.

— Alors tu devrais te dépêcher d'aller rejoindre Axel. Tu n'es pas obligé de rester ici à cause de moi. Tu ne me dois rien.

Ce regard déçu que je m'attendais à voir n'était pas là.

Pour la première fois, je ne voulais pas sortir au bar pour ramener une fille dans un hôtel et la baiser de millions de façons. En fait, je voulais rester ici à regarder le feu brûler dans l'âtre. Je voulais regarder la superbe femme à côté de moi et lui parler.

C'était ce que je voulais – son amitié.

7

Poignardé en plein cœur

Hawke

CYNTHIA ÉTAIT ÉTENDUE À CÔTÉ DE MOI AU LIT. ELLE SE BLOTTIT contre mon flanc comme un ours en peluche et s'accrocha à moi. Sa main était posée sur mon ventre et elle soupirait profondément toutes les quelques minutes.

Je n'aimais pas être touché.

— Qu'est-ce que tu fais demain ? demanda-t-elle d'une voix rauque.

Ça ne me dérangeait pas de baiser la même fille deux nuits d'affilée, mais je ne le sentais pas avec Cynthia. Le sexe était médiocre et je n'avais pas envie d'un second tour.

— J'ai quelque chose de prévu.

Je me glissai hors de son étreinte puis m'assis sur le bord du lit.

— Tu devrais y aller, Cynthia. Je dois travailler demain matin.

Elle s'assit, une expression vexée dans le regard.

— Et après le travail ?

— Je suis occupé.

Je ramassai ses vêtements par terre et les lui tendit. Je lui avais expliqué précisément notre accord, et j'étais agacé qu'elle tente de le transformer en quelque chose d'autre. Et j'étais encore plus irrité qu'elle se comporte comme si j'étais le méchant.

— Tu te comportes toujours comme un connard ?

— Seulement quand on me traite comme tel.

J'enfilai mon boxer et vérifiai l'heure. Il était presque vingt-trois heures.

Elle poussa un soupir irrité avant de commencer à se rhabiller.

— Tu préfèrerais que je te mente ? Tu préfèrerais que je te fasse la cour avant de te laisser tomber ?

Mentir pour attirer une fille dans son lit était bas. Plusieurs de mes amis le faisaient régulièrement, sans comprendre à quel point c'était douloureux pour la fille qu'ils jetaient comme du linge sale. Je choisissais d'être franc à propos de mes intentions, dès le début. Mais d'une certaine manière, j'étais un enfoiré encore pire à cause de ça.

— La ferme.

Elle me lança mon radio-réveil à la figure.

Je l'attrapai au vol avant de le reposer. Sa colère commençait à bouillir. Elle n'obtenait pas ce qu'elle voulait et n'aimait pas ça du tout. Elle s'était attachée à moi durant le peu de temps que nous avions passé ensemble, et s'attendait à ce que je craque pour sa beauté exceptionnelle, ses cheveux doux et ses jambes superbes.

Ce qui n'allait pas arriver.

Elle termina de s'habiller puis me lança un regard menaçant. Je choisis d'ignorer sa rage.

— Je peux te raccompagner chez toi si tu n'as pas envie de conduire.

La froideur de son regard ne diminua pas.

— T'es un vrai crétin. Je suis géniale, et n'importe quel mec serait reconnaissant de m'avoir.

N'importe quelle femme se qualifiant de géniale était bien trop vaniteuse à mon goût. L'assurance était agréable et très sexy. Mais l'arrogance... ce n'était pas mon truc.

— Je suis sûr que tu as raison.

Je fis de mon mieux pour étouffer le sarcasme dans ma voix. Elle attrapa son sac à main avant de partir en trombe dans le couloir.

Elle me rappellerait dans une semaine pour un plan cul.

Je la suivis jusqu'à la porte et l'ouvris pour elle.

— Tu n'auras pas de problème au volant ?

— Comme si tu t'en souciais.

Elle s'éloigna à grands pas et disparut dans le couloir.

Je refermai la porte et la verrouillai, ravi qu'elle soit enfin partie. Lorsque j'entrai dans ma chambre, l'écran de mon téléphone était illuminé par un message. Le nom de Francesca apparut à l'écran, et mon irritation s'évapora immédiatement. C'était une photo d'elle fourrant un énorme muffin dans sa bouche. Il y avait une légende en-dessous. *Je t'en ai gardé quelques-uns.*

Mes lèvres s'étirèrent en un sourire involontaire, et je pianotai sur l'écran pour répondre à son message. *Prends garde à ne pas manger les miens.*

Je ne peux rien promettre, mais j'essaierai.

Gros cul.

Hé, on sait tous les deux que j'ai un cul magnifique.

Je souris à nouveau. *C'est vrai.*

Passe les chercher au Grind demain.

S'il en reste...

Je te fais un doigt d'honneur, là.

Et je l'ai mérité.

Je fixai l'écran pendant quelques minutes en espérant qu'elle rajouterait autre chose. Nos conversations étaient l'une des rares choses qui me rendaient heureux. Le reste du temps, je me fondais dans l'obscurité pure.

Lorsque je sus qu'elle ne rajouterait rien, je posai le téléphone sur ma table de nuit et programmai mon réveil.

Puis il se mit à sonner.

Je l'attrapai et vérifiai l'identité de l'appelant.

C'était ma mère.

Je savais que ce ne serait rien de bon. En fait, ce serait terrible. J'avais reçu cet appel tant de fois, et il ne manquait jamais de gâcher ma journée. Je fermai les yeux et poussai un profond soupir avant de décrocher.

— Comment ça va ?

La voix de maman était terrifiée à l'autre bout du fil.

— Il est de mauvaise...

Mon père hurla dans le fond, et j'entendis des choses s'écraser et se briser.

— Je suis dans la salle de bain. Je ne sais pas quoi faire...

Les larmes dans sa voix me poussèrent à serrer le poing.

— Appelle les flics.

— Tu sais que je ne peux pas faire ça.

Je ne voulais pas être aspiré là-dedans. Je détestais en faire partie. Mais je ne pouvais pas non plus lui tourner le dos. J'étais la seule chose qui se tenait entre ma mère et une mort prématurée.

— Theodore...

— Hawke.

Je détestais ce nom. Je refusais que quiconque m'appelle ainsi.

— S'il te plaît.

Je n'étais pas suffisamment solide pour l'ignorer et vivre ma vie. Si je voulais un jour mener une vie normale, je devais passer à autre chose et ne jamais regarder en arrière. Mais je savais que je ne pourrais jamais faire ça.

— J'arrive.

En entrant dans la maison, je découvris du mobilier cassé par terre. Des assiettes étaient brisées en mille morceaux, des bouteilles de vin écrasées en piles là où elles avaient atterri, et une chaise avait volé en éclats.

— Ouvre cette porte tout de suite !

Mon père enfonça la porte de la salle de bain. Il balança tout son poids contre la porte en tentant de l'ouvrir.

— Tout de suite !

Mon corps se raidit immédiatement, et je fis irruption dans le couloir. Lorsque j'arrivai à sa hauteur, je l'attrapai par la nuque avant de le jeter par terre avec force. Mon père me tourmentait autrefois parce qu'il était bien plus grand que moi. Mais les choses avaient changé. J'étais le plus fort, et je ne lui permettais jamais de l'oublier.

— Espèce d'enfoiré inutile !

Je frappai sa tête contre le sol à nouveau, et il ferma les yeux en perdant connaissance. Lorsqu'il ne bougea plus, je sus qu'il serait KO pendant quelques heures.

— Maman ?

Elle pleurait dans la salle de bain.

— Maman, il est KO.

Elle renifla bruyamment à l'intérieur.

— Tu peux sortir maintenant.

La porte se déverrouilla avant de s'ouvrir d'un cran. Mince et frêle, elle baissa les yeux vers papa. Au lieu d'être soulagée qu'il soit évanoui, elle sembla triste, comme si elle avait pitié de lui.

Ça n'avait aucun sens !

Elle portait une robe de chambre et ses cheveux étaient presque gris. Ils avaient perdu leur couleur des années plus tôt. Ses bras minces étaient osseux, et elle faisait trente centimètres de moins que moi. Elle dévisagea mon père pendant longtemps avant de lever les yeux vers moi.

— Merci, mon ange.

— Ça va, maman ?

Je passai mon bras autour d'elle et examinai son corps pour y chercher des hématomes. Heureusement, elle n'en avait aucun.

Elle hocha légèrement la tête, les yeux toujours rivés au corps par terre.

— Tu veux rester chez moi ce soir ?

Elle acquiesça à nouveau.

— Je ne veux pas rester ici…

Je lui répétais de le quitter, mais elle ne m'écoutait jamais. Elle avait toujours trop peur qu'il ne vienne s'en prendre à elle et fasse bien pire. Lorsque j'appelais la police, maman mentait et se comportait comme s'il ne s'était rien passé. Je ne voyais pas comment aider quelqu'un qui ne voulait pas être aidé.

Le plus facile aurait été de couper tout contact et d'aller de l'avant avec ma vie. Je ne cessais d'être entravé par cette situation. Mais je n'oublierais jamais la manière dont ma mère m'avait protégé lorsqu'il s'en était pris à moi. Elle avait pris plus de coups que j'aurais pu l'imaginer, et son bras avait été fracturé en deux endroits différents. Elle n'était pas suffisamment forte pour se protéger elle-même, mais elle m'avait toujours protégé.

Et je ferais pareil pour elle.

— Allons chez moi.

— Tu veux un café ?

La cafetière bipa lorsqu'elle termina de passer le café.

— Oui.

Maman s'assit à la table de la cuisine, voûtée, des larmes coulant toujours sur ses joues.

— Lait et sucre ?

— Oui.

Sa voix était si faible qu'elle semblait morte.

Je posai la tasse devant elle sur la table, puis je m'assis en face d'elle avec la mienne. Il était noir – comme je l'aimais.

Maman fixa sa tasse des yeux sans boire.

Je la regardai sans savoir quoi dire. J'avais déjà eu cette conversation si souvent et ne pouvais l'avoir à nouveau. Elle ne menait jamais nulle part. Je ne parvenais jamais à la raisonner. Le lendemain matin, mon père viendrait s'excuser. Et bien sûr, elle le pardonnerait comme si rien ne s'était passé. Quelques semaines plus tard, nous reprendrions les exactes mêmes places.

Quel était l'intérêt ?

Je sirotai mon café et pensai à Francesca. Je me demandais si elle dormait. Si elle ne dormait pas, que faisait-elle ? Je l'imaginais dans sa cuisine, à préparer des muffins en portant un tablier rose. L'odeur délicieuse remplissait la maison, lui donnant la même odeur qu'à Thanksgiving.

— Tu bois ton café noir ?

Maman fixa des yeux ma tasse. Je bus automatiquement une autre gorgée.

— Oui.

— Tu ressembles tellement à ton père…, dit-elle en baissant les yeux à nouveau.

Mes poils se dressèrent immédiatement sur ma tête, et l'adrénaline coula dans mes veines. Maman disait toujours ça comme si c'était un genre de compliment. Nous nous ressemblions tellement, nous parlions de la même manière, et maintenant nous buvions notre café de la même manière. Je détestais être comparé à lui... surtout en sachant que les similitudes étaient réelles.

— Tu peux prendre ma chambre. Je dormirai sur le canapé.

Il fallait que je change les draps. Il serait gênant que ma mère sache ce que j'y avais fait une heure plus tôt.

— Merci, mon cœur.

Elle sirota son café et en fixant la table.

Comme toujours, nous nous comportâmes comme si rien ne venait de se passer. Nous prétendîmes que nos vies étaient parfaitement normales, comme celle des autres. Nous passions nos vacances comme le reste de la société, et nous étions aussi heureux que toutes les autres familles.

Mais malgré tous nos efforts pour faire semblant, ça ne devenait jamais réalité.

JE COUPAI LE MOTEUR ET ATTENDIS DEVANT SA MAISON. UNE lumière était allumée dans une des chambres, et je me demandai si c'était celle de Francesca. Peut-être travaillait-elle tard sur un article. Ou peut-être lisait-elle.

Je lui envoyai un message. *Tu dors ?*

Elle répondit immédiatement. *Qui pose la question ?*

Son attitude taquine me faisait toujours sourire. Elle était la seule à pouvoir s'en sortir avec ça. Ma mère dormait dans mon lit en cet instant, et mon père était toujours évanoui dans le hall. Mais ça me semblait si lointain. *Un homme affamé.*

Tu veux des muffins à cette heure-ci ?

Ne me juge pas.

Tu veux passer chez moi ?

Tu aurais les jetons si je te disais que j'étais devant chez toi ?

Oui... ça fout vraiment les jetons.

MDR. Je peux faire le tour du pâté de maison si tu préfères.

Non. Ce serait encore plus louche.

Je ris tout seul. *Tes muffins me rendent fou.*

On me le dit souvent.

Je levai mes yeux au ciel avant de sortir du pick-up. *Viens m'ouvrir.* Je m'approchai du porche et me tins sous la lumière.

Francesca ouvrit la porte, vêtue d'un short de pyjama en tissu écossais et d'un débardeur blanc. Ses cheveux cascadaient autour de ses épaules et son visage était démaquillé. C'était la première fois que je la voyais ainsi, et je fus surpris de la trouver aussi belle. La plupart du temps, les filles étaient totalement différentes sans maquillage. Mais elle… elle était encore plus belle.

Francesca se sentit complexée par mon regard fixe.

— Ne t'attends pas à ce que je ressemble à une reine de beauté à une heure du mat'.

— Je ne m'y attends pas, dis-je en entrant dans la cuisine. Mais je ne m'attendais pas non plus à ce que tu ressembles à un monstre…

Elle tapa mon bras d'un air joueur.

— Si tu veux mes muffins, tu ferais mieux de ne pas te comporter comme un crétin.

Je balayai le plan de travail des yeux à la recherche de sa nouvelle création.

— Ils sont là-dedans.

Elle ouvrit le couvercle en d'une boîte en verre ; les muffins étaient posés sur une mince feuille de papier blanc. Je m'assis à côté d'elle.

— Ils sont à quoi ?

— Aux amandes et à la vanille.

— Miam… ça a l'air bon.

J'en attrapai un et mordis immédiatement une bouchée.

— Mince, c'est délicieux. C'est quoi, ton secret ?

— Comme si j'allais le dire à quelqu'un.

Elle prit un muffin et commença à le grignoter.

— Allez, tu peux me le dire.

Je me tournai vers elle en continuant à manger.

— Hors de question. Tu me volerais ma recette.

— Et j'en ferai quoi ? demandai-je. J'ai l'air d'un pâtissier ?

— Tu pourrais la vendre sur Internet.

— Je doute que quiconque l'achèterait, dis-je pour la piquer.

Je terminai ma friandise avant d'essuyer mes doigts sur une serviette.

— Tu vas vraiment attendre de finir tes études pour lancer ton commerce ? Tu devrais le faire tout de suite.

— Je n'ai pas l'argent.

Elle ramassa le reste des miettes à l'intérieur du papier délicat.

— Ça s'appelle un prêt.

— Je n'ai aucune garantie. Axel m'a dit qu'il me laisserait lui emprunter de l'argent quand il commencerait à en gagner plus. Je vais devoir attendre.

J'aurais aimé pouvoir lui prêter de l'argent. Honnêtement, je n'avais pas grand-chose pour l'instant. Je devais terminer mon stage pour pouvoir déménager et poursuivre mon rêve à Manhattan. Pour l'instant, je n'avais rien à lui offrir.

— Peut-être que tu pourrais acheter un camion et commencer comme ça. J'ai vu des gens le faire.

Elle secoua la tête.

— Non. J'aimerais une vraie pâtisserie, où les gens peuvent venir s'asseoir et lire leur journal en buvant leur café. C'est comme ça que c'est censé être. Je veux connaître mes clients. Tu sais, développer une relation avec eux.

Je n'étais pas une personne sociable. En fait, je détestais les gens.

— Alors accroche-toi à ton rêve et sois patiente.

— De plus, ça me donne plus de temps pour perfectionner mon art.

Je reluquai ses muffins sans me resservir.

— Je crois que tu t'es assez perfectionnée.

— Mes gosses vont être obèses, gloussa-t-elle. Et ce sera ma faute.

Je pouvais l'imaginer en tant que maman. Ses enfants rentreraient de l'école et elle embrasserait chacun sur le front. Puis son mari rentrerait, beau et puissant. Il l'embrasserait et lui dirait qu'il l'aimait – chaque jour. Cette vision me rendit triste sans que je comprenne pourquoi.

— Ils seront quand même mignons s'ils héritent de ton magnifique cul.

Elle gloussa.

— Si seulement...

Nous restâmes assis dans un silence confortable. Ce que j'aimais bien chez Francesca, c'était sa conversation. La plupart des filles que je connaissais ne savaient pas quand la fermer. Elles radotaient parce qu'elles étaient mal à l'aise. Mais Francesca avait l'assurance dans la peau. Laisser le silence s'éterniser ne nous dérangeait pas. Je n'étais même pas aussi à l'aise avec Axel.

— Tu n'es venu ici que pour un muffin ?

Sa voix était devenue sérieuse ; elle avait perdu son ton taquin.

Je ne voulais pas lui expliquer la véritable raison de ma présence ici. Je n'étais pas près de la raconter à quiconque. C'était un secret que j'emporterais dans la tombe.

— Je n'arrivais pas à dormir.

— Moi non plus.

— Tu avais quelque chose en tête ?

Je me sentais mal de lui poser des questions alors que je refusais de répondre aux siennes. Mais elle ne semblait pas dérangée.

— J'ai fait un cauchemar. Et je suis incapable de fermer les yeux depuis.

Lorsque je la regardai dans les yeux, j'y vis son anxiété reflétée.

— Tu sais ce que je fais dans ces cas-là ?

— Hmm ?

— Je choisis ma chanson favorite et j'essaie de la chanter à l'envers dans ma tête.

— Et ça fonctionne ?

Je hochai la tête.

— Ça bloque toutes les autres pensées et ça me permet de m'endormir.

— J'imagine que ça ne me coûte rien d'essayer…

— Tu as fait un cauchemar sur quoi ?

Je posai mes bras sur la table.

Elle regarda par la fenêtre de la cuisine d'un air hébété. Ses lèvres étaient pincées, comme si elle menait un débat interne.

— Rien…

La déception déferla en moi, tout en sachant que j'étais injuste. Comment pouvais-je m'attendre à ce qu'elle me fasse confiance alors que je ne me confiais pas à elle ?

— Et comment s'est passée ta journée ?

— Bien. J'avais un rencard ce soir.

Mon cœur accéléra légèrement, mais je ne réagis pas. Mes cheveux se dressèrent sur ma tête, et pour la première fois de la soirée, je me sentis mal à l'aise. Je sortais d'une baise sans lendemain avec une fille dont je ne me souvenais même pas du nom, mais entendre Francesca dire qu'elle avait eu un rencard m'avait refroidi.

— Comment ça s'est passé ?

Elle haussa les épaules.

— C'était sympa. Mais je ne crois pas que je le reverrai.

— Qu'est-ce qui ne t'a pas plu chez lui ?

— Je ne sais pas… juste qu'il n'y avait aucune étincelle. Lorsqu'il m'a embrassée sur le seuil, je n'ai rien ressenti.

Lorsque je l'avais embrassée, j'avais ressenti un feu d'artifice explosif. Le souvenir de cette nuit me revenait à l'improviste, surtout quand je me trouvais au lit avec une autre.

— On dirait que ce n'est pas le bon.

— Non. Ça, c'est sûr, dit-elle en triturant le papier entre ses doigts. Je ne crois plus que le bon existe.

La mélancolie dans sa voix me chagrina.

— Il existe. Il faut continuer à chercher.

Il y avait quelqu'un de spécial là-dehors, pour elle. Je le savais. Et je savais que tous les mecs qui la rencontreraient voudraient être ce quelqu'un de spécial.

— Comment s'est passée ta soirée ?

Vraiment terrible.

— OK.

— Tu as fait quelque chose d'amusant ?

— Je suis sorti dans un bar.

Cette simple phrase expliquait le reste de la soirée sans besoin de détails.

— Et comment ça s'est passé ?

Si ça la dérangeait, elle le cachait bien. Je soupçonnais qu'elle m'avait oublié et qu'elle ne me désirait plus de cette manière. J'avais le sentiment qu'elle n'éprouvait que de l'amitié envers moi.

— C'est un peu flou. Quand je l'ai foutue dehors, elle ne voulait pas partir. Elle n'était pas très contente.

Francesca sourit légèrement.

— Tu pourrais prendre deux secondes de ta journée pour l'emmener déjeuner ou quelque chose.

— Je n'ai pas deux secondes à lui accorder.

Elle leva les yeux au ciel mais sembla amusée.

— Peut-être que tu as tout compris, et que je devrais être plus comme toi.

Mes yeux se posèrent sur son visage.

— Quel est l'intérêt de passer d'un rencard à l'autre si je ne rencontre personne qui vaut le coup ? Si je faisais comme toi, au moins, je me sentirais satisfaite le lendemain.

C'était la dernière chose que je lui souhaitais.

— Non.

Elle posa les yeux sur moi.

— T'es trop bien pour ça. Crois-moi, tu ne t'en sentirais que plus misérable. Tu as de la classe, et tu devrais continuer à faire ce que tu fais. Les mecs ne feraient que t'utiliser sans se souvenir de ton prénom.

— Mais je les utiliserais aussi.

Un côté protecteur apparut en moi, et j'ignorais d'où il pouvait venir.

— Non.

C'est tout ce que je lui dis, et je n'eus pas besoin de rajouter quoi que ce soit. Elle soutint mon regard pendant un long moment avant de détourner les yeux.

— Je pense que je vais essayer de me rendormir…

Je ne voulais pas partir. Quand j'étais avec elle, je ne pensais plus à toute la merde dans ma vie. Je ne pensais pas à mon père étendu dans le couloir, à moitié mort. Et je ne pensais plus à ma frêle maman qui se tapissait dès qu'il levait la main. Francesca me donnait un sentiment de paix.

— Je devrais probablement y aller aussi. Merci pour le muffin.

— De rien. Tu as de la chance que je ne te fasse rien payer.

Elle se leva de table et passa ses cheveux par-dessus une épaule.

— Alors je serais ruiné.

Je fixai des yeux le creux de sa gorge en imaginant y déposer des baisers. Sa peau était si sucrée, elle avait un goût le miel. Chaque fois que je regardais la porte de chez elle, je me souvenais de la nuit où j'avais failli l'avoir. Une part de moi aurait préféré aller jusqu'au bout. Mais une part encore plus importante était soulagée d'avoir fait le bon choix. Elle sourit.

— Tu as raison.

Lorsque ses yeux verts croisèrent les miens, je crus y déceler du désir. C'était comme si elle voulait que je reste mais refusait de l'avouer.

Je voulais rester aussi.

— Je peux rester à côté de ton lit jusqu'à ce que tu t'endormes.

Ma suggestion sortit de nulle part, et je n'y réfléchis pas à deux fois. La pensée n'avait même pas pénétré mon esprit avant de franchir mes lèvres.

— Tu ferais ça pour moi ?

Je ferais n'importe quoi pour toi.

— Je te suis.

Je me dirigeai vers le couloir et attendis qu'elle montre la voie.

Elle me lança un dernier regard avant de me dépasser et d'entrer dans sa chambre. Les murs étaient peints en gris et les garnitures étaient blanches. Son couvre-lit était jaune et tout son mobilier blanc. Ça convenait parfaitement à sa personnalité.

Elle se mit au lit avant d'éteindre la lumière. Elle se coucha sur le côté et me fit face, ses cheveux doux étalés sur l'oreiller. J'avais envie de me glisser au lit et d'embrasser ses lèvres jusqu'à ce qu'elles soient rougies. Je voulais rouler sous ses draps et la faire gémir pour moi. Cette seule pensée me fit bander.

Il y avait une chaise juste à côté du lit, et je m'y installai.

Elle se tourna vers moi.

— Tu veux me lire une histoire ?

— Ça t'aiderait à dormir ?

Elle hocha la tête.

— Mon père me lisait toujours des histoires.

Je regardai sa table de chevet et vis une pile de livres, dont l'un attira mon attention.

— *Le Hobbit* ?

— C'est bien. Tu l'as lu ?

— Non. Mais je suis surpris que tu l'aies.

— Pourquoi ?

Elle remonta le drap jusqu'à son épaule.

— Ça ne parle pas de dragons et de magie et tout ça ?

— Et alors ?

Je feuilletai quelques pages.

— Je n'avais pas réalisé que c'était ton truc.

— Je lis de tout. Cite-moi n'importe quel livre, et je l'ai probablement lu.

L'idée qu'elle lise des aventures de nains me serra le cœur d'une manière que je ne pouvais expliquer.

— Si tu es fatigué, tu peux t'allonger avec moi. Je suis beaucoup plus à l'aise quand il y a quelqu'un d'autre dans mon lit.

Partageait-elle souvent son lit ? Pourquoi m'en souciais-je ? Sans réfléchir, je me débarrassai de mes chaussures et m'allongeai de l'autre côté du lit. Mon comportement me surprit, mais j'étais déjà installé. Son lit semblait encore plus petit maintenant que j'étais dedans. Les draps étaient doux, même à travers ma chemise et mon jean.

Francesca se tourna pour me faire face, mais resta de son côté du lit. Ses yeux scrutèrent les miens, comme si elle pouvait y voir quelque chose que j'y dissimulais.

— Je sais que tu n'es pas venu ici pour manger un muffin. Et je sais que tu n'es pas venu ici parce que tu n'arrivais pas à dormir.

Mon cœur loupa un battement.

— Je sais que quelque chose te travaille. Tes yeux te trahissent.

Pouvait-elle me lire à livre ouvert ?

— Je sais que tu ne veux pas en parler, donc je ne vais pas te poser de questions. Mais je veux que tu saches que je suis là pour toi.

Sa main s'approcha de la mienne et elle ferma les yeux.

— Tout comme tu es là pour moi maintenant.

8

Caféine
Francesca

Je m'inclinai en arrière et jetai le grain de café en l'air. Il s'éleva jusqu'au plafond avant de redescendre. La bouche ouverte, je tentai de l'attraper, mais je manquai mon coup et il rebondit sur mon menton.

— Fait chier !

Je lançai un second grain en l'air pour faire une autre tentative.

— Je dois te parler.

Marie fit irruption derrière le comptoir, attachant son tablier autour de sa taille.

— Une minute. Je vais y arriver cette fois-ci.

Elle attrapa les grains de café de ma main.

— C'est sérieux.

Je supposai que mon nouveau tour allait devoir attendre.

— Qu'est-ce qui ne va pas, Marie ?

— Le proprio m'a appelé ce matin.

— Et ?

Il venait régulièrement vérifier la maison, donc ce n'était pas surprenant.

— Apparemment, il va faire enlever la moquette pour installer des planchers en bois dur.

— Génial !

J'avais toujours voulu avoir des planchers en bois dans la maison. Ça donnait à tout un air beaucoup plus élégant.

— Non, ce n'est *pas* génial, dit Marie en posant une main sur sa hanche. Ça veut dire qu'on va devoir aller dormir ailleurs pendant une semaine entière.

— Oh…, dis-je, n'ayant pas anticipé ce problème.

— Stacy n'a pas de place chez elle parce que sa mère vient lui rendre visite, et je ne veux pas m'incruster chez quelqu'un d'autre. Donc je crois que je vais rester chez Anthony.

— Je pensais que tu comptais le larguer, non ?

— Si, mais j'ai besoin d'une piaule pendant encore une semaine, lâcha-t-elle.

— Tout compte fait…

— Hé ! Il va pouvoir tirer son coup une semaine de plus. Je doute que ça le dérange. Et toi, tu comptes aller où ?

— Heu…

Je n'y avais pas pensé. Je me creusai la cervelle pour penser à quelqu'un que ça ne dérangerait pas de m'accueillir sur son canapé pendant une semaine.

— J'interromps quelque chose ?

La voix grave d'Hawke se fit entendre devant le comptoir.

— Oh, salut !

Surprise, je portai la main à ma poitrine. Je n'avais même pas entendu la clochette sonner au-dessus de la porte.

— Oh, salut à toi aussi ! dit-il d'un ton sarcastique.

Le léger sourire qui dansait sur ses lèvres m'indiqua qu'il me taquinait.

Marie nous regarda tous les deux avant de lever les yeux au

ciel. Elle n'hésitait pas à montrer ce qu'elle pensait d'Hawke. Elle ne comprenait pas comment nous avions pu passer d'amants potentiels à amis si facilement. C'était vraiment difficile à expliquer, donc j'avais cessé d'essayer.

— Je dois pointer.

Elle se glissa sous le rideau et disparut. Je me tournai vers Hawke.

— Comme d'habitude ?

— Tu me connais si bien.

Je remplis sa tasse de café et la lui tendis.

— Alors... tout va bien ? demanda-t-il avant de siroter son café.

— Oh, ouais. Tout va très bien.

Hawke avait dormi dans mon lit l'autre nuit, mais étonnamment, ça ne me semblait même pas étrange. Maintenant que je savais qu'il ne serait qu'un ami, j'avais cessé d'espérer plus. Mais c'était si naturel que j'en étais effrayée. Je ne me sentais pas mal à l'aise de dormir à côté de lui. Je n'aurais pu faire ça avec aucun autre ami.

— Notre proprio nous fout à la porte pendant une semaine parce qu'il fait refaire les planchers. Marie et moi, on va devoir crécher ailleurs.

— Et tu vas rester où ?

— Je n'en suis pas sûre. Je dois encore trouver une solution.

Je me frottai le menton en me creusant les méninges.

— Axel ?

— Non ! m'exclamai-je en lâchant un rire incontrôlable. Mon Dieu, non. Je n'irai chez lui qu'en dernier recours.

— Une amie ?

— J'en ai quelques-unes, mais elles manquent déjà de place avec leurs autres colocs...

Il y avait une solution à mon problème, et il me restait juste à la trouver.

— Marie va loger chez qui ?

— Un mec avec qui elle sort.

Il but une autre gorgée de son café.

— Je suis certaine que je vais trouver quelque chose. J'y arrive toujours.

— Pourquoi tu ne resterais pas chez moi ?

Venait-il de m'inviter à loger chez lui ?

— Sérieux ?

— Pourquoi pas ? demanda-t-il. Je suis rarement chez moi, puisque je travaille tout le temps. Je n'ai qu'une chambre, mais tu peux l'utiliser. Je pourrai dormir sur le canapé.

C'était vraiment sympa de sa part, mais je ne m'y attendais pas.

— Heu… Je ne sais pas vraiment quoi dire.

— Tu n'as rien à dire du tout. Dis-moi quoi quand tu auras décidé.

Il déposa l'argent sur le comptoir avant de s'éloigner avec son café. Il s'installa à table et commença à travailler sur son ordinateur.

Marie ressortit un instant plus tard.

— Anthony vient de me répondre et m'a dit que je pouvais rester chez lui. Il a ajouté que tu pouvais utiliser le canapé, si tu voulais.

Squatter le canapé du futur-ex-petit-ami de Marie ne me semblait pas être la meilleure solution.

— Hawke vient de me proposer de loger chez lui. Je crois que je vais accepter.

— Loger chez Hawke ? Pendant toute une semaine ? demanda-t-elle, incrédule.

— Et alors ?

— Heu… tu as pratiquement couché avec lui, dit-elle en claquant ses doigts devant mon visage comme si je devais me réveiller.

— C'était il y a presque deux mois. Maintenant on est juste amis.

Elle se frotta la tempe comme si elle avait la migraine.

— Comment est-ce possible que deux personnes qui étaient sur le point de s'arracher leurs vêtements puissent devenir juste amis ?

Ça n'avait aucun sens pour moi non plus. Mais entre Hawke et moi, ça fonctionnait.

— C'est difficile à expliquer...

— Et bien, essaie, dit-elle en croisant les bras.

— Tu ne comprendrais pas.

J'avais du mal à croire que j'étais sur le point de dire ça tout haut.

— Mais tu vas quand même essayer.

— Hawke et moi... Je t'ai dit qu'on est étrangement liés depuis qu'on se connaît.

— Oui, je m'en souviens.

— Et bien, ce lien est toujours présent. C'est comme si... il devait faire partie de ma vie, que ce soit en tant que petit ami ou ami. Je ne peux pas l'expliquer mieux que ça. C'est juste que... j'ai besoin de lui. Et je suis pratiquement sûre qu'il a besoin de moi aussi. J'ai le sentiment qu'il est censé jouer un certain rôle dans ma vie.

Marie sembla encore plus décontenancée.

— Je sais que ça semble fou mais... j'ai le sentiment que nos chemins devaient inévitablement se croiser.

— Parce que... ?

— C'est une de ces choses qui se sent, c'est tout. Crois-moi là-dessus.

— Tu penses que ce mec est ton âme sœur ou quoi ?

— Non, ce n'est pas ce que j'ai dit.

— Ma couille, je commence à croire que tu es folle.

Je savais que de son point de vue, ça devait sembler fou.

— C’est une de ces choses que personne ne peut comprendre. Mais je sais ce que je ressens. Et c’est tout ce qui compte.

Marie soupira, comme si elle était prête à abandonner le sujet.

— Fais gaffe à toi, OK ?

— Ne t’inquiète pas.

— Parce que je lui botterai le cul.

Elle pointa son doigt pour me faire comprendre qu'elle ne plaisantait pas. Mes lèvres s’adoucirent en souriant.

— Je sais.

Hawke était toujours assis dans l’entrée quand je quittai le travail, donc je me glissai dans le siège en face du sien.

— Tu travailles toujours ?

Il referma l’écran de son ordinateur avec un léger sourire aux lèvres.

— Le travail ne dort jamais.

— Tu travailleras toujours autant ?

— Pas quand je ne serai plus stagiaire. Je fais tout le sale boulot que personne d’autre ne veut faire. Mais quand ce sera terminé, j’aurai tout ce que je me suis tué pour avoir.

— Donc, tu veux devenir investisseur ?

— En un mot.

— Mais ça semble… barbant.

Il sourit comme s’il n’était pas offensé.

— C’est comme parier, mais avec plus de recherche. Tu tentes toujours de découvrir d’où va venir le prochain gros marché. Quand faut-il vendre ? Quand faut-il acheter ? En fait, c’est vraiment intéressant.

— Hmm… Je n’y avais jamais pensé sous cet angle.

Il glissa son ordinateur dans sa sacoche.

— La pâtisserie, ça ne paraît pas très excitant, mais je suis sûr que c'est le cas.

— C'est très excitant. Quand je vois ton visage s'illuminer à chaque fois que tu manges un de mes muffins, ça en vaut vraiment la peine.

Il referma son sac et le posa sur le siège à côté du sien.

— Comment s'est passé le boulot ?

— Pas trop mal. Je n'ai réussi qu'à avaler un seul grain de café.

— Pardon ? dit-il en haussant un sourcil.

— J'essaye d'attraper des grains de café dans ma bouche, mais je rate toujours mon coup. Tu sais...

Je lui rejouai le mouvement.

— Oh. Du temps bien passé.

— Quand il n'y a pas de clients, il faut bien se divertir.

— Tu as repensé à mon offre ?

— Elle est toujours sur la table ? demandai-je.

— Bien sûr que oui. Mais à une condition.

Je plissai les yeux.

— Laquelle ?

— Tu dois me montrer ton beau petit cul – juste un coup d'œil.

Je levai les yeux au ciel, sans pouvoir effacer mon sourire.

— Hors de question.

— Alors tu devras cuisiner pour moi toute la semaine.

— Ça, pas de problème.

— Sans porter de bas...

Je chiffonnai une serviette avant de la lui lancer.

— Pervers.

Il gloussa.

— Je n'ai jamais dit que ce n'était pas le cas.

Je prétendis être offensée, mais ça ne fit que me réchauffer le cœur.

— Alors, quand est-ce qu'on te fout à la porte ?

— Lundi.

— Ce qui me donne tout le temps de faire le grand nettoyage.

Je détachai l'élastique de mes cheveux et les laissai pendre sur mes épaules. Les yeux d'Hawke se posèrent immédiatement sur mes mèches et son expression s'altéra. Du bout des doigts, j'ébouriffai mes cheveux à la racine. Après avoir été attachés toute la journée, c'était agréable.

— Tu sembles être une personne organisée.

— Pardon ?

Son visage était inexpressif.

— Tu as dit que tu devais nettoyer chez toi. Mais tu sembles être assez propre.

— Oh…, dit-il, revenant enfin au sujet de conversation. Non, je vis comme un porc, comme la plupart des mecs.

— Je suis si excitée de loger chez toi…

Il gloussa.

— Ne t'inquiète pas. Je nettoierai tout en profondeur. Mais ne dis pas à ton frère que tu loges chez moi.

— Pourquoi ? Il sait qu'on traîne ensemble.

C'était une demande étrange de sa part.

— Je ne veux pas lui donner la mauvaise impression. Le connaissant, il déduira le pire. Il ne le montre pas tellement quand tu es dans les parages, mais il est férocement protecteur envers toi. S'il pensait que je touchais ne serait-ce que ta main, il me poursuivrait avec une tronçonneuse.

— C'est un peu excessif…

Hawke haussa les épaules.

— C'est ton frère. S'il est fou, tu es folle.

— C'est une pente glissante…

Sur la table, l'écran de son téléphone s'éclaira d'un message. Je savais que je ne devrais pas le lire, mais le fis quand même. *Viens chez moi ce soir.* Venant d'une fille appelée Brittany. Je détournai rapidement les yeux, comme si je ne l'avais pas lu.

Hawke verrouilla l'écran et il s'éteignit. Il savait que je l'avais vu.

Je continuai comme si de rien n'était. Je savais ce qu'il faisait de son temps libre. Ça ne devrait pas me déranger, mais c'était parfois le cas. Ça ne m'aurait pas tant importunée si ça le rendait heureux, mais il semblait plutôt misérable. C'était comme s'il se faisait souffrir exprès.

Mais pourquoi ?

— Je devrais rentrer, dit Hawke en se glissant hors du box.

Ou aller chez Brittany.

— Moi aussi. Je vais commencer à rassembler mes affaires. Purée, ce n'est pas une pensée réjouissante.

— Je t'offrirais bien mon aide, mais je n'en ai aucune envie.

Il me lança un sourire pour m'indiquer qu'il plaisantait.

— À plus tard.

— Ciao, Muffin.

Je haussai un sourcil.

— Comment tu m'as appelée ?

— Quoi ? demanda-t-il en se retournant. Tu es la fille aux muffins. Donc je vais t'appeler Muffin.

— C'est le surnom le plus débile que j'aie entendu.

— Et pourtant, il te va à merveille.

— NE T'ENVOIE *PAS* EN L'AIR AVEC LUI !

Marie avait les mains posées sur les hanches, comme une maman poule. Je levai les yeux au ciel juste pour l'emmerder.

— D'abord, tu me dis de coucher avec lui. Et maintenant tu me l'interdis ?

— Tu veux dire que tu veux coucher avec lui ?

— Bien sûr que non. Mais tu dois te calmer. Je n'irais pas chez lui si je n'étais pas à l'aise avec lui. En plus, il ne sera probablement pas beaucoup là. Il est trop occupé à travailler et à baiser tout ce qui bouge au bar.

L'amertume de mon ton n'échappa pas à Marie.

— Alors comme ça, c'est un queutard ?

— C'est le moins qu'on puisse dire.

Elle croisa les bras.

— On dirait que ça te dérange.

— Ça ne me dérange pas du tout.

Elle haussa un sourcil.

— OK, parfois ça me dérange. Je pense simplement qu'il vaut mieux que ça.

— Mieux ? demanda-t-elle. Les mecs aiment tirer leur coup. C'est un rêve devenu réalité.

— Mais il est tellement misérable, dis-je en secouant la tête. Je sais qu'il n'est pas heureux. On dirait qu'il fait ça… juste pour se prouver quelque chose.

Elle haussa les épaules.

— On a tous des besoins. Regarde, je continue à sortir avec Anthony pour une semaine juste pour pouvoir crécher quelque part.

— Salope, marmonnai-je tout bas.

Elle me tapa le bras.

— Venant de la fille qui va passer la semaine chez une usine à baise.

— Il n'est pas une usine à baise, dis-je, sur la défensive. Il est bien plus que ça.

— Très susceptible…

Un coup frappé à la porte mit fin à notre conversation.

— On dirait que ton chauffeur est là.

Marie ouvrit la porte et vit Hawke, attendant de l'autre côté. Il portait un short, un t-shirt et ses lunettes Aviator. Il était magnifique... comme toujours.

— Hé ! salua Marie d'un ton froid.

— Salut.

Il entra à l'intérieur et s'approcha immédiatement de moi. Puis il contracta ses biceps théâtralement.

— Ton homme fort est là pour déménager tes affaires.

Je saisis son biceps et le serrai d'un air espiègle. Il était aussi solide que du béton. Je tentai de dissimuler l'air rêveur sur mon visage.

— Mets-toi au travail. Tout est dans ma chambre.

— D'accord, Muffin.

Il pinça ma taille d'un air taquin avant d'emprunter le couloir. Je fixai des yeux son derrière sculpté par son short. Il était si beau que je voulais en prendre une bouchée. Je fantasmais sur son corps nu quand je sentis un regard insistant me brûler la peau.

Marie me regardait d'un sale œil.

— Quoi ? demandai-je innocemment.

— Amis, mon cul !

Elle emprunta le couloir jusqu'à sa chambre avant de claquer la porte.

Elle en faisait parfois des tonnes.

Hawke revint en portant la plupart de mes affaires. J'entrai dans ma chambre pour récupérer le reste. Je n'avais pas besoin de son aide pour porter mes affaires. J'avais uniquement besoin d'un transport. Ma Volkswagen ne pouvait pas contenir tout ce qu'il me fallait, contrairement à l'arrière de son pick-up.

Je sortis et posai tout dans sa voiture.

— Je suis surpris que tu puisses porter tout ça, dit-il en regardant la caisse remplie de casseroles, poêles et moules à gâteaux.

— Ce n’est pas si lourd que ça.

— Tu mens.

Et alors ?

— Je peux porter mon bordel. Tu n’as pas besoin de m’aider. Je n’ai demandé que ton pick-up.

Il leva les mains en signe de reddition.

— Wow, Muffin. J’essayais juste de te faire un compliment.

— C’est pas comme ça qu’on fait, Coco.

Ses sourcils se levèrent par-dessus ses lunettes de soleil.

— Comment tu m’as appelé ?

— Coco.

Il semblait toujours perplexe.

— Parce que tu t’appelles Hawke, comme un oiseau !

Il pinça les lèvres comme s’il tentait de ne pas éclater de rire.

— Elle est bien bonne !

Il s’installa au volant et démarra le moteur. Lorsque je parvins à la hauteur de la portière passager, la vitre était baissée.

— Suis-moi.

Je n’aimais pas qu’on me dise quoi faire. Ça me prenait à rebrousse-poil. Il ne me donnait pas un ordre, mais ça sonnait quand même autoritaire.

— D’accord, dis-je en m’éloignant.

— Muffin.

Je grognai avant de retourner à la fenêtre.

— Quoi ?

— Tu as emporté plein de petites culottes, pas vrai ? Parce que je veux les voir sur ton joli petit cul.

Il arborait un sourire prétentieux, comme s’il se fichait complètement que je sache qu’il plaisante ou pas.

— Va en enfer !

Je retournai vers ma voiture. J’entendis à peine ses mots par-dessus le vacarme de son moteur.

— Si tu m’accompagnes.

J'INSTALLAI LA PLUPART DE MES AFFAIRES DANS SA CHAMBRE, ET fourrai le reste dans l'armoire du couloir. Son appartement n'était pas petit, mais il n'était pas fait pour plus de deux personnes.

Il avait des canapés en cuir, une grande TV et une table de cuisine. L'endroit était assez dépouillé, mais je m'y attendais de la part d'un mec qui vivait seul. Sa chambre était assez propre. J'espérais juste qu'il ait lavé les draps avant mon arrivée. Allez savoir qui aurait pu y être la veille.

Je mélangeais le contenu de ma casserole sur la cuisinière lorsqu'Hawke entra dans la cuisine. Il venait de sortir de la douche et était vêtu d'une serviette autour de la taille. Son odeur était propre et fraîche. Des gouttes d'eau étincelaient sur sa poitrine avant de dégouliner.

Je tentai de ne pas le fixer des yeux.

— Qu'est-ce qui sent si bon ? demanda-t-il en se plantant à côté de moi.

Toi.

— Euh… une sauce masala.

Je fixai ma casserole.

— Miam… et qu'est-ce que ça accompagne ?

— Du poulet. Il cuit au four.

Il jeta un coup d'œil par la vitre du four et vit le poulet rôtir. Puis il se redressa.

— Tu veux emménager chez moi pour toujours ? demanda-t-il d'un ton complètement sérieux.

Je levai les yeux au ciel.

— Pour que je cuisine pour toi tout le temps ?

— Honnêtement, je ne savais même pas que le four fonctionnait.

— Qu'est-ce que tu manges d'habitude ?

— Milkshakes protéinés, céréales et sandwichs.

— Ça paraît assez sain.

— Tu crois ? dit-il en tapotant son ventre plat.

Je mélangeai la sauce juste pour avoir quelque chose à faire. Savoir qu'il était torse-nu m'empêchait de me concentrer. J'aurais aimé le fixer du regard et vraiment admirer la vue. Mais je ne voulais pas non plus le reluquer ouvertement.

— Va t'habiller et le dîner sera prêt.

— Je suis prêt.

— Débarrasse-toi de cette serviette.

— OK.

Il la laissa tomber par terre.

Je grimaçai en réalisant ce qu'il venait de faire.

— Tu sais ce que je voulais dire.

— En fait, j'ai fait précisément ce que tu m'as demandé de faire.

Il me lança le sourire arrogant que je détestais et adorais en même temps.

— Ramasse-la et couvre-toi avec. Puis va dans ta chambre et habille-toi. Fais précisément ce que je t'ai demandé de faire.

Je refusai de baisser les yeux vers ses bijoux de famille, même si j'en mourais d'envie.

— Allez, jette un coup d'œil. Il est excité de te voir.

Je reposai mon attention sur la casserole pour qu'il ne voie pas mes joues en feu.

— Si j'avais su que j'allais être agressée sexuellement, j'aurais créché ailleurs.

Il soupira avant de ramasser sa serviette.

— D'accord, Muffin.

Il la passa autour de sa taille avant de s'éloigner dans le couloir.

Lorsque je fus sûre qu'il était parti, je me remis à respirer. J'avais dû rassembler toutes mes forces pour ne pas regarder, et maintenant je regrettais de ne pas avoir jeté un coup d'œil. Peut-être que je lui tomberais dessus à l'improviste plus tard et pourrais me rincer l'œil.

En fait, je ne devrais même pas imaginer de le voir nu.

Hawke revint dans la pièce un instant plus tard.

— Je suis de retour – tout habillé.

— Merci.

— Puisque tu es ici pendant un petit bout de temps, je pense que je devrais te parler des mercredis à poil.

Je tentai de ne pas éclater de rire.

— Ah oui ?

— Oui. Toute la journée à poil.

Je terminai de préparer le dîner et mis le tout sur un plateau.

— Alors je m'assurerai d'enchaîner les services mercredi.

Il s'installa à la table de la cuisine.

— Mince, avoir une fille comme coloc est si barbant.

Je mis la table avant de m'asseoir en face de lui.

— À quoi tu t'attendais ? *Girls Gone Wild ?*

— Ça n'aurait pas fait de mal, dit-il en haussant les épaules.

Il saisit sa fourchette et avala une bouchée. Son visage prit un air satisfait.

— Putain, c'est délicieux, Muffin.

— Merci.

Il continua à manger.

— C'est tellement tendre. Quand je fais des trucs comme ça, je brûle tout.

— Tu m'en diras tant !

Il engouffra tout le contenu de son assiette avant de s'enfiler le vin comme si c'était de l'eau.

— C'est le meilleur repas que j'aie jamais mangé.

— Ta mère ne t'a jamais préparé à manger ?

La mention de sa famille le crispa visiblement.

— Pas aussi bien que toi.

Il se leva de table et rassembla les assiettes avant de les porter vers l'évier.

— Qu'est-ce que tu fais ?

— La vaisselle. J'ai l'air de faire quoi ?

Je n'avais jamais vu un mec aider volontairement aux tâches ménagères. Yaya devait menacer de fesser Axel pour le forcer à faire quoi que ce soit.

— Au moins, ta mère t'a appris à nettoyer tes saletés.

Il rangea tout dans le lave-vaisselle avant de l'allumer.

— Merci pour le dîner.

— De rien.

C'était un plaisantin, mais sous cette façade, il était vraiment gentil.

— Quand vas-tu faire mon linge ? lança-t-il avec un sourire blagueur.

— Je balancerais tes vêtements par la fenêtre avant de faire ça !

— Alors je vais devoir cacher tous mes vêtements...

Je quittai la table et le rejoignis dans la cuisine.

— Alors, tu dois travailler ?

Il allait généralement travailler au café, mais là, aujourd'hui, il était chez lui.

— Je m'en occuperai plus tard.

— Pas besoin de me traiter comme un bébé. Je comprends que tu aies des choses à faire.

— Te traiter comme un bébé ? demanda-t-il en gloussant légèrement. Tu n'es pas le genre de fille qui ait besoin d'être traitée comme un bébé.

Je croisai les bras.

— Tu veux regarder la TV ? Les Yankees jouent ce soir.

Je lui tirai la langue.

— Hé, c'est une bonne équipe !

— Pleine de traîtres, dis-je.

Il leva les yeux au ciel.

— J'en ai ma claque d'entendre dire ça… Je vais regarder le match. Soit tu le regardes avec moi, soit tu vas cuisiner quelque chose.

— Ça te plairait, hein ?

Il haussa les épaules.

— Ce ne serait pas la pire chose au monde.

APRÈS M'ÊTRE BROSSÉ LES DENTS, RINCÉ LE VISAGE ET AVOIR ENFILÉ mon pyjama, j'entrai dans sa chambre. Le lit avait été fait comme par un professionnel, et une serviette propre avait été placée sur la commode.

— La porte se verrouille. Si ça t'aide à mieux dormir.

Hawke était apparu derrière moi pour m'indiquer la poignée de la porte.

— Pourquoi est-ce que ça m'aiderait à mieux dormir ?

C'était une remarque étrange. Il soutint mon regard et ses yeux changèrent remarquablement. Un million de pensées tourbillonnèrent dans son esprit, et je ne pus voir qu'un brouillard flou.

— Certaines personnes préfèrent ça.

Il se retourna, comme s'il ne voulait pas que je voie son visage.

— Bonne nuit.

— Attends.

Hawke se retourna vers moi.

— Ouais ?

— Tu devrais dormir dans ton lit. C'est chez toi, après tout.

Il fronça les sourcils pour protester.

— Non. Tu es mon invitée.

— Je ne vais pas te forcer à dormir sur le canapé pendant

une semaine. C'est moi qui me tape l'incruste chez toi. Honnêtement, ça ne me dérange pas.

Ça ne me semblait pas juste.

— Pas de problème.

Il me défia du regard.

— Maintenant, boucle-la et va dormir.

— Boucle-la ?

Je croisai les bras en lui lançant un regard enflammé.

— Je ne vais pas faire quelque chose parce que tu me dis de le faire. Alors *toi*, boucle-la.

Au lieu d'être irrité, ses yeux parurent sourire. Il semblait être plus amusé qu'autre chose.

— Je ne dormirai dans ce lit que si tu y dors avec moi.

— Regarde comme les choses ont tourné…

La taquinerie était évidente sur son visage.

— C'est un lit double, il y a assez de place pour deux. Et je ne ferai aucun compromis là-dessus. Soit je dors sur le canapé, soit on dort tous les deux dans le lit. La balle est dans ton camp, Muffin.

— D'accord, dis-je en me tournant vers le lit. Tu ne remarqueras même pas que je suis là. Je dors sur un côté et je ne bouge jamais.

— Tu agis comme si je n'avais jamais dormi avec toi avant.

— Ce n'était que quelques heures.

Je tirai les draps et les examinai soigneusement.

— Ils sont propres, n'est-ce pas ?

— Flambants neufs, en fait.

Il s'approcha de la commode et retira sa chemise.

— Ça ne te dérange pas que je dorme en boxer ?

— Heu…

Il ôta son short avant de se tenir au centre de la pièce. Il incarnait le spécimen masculin parfait. Il était musclé et fort. Et il avait un superbe visage pour complémenter le tout. Mais là, il souriait comme s'il savait qu'il avait une raison de sourire. Il se glissa entre les draps, du côté droit du lit.

— Super.

Le cul par terre, je me couchai avant de tirer les draps sur moi. Dès que mon dos entra en contact avec le matelas, je poussai un gémissement.

— Purée, c'est confortable.

— Une bonne nuit de sommeil, c'est très important pour moi.

— Comment sors-tu du lit le matin ? demandai-je en me retournant et en soupirant de contentement.

— Parfois, je n'y arrive pas.

Il fixa le plafond d'un regard distant. Je me tournai vers lui et observai son visage.

— Merci de m'avoir invitée à loger chez toi.

Le fantôme d'un sourire se dessina sur ses lèvres.

— Tu me rends service. Je n'avais pas savouré de repas fait maison comme celui-là depuis... longtemps.

— Tu pourrais apprendre à cuisiner par toi-même.

— Nan. C'est le rôle d'une femme.

— Wow..., m'exclamai-je en me redressant sur un coude. Pardon ?

Il sourit sans me regarder.

— C'est si facile de te mettre en pétard. C'est marrant.

J'attrapai mon oreiller et le frappai avec. Il leva le bras comme si ça ne le dérangeait pas du tout.

— Tu es si fière. C'est mignon.

— Mignon ?

Je baissai l'oreiller.

— Ouais. Mignon comme un muffin.

Il tourna les yeux vers moi ; des yeux empreints de sincérité.

— Tu t'accroches à tes idées, alors que tous les autres changent instantanément d'opinion quand ils rencontrent quelqu'un qui pense différemment. Au lieu d'attendre qu'un homme prenne soin de toi, tu te débrouilles toi-même. C'est sympa de rencontrer une femme indépendante, pour une fois. Tu ne te laisses emmerder par personne, et tu as plus d'ambition dans la vie que te caser et te marier.

Je n'avais pas réalisé à quel point il me comprenait bien. Il comprenait autant mes qualités que mes défauts. La plupart des hommes étaient intimidés par mon attitude de personne à qui on ne la fait pas. Mais Hawke était suffisamment viril pour ne pas en être dérangé.

— Y a plein de filles comme moi dans le monde. Faut juste chercher un peu plus.

— Où ça ? demanda-t-il. Elles se cachent sous les pierres ? Tu ne comprends pas à quel point tu es spéciale.

Il reposa les yeux sur le plafond. Je me couchai sur le dos et fixai l'obscurité de la pièce.

— Heu... merci. Je pensais que je t'emmerdais, la plupart du temps.

Un rire jaillit du fond de sa gorge.

— Je ne partagerais pas mon lit avec toi si tu m'emmerdais. Je suis un vrai connard, donc si tu m'emmerdais, je te le dirais sans tourner autour du pot.

— Tu n'es pas un connard, dis-je automatiquement. Quand as-tu agi comme un connard ?

— Je suis un connard de tas de manières que tu ignores.

Sa phrase plana dans l'air.

Je me tournai de côté et plaçai mes mains sous ma joue. La fenêtre était située derrière lui, et la lueur de la lune s'y infiltrait. Je pouvais distinguer certains de ses traits. Il avait de belles pommettes et la mâchoire carrée. Sa poitrine se soulevait et retombait suivant un rythme régulier. Ses yeux étaient ouverts mais il ne regardait rien de particulier.

Rester de mon côté du lit devenait plus difficile à chaque

seconde qui s'écoulait. Je ne voulais pas être séparée par quelques centimètres. Je le voulais, d'une manière que je ne pouvais expliquer. Je détectais une douleur qui émanait de chaque partie de son corps. C'était comme un chant perçant que j'étais la seule à pouvoir entendre.

Je finis par m'avancer jusqu'au milieu du lit, contre son flanc. Comme s'il était en train de penser à la même chose, il ouvrit les bras et me serra contre sa poitrine. Il me serra comme s'il avait voulu le faire pendant longtemps. Son corps pivota vers le mien, et il passa ma jambe par-dessus sa taille. Nous étions enlacés comme des amants après des ébats passionnés.

Hawke scruta mes yeux comme s'il y cherchait quelque chose. Il comprit exactement le sens de mon affection. Il n'y eut pas un seul moment de malentendu. Et apparemment, c'était tout ce qu'il désirait également – rien de plus. Il y avait un lien solide entre nous mais je ne pouvais l'expliquer. Ce n'était pas seulement physique, et ce n'était pas seulement romantique. C'était tellement plus, mais j'étais incapable de l'expliquer.

Hawke finit par fermer les yeux et pousser un petit soupir, comme s'il s'était immédiatement endormi. Il semblait plus apaisé qu'il ne l'avait été toute la journée. Au contraire, il me semblait que c'était exactement ce dont il avait besoin, mais qu'il avait eu trop peur de le demander.

9

Obscurité
Hawke

J'ADORAIS VIVRE AVEC FRANCESCA.

Elle cuisinait le repas tous les soirs, et c'était si agréable de manger autre chose que des nouilles instantanées. Elle me racontait comment s'était passée sa journée, et je ne regardais pas seulement ses lèvres bouger. Je buvais ses paroles. La plupart du temps, je ne pouvais me souvenir de quoi que ce soit qu'une fille ait dit à part « Baise-moi ».

Et elle écoutait tout ce que je lui racontais. Lorsqu'elle me posait des questions sur ma journée, elle semblait vraiment vouloir entendre ma réponse. Dès qu'elle passait la porte, elle avait un sourire aux lèvres, comme si elle était heureuse de me voir. Et lorsque nous dormions ensemble, nous ne dormions jamais chacun d'un côté du lit. Nos corps étaient enlacés comme si nous ne voulions jamais plus nous lâcher.

Notre relation était inhabituelle, et si j'en avais parlé à quiconque, il n'aurait pas compris. Elle était juste une amie, mais elle était bien plus que ça. Cependant, elle n'était pas non plus ma petite amie. Mon cœur semblait battre en rythme avec le sien. Elle me comprenait à un niveau que personne d'autre n'avait atteint. Et le plus étrange, c'était que... je n'avais pas à lui dire quoi que ce soit sur moi.

Elle le savait.

Je ne comprenais plus ce qui m'arrivait. Tout ce que je savais, c'était que j'aimais être avec elle et que je ne voulais pas que ça s'arrête. Si je continuais les choses comme maintenant, je pourrais toujours l'avoir. Lorsqu'elle me disait qu'elle avait des rencards, ça me dérangeait. Mais je ne voulais pas y penser. Je sortais moi aussi, et je faisais mes affaires, donc je n'avais aucun droit d'être blessé.

Je savais que j'étais attaché à elle – et que je ne voulais pas seulement la baiser.

Bien sûr, ce serait génial. Mais d'autres choses capturaient mon attention, comme parler en partageant un repas et hurler devant la TV en regardant le base-ball. Ça semblait me guérir... me réparer.

Lorsque je rentrai du travail, elle était déjà aux fourneaux.

— Qu'est-ce que tu prépares de bon aujourd'hui ?

Je posai mon sac près de la porte et desserrai ma cravate.

— Une lasagne.

— Ooh... ça a l'air bon.

J'avais le sentiment d'être un couple marié de la cinquantaine. Je voulais m'approcher d'elle et lui donner un baiser. Mais je n'étais pas suffisamment stupide pour faire ça.

— Je vais aller prendre une douche.

— Ce sera prêt quand tu auras terminé.

Après m'être douché et avoir séché mes cheveux à la serviette, j'enfilai un short et un t-shirt avant d'entrer dans la cuisine.

Elle était installée à table, envoyant un message sur son téléphone.

— Je ne suis pas nu, cette fois-ci.

Elle sourit avant de lever les yeux vers moi.

— Merci. Je préfèrerais ne pas vomir mon repas.

— Comme si ça t'aurait fait vomir, dis-je en m'installant en face d'elle. Tu m'aurais plutôt pris en photo avec ton téléphone.

Elle pinça les lèvres comme si elle tentait de réprimer un rire.

— Tu dois être assez bien outillé pour parler comme ça...

— Très.

Je soutins son regard en répondant. La plupart des filles voulaient me baiser uniquement pour cette raison.

— Tu aimerais en juger par toi-même ?

— Peut-être une autre fois.

Elle plongea dans son assiette et son téléphone s'éclaira. Elle le vérifia avant de le reposer rapidement. Je goûtai une bouchée et tombai immédiatement amoureux.

— C'est super bon.

— Merci.

Elle souriait dès que je lui offrais un compliment, comme si elle l'appréciait vraiment. Son téléphone vibra à nouveau et elle le vérifia. Cette fois, elle l'éteignit. Ce qui attira mon attention.

— Quelqu'un qui t'ennuie ?

— Non... c'est une longue histoire.

Elle avait les yeux rivés sur son assiette. Mon côté protecteur s'éveilla, et je baissai la tête, prêt à charger.

— Et bien, j'ai toute la nuit.

— Tu te souviens du type dont je t'ai parlé ?

Il y en avait plusieurs.

— Le plus récent ?

Je ne prenais jamais la peine de mémoriser leurs noms. Ils étaient insignifiants.

— Oui.

— Et ?

— Il m'a invitée à sortir mais j'ai dit non. Puis il est venu à la maison et je n'étais pas là, donc il a parlé à Marie, qui lui a dit que je logeais chez toi…

Elle poussa un long soupir.

— Il n'était pas très heureux d'entendre ça.

— Mais ce n'est pas vraiment ton copain, si ?

— Non, pas du tout. On est sortis ensemble une seule fois.

— On dirait un crétin.

Elle sourit.

— Oui, un peu, hein ?

— Je peux m'occuper de lui, dis-je en attrapant son téléphone.

— Wow, minute, papillon, dit-elle en le reprenant. Je n'ai pas besoin de quelqu'un pour mener mes batailles à ma place. Je lui ai dit que je ne voulais pas ressortir avec lui. S'il veut perdre son temps à fulminer au téléphone, c'est son problème, pas le mien. Mais je ne vais pas l'écouter pour la cause.

Elle déposa le téléphone sur la table.

J'avais toujours envie de lui briser la nuque.

— Ne fais pas ta mère poule, dit-elle en levant les yeux au ciel.

— C'est mon boulot.

— Comment ça ?

— Je suis ton meilleur ami. Je suis censé prendre soin de toi.

Je ne réalisai pas ce que j'avais dit avant que les dégâts ne soient déjà faits. Je n'avais jamais eu de meilleur ami dans ma vie, et réalisai qu'elle était la première. Elle n'était pas qu'une amie. Elle était plus que ça. Mais elle n'était pas ma maîtresse non plus.

— C'est sûr que les meilleurs amis peuvent se soutenir. Mais ils ne mènent pas les combats de l'autre.

Elle recommença à manger, comme si notre conversation

était terminée. Je savais qu'il serait inutile d'argumenter avec elle, donc je continuai à manger.

— Tu peux me le dire si tu as besoin de quoi que ce soit.

— Merci.

Le silence s'étira pendant quelques minutes. Généralement, c'était assez confortable, mais aujourd'hui, il y avait comme un malaise.

— Tu as quelqu'un dans ta vie en ce moment ?

— Non.

C'était toujours ma réponse. Je n'avais pas de relations amoureuses, juste un chapelet d'escapades à la semaine.

— Tu ne sors avec personne ? demanda-t-elle d'une voix sceptique.

— Je ne sors jamais avec personne.

— Tu sais de quoi je veux parler, Hawke.

Elle me lança ce regard qui voulait dire que je ne pouvais me cacher.

Je ne parlais jamais de ce genre de choses avec elle. Pour une raison inexplicable, je me sentais coupable.

— Çà et là...

— Je ne veux pas empiéter sur ton style de vie. Si tu veux sortir et ramener quelqu'un chez toi, je peux m'en aller.

C'était la dernière chose que je voulais.

— Non, j'aime bien être ici avec toi.

Elle joua avec ses pâtes sans les manger.

— Si je voulais sortir, je le ferais sans éprouver le besoin de te le dire.

Je n'avais pas l'intention d'être hostile, mais c'était un sujet dont je ne voulais pas discuter – du moins, pas avec elle. J'étais honteux de la manière dont je passais mon temps. Elle ne me critiquait pas, mais je savais qu'elle me souhaitait plus que du sexe sans lendemain.

— Je demandais juste en tant qu'amie... inutile de te fâcher.

J'avais mauvais caractère. Parfois, je perdais mon sang-froid et ne parvenais pas à me calmer. C'était un de mes pires défauts – que je tenais de mon bon à rien de père.

— Désolé. C'est juste que je n'aime pas en parler.

— Tu viens de m'appeler ta meilleure amie. Et les meilleurs amis se racontent tout.

Elle m'avait piégé.

— J'étais avec une fille la semaine dernière, mais je l'ai plaquée. Je suis seul pour le moment.

— Brittany ?

Elle se souvenait du nom du message.

— Jessica.

— La fille qu'on a vue au restaurant ?

Pourquoi avait-elle si bonne mémoire ?

— Oui.

Elle continua à triturer sa nourriture.

— Tu l'as rappelée après notre rendez-vous ?

— C'est quoi, cette question ?

Mon humeur s'était assombrie à nouveau. Elle se raidit face à mon emportement.

— Désolée... oublie que j'ai dit ça.

Maintenant, j'agissais comme un connard avec la seule personne qui m'appréciait vraiment.

— Non, je ne l'ai pas rappelée. Je suis rentré me branler sous la douche.

Elle tint sa fourchette en l'air sans bouger. Ses yeux étaient baissés, comme si elle était sous le choc.

— C'est toi qui voulait savoir...

— C'est juste que... peu importe.

Elle secoua la tête et se remit à manger.

Je bus une gorgée d'eau en examinant son visage. Je me fichais de censurer mes pensées. L'avis des gens m'importait peu. Et elle savait à quel point j'étais attiré par elle. J'avais frotté ma bite contre son bas-ventre après notre rendez-vous pour qu'elle sache à quel point j'étais chaud.

— Merci pour le dîner, dis-je pour briser le silence.

— De rien.

Ses yeux étaient toujours rivés sur son assiette.

— Mon appartement sent si bon. Ça sent les fleurs tout le temps.

— C'est juste l'odeur d'une maison propre.

— Et bien, ça me plaît. Il me faudrait une femme de ménage.

Elle termina son assiette avant de s'essuyer les lèvres avec une serviette. Je captai le mouvement et m'interrogeai sur la sensation de ses lèvres pressées contre les miennes. Serait-ce aussi bon que la dernière fois ? Ou encore mieux ?

J'avais le sentiment que ce serait encore mieux.

— Je me charge de la vaisselle ce soir.

— Je ne crois pas, non.

Je lui lançai un regard lui indiquant que je ne changerais pas d'avis. Elle était têtue, mais j'étais encore plus obstiné.

— Tu cuisines et je fais la vaisselle. C'est notre marché.

Francesca reconnut la détermination dans ma voix.

— D'accord. Je vais aller faire un peu de lessive.

Elle quitta la table et emprunta le couloir. Mes yeux se posèrent sur sa silhouette. Elle était voluptueuse. Elle était mince et agile, mais elle avait de la force aux bons endroits. Ses cuisses étaient toniques comme si elle courait souvent, et son derrière était ferme et rebondi. Mes yeux admirèrent son léger déhanchement. Lorsqu'elle disparut derrière un coin, mes yeux furent dévastés par cette perte.

Après m'être brossé les dents, je me couchai à côté d'elle. C'était mon moment favori de la journée. Une superbe femme partageait mon lit, et pas n'importe quelle superbe femme. Je ne faisais jamais de câlin, sauf si je pensais que la fille piquerait une crise si j'y coupais, mais j'aimais bien câliner Francesca.

C'était... agréable.

Lorsque je me glissai sous les draps, je me tournai sur le côté et la dévisageai.

Son visage était propre après qu'elle l'ait rincé, et le maquillage avait disparu. Elle était si belle sans maquillage que je ne savais pas trop pourquoi elle en portait. Ses yeux étincelaient, et sa peau impeccable était plus pâle qu'une poupée en porcelaine. Je considérais le trop-plein de maquillage comme un tue-l'amour. Si les femmes en portaient autant, elles devaient vraiment être hideuses sans. Francesca ressemblait à un mannequin sans l'aide de personne.

Elle était 100% naturelle.

Elle poussa un léger soupir. À peine audible.

— À quoi tu penses ?

Je soutins son regard sans sourciller.

— Tu es magnifique.

C'était la pure vérité, et je n'aimais pas mentir. Si ça la dérangeait, elle pouvait toujours s'en aller.

Francesca était l'une des rares filles que j'aie rencontré qui pouvait accepter un compliment sans paraître gênée. Elle disait toujours merci mais ne semblait pas prétentieuse. Elle avait la bonne dose d'assurance.

— C'est très gentil de ta part de dire ça.

— C'est toi qui voulait savoir.

Ses cheveux étaient étalés sur l'oreiller et lui donnaient l'air d'une sirène exotique qui venait de sortir de la mer. Ses yeux avaient la couleur des algues et semblaient posséder les secrets des profondeurs.

— À quoi tu penses ?

Elle étira légèrement les jambes sous les draps, tout en poussant un autre soupir musical.

— À toi te branlant sous la douche.

Francesca était tout aussi honnête que moi, et c'était rafraîchissant et surprenant.

— Ça t'excite ? demandai-je avec un sourire suffisant.

— Oui, dit-elle, tout à fait sérieusement.

Mon cœur sauta un battement en entendant ses paroles. Un léger sourire se dessina sur ses lèvres.

— C'est toi qui voulait savoir.

J'adorais sa malice. Elle avait de la classe, mais sans trop. Elle était terre-à-terre et authentique. Elle valait mieux qu'une Marie-couche-toi-là, et elle valait bien mieux qu'une vierge.

— Tu es la plus belle femme que j'aie eu dans mon lit.

Et c'était la vérité.

— Ah oui ?

Je hochai la tête.

— Et la seule fille avec qui j'ai dormi… sans coucher avec.

— Parce que tu tiens à moi.

Il y avait de l'affection dans ses yeux.

— Je tiens beaucoup à toi.

Plus qu'à quiconque, en fait.

Francesca chassa l'obscurité en allumant la lumière.

— C'est difficile pour moi de trouver un mec qui me plaît parce que je n'arrête pas de les comparer à toi.

Ce qui attira mon attention.

— Comment ça ?

— Cette connexion. Je ne l'ai jamais ressentie avec quelqu'un d'autre. Et toi ?

Je secouai la tête.

— Je ne peux la décrire… parce qu'il n'y a pas de mots pour la décrire. Est-ce que je ne devrais pas éprouver ça pour l'homme qu'il me faut ?

Sa question était rhétorique.

— Tous les mecs avec qui je sors... ils ne l'ont pas. Ça ne clique pas comme toi et moi.

Savoir qu'elle comparait tous les hommes avec moi me remplit de joie – et aussi de tristesse. Je n'aurais pu lui donner ce qu'elle voulait même si je l'avais voulu. Je devais garder mes distances et mes mains dans mes poches. Elle méritait un homme qui ne soit pas détraqué comme moi. Mais je n'avais pas non plus envie de la partager avec quelqu'un d'autre.

— Je comprends ce que tu veux dire.

— Je suis juste soulagée de ne pas être folle. Quand j'essaie de l'expliquer à Marie, elle ne capte pas.

— Et je n'ai pas pris la peine de l'expliquer à Axel.

Elle gloussa doucement.

— Ne perds pas ton temps.

— Au moins, toi et moi, on sent ça.

— Ouais...

Quoi que « ça » soit. Peut-être qu'elle n'était qu'une meilleure amie. Peut-être serait-ce la première fois que je pourrais être moi-même avec quelqu'un. Une personne qui savait ce que j'étais. Mais cette connexion était bien là.

Je passai le bras autour de sa petite taille et la tirai sur le lit jusqu'à ce qu'elle soit contre moi. Elle faisait la moitié de ma taille et était facile à déplacer. Lorsque notre peau entra en contact, je me sentis immédiatement réchauffé – d'une manière délicieuse. Mon visage était proche du sien et je pouvais sentir ses cheveux. Ils me rappelaient une prairie printanière. Sa peau était douce, et j'avais envie de la sentir contre mes lèvres. Sa proximité guérissait mon cœur déchiré. Je n'avais jamais fait l'expérience de ce genre d'intimité. C'était la première fois que je me sentais proche d'un autre être humain – spirituellement. Nos cœurs se synchronisaient et nos souffles aussi. Sa présence me divertissait, et ça n'avait rien à voir avec le sexe. Je ne voulais qu'elle – rien d'autre.

— Tu es si doux et câlin.

Je souris légèrement.

— Je suis comme un grand ours en peluche.

— Un grizzli.

Elle posa son bras autour de ma taille et glissa une jambe entre les miennes.

Je lâchai un grognement sourd. Elle gloussa.

— Vraiment effrayant…

— Tu ne devrais pas avoir peur. Mais tous les autres, si.

— Tu es un doux géant. Tu es tout macho à l'extérieur, mais tu es comme un petit sucre fondant à l'intérieur.

— Qu'est-ce qui te fait dire ça ?

Elle soutint mon regard avant de fermer les yeux.

— Tout ce qui te concerne.

MON TÉLÉPHONE VIBRA TROIS FOIS SUR LA TABLE DE CHEVET AVANT que je me rende compte que quelqu'un m'appelait. Être tiré de mes rêves était douloureux. J'étais si bien, avec Francesca dans mes bras.

J'ouvris les yeux et vis ses cheveux étalés en vagues autour de son visage. Elle était profondément endormie et n'avait pas entendu le téléphone. Elle semblait si petite, enveloppée dans mes bras comme dans un cocon. J'avais vraiment le sentiment d'être un grizzli la protégeant du froid.

Le téléphone vibra à nouveau donc je l'attrapai en regardant l'écran. Au lieu de voir apparaître le nom d'une de mes habituées, je vis celui de ma mère.

Merde.

Pas ce soir !

Pourquoi devait-elle m'appeler cette semaine ?

Je m'extirpai lentement du côté de Francesca et empruntai le couloir. L'air était glacé au milieu de la nuit. Le froid semblait s'infiltrer dans les fissures de l'appartement.

Je décrochai en arrivant dans la cuisine.

— Quoi ?

Maman gémit au téléphone.

— Hawke, s'il te plaît.

Inutile de rajouter quoi que ce soit. Les appels étaient toujours pareils. Elle aurait dû appeler la police ou emménager avec moi mais ne le faisait jamais. À chaque fois que mon père s'excusait, elle le reprenait, comme une idiote.

Pourquoi continuer à l'aider si ça ne s'arrêterait jamais ? J'avais déjà été la cible de ses supplices, et maintenant que je n'étais plus là, ma mère était la seule cible à portée de main lorsqu'il avait bu. Au lieu de le laisser faire ce qu'il voulait d'elle, elle devrait se montrer forte et se défendre elle-même.

Mais ça n'arriverait jamais.

Peu importe à quel point elle m'irritait. Peu importe combien de fois elle m'appelait. Je devais l'aider.

Parce que j'avais peur de ce qui pourrait arriver si je refusais.

Cette fois-ci, papa avait une batte en main. Il était en train de défoncer la porte de la salle de bain lorsque j'arrivai. Il criait des choses incohérentes et menaçait de la tuer. Pour n'importe qui, ç'aurait semblé terrifiant.

Mais il ne m'effrayait pas.

J'attrapai un vase sur la table et le balançai de toutes mes forces contre l'arrière de son crâne. Il s'effondra immédiatement en boule au sol, les yeux fermés. Je baissai les yeux vers lui tandis que le silence résonnait. Il m'aurait suffi de lui défoncer le crâne et je n'aurais plus à me soucier de lui. Maman serait libre. Elle pourrait toucher l'assurance-vie et passer à autre chose.

Je pourrais déguiser ça en accident.

Mais je n'étais pas un assassin. J'étais déjà entaché par l'obscurité. Si je me laissais aller, je serais contaminé pendant le reste de ma vie. Je serais arrêté et jeté en prison, et mes rêves s'évanouiraient pour toujours.

Maman ouvrit la porte, ou ce qu'il en restait. Lorsqu'elle se rendit compte qu'il était KO, elle poussa un soupir de soulagement et se tint la poitrine. Puis elle gémit comme si elle souffrait.

— Maman, tu vas bien ?

— Je vais bien.

Elle se tamponna les yeux. J'aperçus des hématomes sur son avant-bras.

— Il t'a blessée.

J'attrapai sa main et examinai la blessure. Mon sang ne fit qu'un tour en la voyant. Elle parvenait généralement à éviter d'être blessée lors de ses disputes avinées. Mais ce soir, elle n'avait pas échappé à sa violence.

— Il m'a attrapée… c'était un accident.

— Non, ce n'est pas vrai.

Combien de temps allait-elle continuer à justifier ces conneries ?

Elle rabaissa sa manche pour dissimuler les marques.

— Je vais bien. Vraiment.

J'avais envie de la frapper moi-même.

— Allons-y.

Elle jeta un coup d'œil à mon père avant de le contourner.

Je ne réalisai pas la situation désagréable dans laquelle j'étais avant de rentrer dans l'appartement. Francesca dormait toujours, mais comment pourrais-je lui expliquer la raison de la présence de ma mère le lendemain ? Comment pourrais-je dissimuler une femme à l'autre ?

Maman s'assit à la table de la cuisine et gémit en bougeant le bras.

— Allons à l'hôpital.

— Non.

Elle était aussi têtue que moi.

— Tu pourrais avoir une fracture.

— Je n'ai rien de cassé.

Elle évitait de me regarder dans les yeux.

Je plaçai un verre d'eau devant elle avant de m'installer en face d'elle.

— Ça ne peut plus continuer comme ça. On doit contacter la police.

Ses yeux devinrent vitreux.

— Ça n'arrive qu'une fois de temps en temps.

— Ça ne devrait pas arriver du tout.

La moutarde me montait au nez et la chaleur empourprait mon visage.

— C'est un homme bon—

— Qui s'amusait à m'étrangler avec une ceinture. Qui avait l'habitude de claquer la porte sur ma main. Ne me dis pas que c'est un homme bon. C'est un minable !

Comment pouvait-elle rester assise là à le défendre ? Je tentais de ne pas élever la voix mais j'avais du mal. Il y avait bien trop de douleur pour l'enrayer.

— Je sais…

Sa voix s'estompa, comme si elle n'avait rien d'autre à dire.

— Emménage avec moi.

Vivre avec ma mère n'était pas ma situation de vie idéale, mais j'étais le seul à pouvoir la protéger. Je me faisais plus confiance qu'à la police.

— Il ne pourra pas te blesser tant que je suis ici.

J'avais un jour été terrifié par mon père, mais maintenant c'était le contraire. Elle secoua la tête.

— Theodore Jr.—

— Ne m'appelle plus comme ça. Jamais ! dis-je en claquant mon poing sur la table, manquant de la briser. Ça a suffisamment duré. Un de ces jours, il va vraiment te blesser. Et un de ces jours, il pourrait te tuer.

Elle refusa de croiser mon regard.

— Comment peux-tu retourner avec lui ?

— Tu ne comprendrais pas...

— Tu as raison, lâchai-je. Je ne comprends pas. Quitte-le. Je peux te protéger. Tu n'auras plus à souffrir.

— Il s'en prendra à moi.

— J'aimerais bien le voir essayer.

Sa voix se brisa.

— Il n'est pas toujours comme ça. Les choses se passent bien—

— Jusqu'à ce qu'il ait bu un peu trop et que les choses tournent mal.

Ses yeux croisèrent enfin les miens.

— Tu finiras par en mourir si tu n'agis pas. Ma porte est toujours ouverte.

— Je sais, mon chou. Tu es un si bon garçon...

— Alors quitte-le ! Je vais t'emmener chercher tes affaires et tu viendras vivre avec moi.

Elle ferma les yeux.

Je perdis mon sang-froid et retournai la table. Elle s'écrasa par terre et renversa les autres chaises. L'adrénaline coulait dans mes veines. J'aurais voulu démolir la maison.

— Putain de merde ! m'écriai-je en serrant les poings. C'est une lavette, un vrai minable. Laisse-le tomber. Qu'est-ce qui ne va pas chez toi, bordel ?

— Calme-toi...

— Non, toi arrête d'être calme. Il abuse de toi, maman. Ce comportement est inacceptable.

Elle leva la main.

— Tu as le même tempérament que ton père… tu dois te contrôler.

— Tu m'as vu frapper quelqu'un ?

Mes mains tremblaient de colère.

Les yeux de maman quittèrent mon visage et se posèrent au-dessus de mon épaule. Je pus lire de la confusion dans ses yeux avant qu'elle ne les tourne vers moi.

Elle n'eut pas à me dire ce qu'elle voyait. Francesca se tenait juste derrière moi. Elle m'avait sans aucun doute entendu perdre mon sang-froid et m'avait vu détruire ma propre table. J'avais oublié sa présence dans le feu de notre dispute. C'était un aspect de moi que je cachais au monde.

Et maintenant, mon secret était révélé.

Je me tournai lentement pour lui faire face. Elle était vêtue de son short de pyjama et de son débardeur, ses cheveux hirsutes et ses yeux emplis de sommeil interrompu. J'ignorais quoi faire ou dire. Je me contentai de la fixer des yeux.

Francesca me rendit un regard empreint de pitié. La douleur dans mon cœur me fut reflétée dans son regard. Il me disait clairement qu'elle était au courant de tout.

— Retourne te coucher.

Elle n'obéissait pas souvent aux ordres, mais je savais qu'aujourd'hui, elle m'écouterait.

Elle se retourna sans discuter et s'éloigna.

Je me retournai vers ma mère, sentant le poids du stress sur mes épaules. Francesca connaissait mon plus lourd secret. Et maintenant elle savait que j'étais un monstre.

— Je ne savais pas que tu avais de la compagnie…

La voix de maman n'était qu'un murmure. Je ne parlais

jamais de ma vie privée avec ma mère. Nous parlions rarement d'autre chose que de mon minable de père.

— Ce n'est qu'une amie.

— Elle est très belle.

— Je sais.

Je m'écartai et me dirigeai vers le canapé.

— Tu vas devoir dormir sur le sofa cette nuit.

— Ce n'est pas un problème…

— Et je suis sûr que papa viendra te récupérer demain matin. Je vais te chercher une couverture.

Je ne pris pas la peine de cacher l'amertume dans ma voix. Lorsque je passai devant elle, elle m'attrapa le bras.

— Hawke.

Je la regardai même si je n'en avais aucune envie.

— Merci… de me protéger.

Rien de ce que je dirais ou ferais ne changerait la situation. Nous étions condamnés à la répéter jusqu'à ce qu'il meure ou qu'elle trouve enfin la force de le quitter.

— Je te protégerai toujours.

Lorsque je revins enfin au lit, j'espérais que Francesca se soit rendormie. Je n'avais aucune envie d'être interrogé sur tout ce qu'elle avait vu et entendu. J'aurais préféré qu'elle ne loge pas chez moi cette semaine. C'était un mauvais timing.

S'il y avait un autre endroit pour dormir, je ne serais pas revenu au lit. Mais je n'avais nulle part où aller, à part si je voulais dormir dans mon pick-up, dans le froid. Après avoir tiré les draps sur mon corps, Francesca remua à côté de moi.

Elle me dévisagea.

Je gardai les yeux rivés au plafond.

La main de Francesca serpenta sur le lit jusqu'à ce que ses doigts trouvent les miens. Puis elle les enlaça entre les siens.

Ma main ne réagit pas, mais je ne la retirai pas non plus.

Lorsqu'elle sut que je la laisserais me toucher, elle rampa sur le lit jusqu'à être blottie contre mon flanc. Puis elle passa son bras autour de ma taille et posa son visage contre ma poitrine.

J'attendis ses questions indiscrètes.

Mais elles ne vinrent jamais.

10

Patience
Francesca

Les pièces commençaient enfin à s'assembler.

Lorsque j'avais entendu Hawke hurler à l'autre bout de l'appartement, j'aurais dû rester où j'étais. Mais j'étais trop curieuse pour rester cachée dans la chambre. Je voulais découvrir la raison de ses cris.

Je voulais savoir s'il allait bien.

Hawke n'eut pas à expliquer quoi que ce soit. La simple vue de sa mère se tenant les bras, les larmes aux yeux, fit miroiter la scène devant mes yeux. Et entendre les commentaires rageurs d'Hawke en détruisant son propre appart m'indiqua que ça durait depuis un bon moment.

J'avais toujours su que quelque chose allait de travers chez Hawke. Il s'entourait d'une noirceur distincte à laquelle il ne semblait pas pouvoir échapper. Elle perdurait au fond de ses yeux, s'intensifiait à chaque jour qui passait. Elle me rappelait mes propres épreuves toutes ces années plus tôt.

Nous étions les deux faces d'une même pièce.

Mais je connaissais bien Hawke. À en juger par son corps raidi et son aura intimidante, il ne voulait pas discuter de la scène à laquelle je venais d'assister. Il ne voulait pas être interrogé au sujet de quelque chose qu'il avait caché toute sa vie. Il ne voulait pas en discuter, même au cours d'une conversation douce et compréhensive.

Donc je ne posai aucune question.

Hawke m'en parlerait lorsqu'il serait prêt, et pas avant. Il devait exprimer ses émotions à sa manière. Il était comme une porte en acier qui ne pouvait être défoncée. La seule manière d'entrer était d'attendre qu'elle s'ouvre.

Je savais qu'Hawke se confierait à moi. Mais j'ignorais quand ça arriverait.

— Comment était le Hawke Motel ? demanda Marie au boulot.

Elle alluma le mixeur pour préparer un cappuccino frappé, donc nous nous tûmes jusqu'à ce que le boucan soit terminé. Lorsqu'elle eut sorti le récipient et terminé la boisson, nous continuâmes notre conversation.

— Super. Étonnamment propre.

— Vraiment ? demanda-t-elle, un sourire malicieux étirant ses traits. Je pensais que ce serait sale – *vraiment sale.*

Je lui lançai un grain de café.

— Arrête !

— Allez. Tu as vu quelque chose de croustillant, au moins ?

— Comme quoi ? Son tiroir à caleçons ?

— Tu n'as même pas jeté un coup d'œil quand il était sous la douche... ?

Il avait laissé tomber sa serviette devant moi, mais j'avais été assez stupide pour ne pas regarder.

— Non.

— Il a même pas essayé de te mater ?

— Hawke ne m'espionnerait pas.

— Alors, c'était la crèche la plus assommante sur la planète ?

Elle versa sa préparation dans une tasse en plastique et la tendit au client.

— Bonne journée.

Elle se retourna vers moi lorsque nous fûmes seules.

— Parce qu'à t'entendre, c'était un festival barbant.

— Tu t'attendais à quoi ? On est juste amis.

— Oh, ferme-la. Vous n'êtes *pas* juste amis.

— Si.

Pour la plupart.

— Je n'arrive pas à croire que vous ne vous soyez pas envoyés en l'air. Avec un homme aussi beau, tu pourrais au moins avoir un plan cul.

— Ce n'est pas mon style.

Elle leva les yeux au ciel.

— La vie est trop courte pour ne pas avoir un orgasme chaque jour.

— Qui a dit que je n'en avais pas un chaque jour ?

Un autre sourire se dessina sur ses lèvres.

— Petite salope !

Je levai les yeux au ciel.

— Tu as vu mon vibro.

— Je parie que tu penses à Hawke.

Je tentai de refouler la rougeur traîtresse.

— Peut-être… peut-être pas.

— Ouais, c'est ça, dit-elle en me tapant doucement le bras. Moi, je penserais à lui.

J'étais sûre que c'était le cas de nombreuses filles.

— Ça s'est passé comment avec Anthony ?

— Bien, dit-elle d'une voix ennuyée. J'ai payé le loyer en couchant avec lui. J'ai rompu juste avant de partir.

Je réprimai un rire.

— C'est franchement tordu, Marie.

— Tu crois que ça l'a dérangé ? demanda-t-elle en riant. Il a pu tirer son coup toute la semaine. Crois-moi, il va bien.

Marie leva les yeux vers la porte en entendant la cloche sonner.

— Ton vibro vient d'arriver, dit-elle en me lançant un clin d'œil, avant de se faufiler dans la réserve.

Je me tournai pour voir Hawke au comptoir, vêtu de ses vêtements de bureau. C'était la première fois que nous nous revoyions depuis que j'étais rentrée chez moi. Nous n'avions toujours pas parlé de cette nuit douloureuse avec sa mère. En fermant les yeux, je pouvais encore voir la table et la chaise brisées.

— Salut.

— Hé !

Il me regarda avec son regard dur, sans sourciller. Je déambulai jusqu'au comptoir avant de passer une mèche de cheveux derrière mon oreille.

— Comme d'habitude ?

— Espresso.

— Tout de suite.

Je lui préparai avant de le poser devant lui.

— 2,15 dollars.

Il me tendit l'argent sans cesser de me regarder.

Je lui rendis sa monnaie.

L'interaction était plus tendue que d'habitude. Je savais qu'il s'attendait à ce que je l'interroge au sujet de cette soirée. Mais je m'y refusais. Pourquoi l'interrogerais-je sur un sujet dont il ne voulait pas parler ? Si je me montrais suffisamment patiente, il finirait par m'en parler.

— Comment s'est passée ta journée ?

— Assez chiante.

Il jeta un coup d'œil par-dessus son épaule pour s'assurer que personne d'autre ne faisait la queue.

— Axel a fait un collier de trombones et a tenté de me forcer à le porter. C'était le point fort de ma journée.

Je levai les yeux au ciel.

— Axel est un gosse dans le corps d'un homme.

— Je n'aurais pas pu dire mieux.

Il tenta de cacher la tristesse dans ses yeux, mais je pouvais quand même la voir. Je voulais le prendre dans mes bras, mais le comptoir nous séparait.

— Et ta journée ?

— Super. J'ai rendu mon article d'histoire – enfin.

— Ce truc était plus long que la Bible.

Je poussai un soupir irrité.

— C'est toi qui le dis ! Merci, Wikipédia.

Il gloussa.

— Imagine comment c'était, la fac sans Internet.

Je gardai mon sérieux.

— Je n'aurais pas été.

La tension commençait à s'évaporer.

— J'aurais certainement reconsidéré les choses.

La cloche sonna à nouveau et quelqu'un entra dans le café.

— Bon, je ferais mieux de me remettre au travail.

Il continua à me dévisager comme s'il avait quelque chose à rajouter. J'attendis patiemment qu'il crache le morceau.

Hawke sembla changer d'avis, parce qu'il s'éloigna sans prononcer un mot.

Une semaine plus tard, à 23h30, mon téléphone vibra en recevant un message.

Tu dors ?

Je savais que ce moment viendrait. J'attendais qu'il se produise. Chaque fois que je me retrouvais seule avec Hawke, le regard dans ses yeux m'indiquait qu'il voulait parler de cette nuit mais ne savait pas où commencer. Il finissait par rapidement abandonner la tentative et parler d'un sujet différent et complètement hors de propos.

Mais maintenant, il était prêt à parler.

Tu es dehors ?

Oui.

J'arrive tout de suite.

J'enfilai mon short de pyjama et mis un soutien-gorge sous mon débardeur. Je ne pris pas la peine de me coiffer ou de me maquiller. Il m'avait vue ainsi des tas de fois.

Dès l'instant où j'ouvris la porte, l'air frisquet entra à l'intérieur. Le froid brûla ma peau tiède.

Hawke se tenait dehors, vêtu d'un sweat à capuche et d'un jean. Son souffle s'échappait de ses narines tandis qu'il respirait doucement. Ses yeux bleus étaient scotchés sur moi, comme s'il était forcé de me regarder pour pouvoir continuer.

J'ouvris la porte plus grand et le laissai entrer.

Sans un mot, il referma la porte puis me suivit jusqu'à ma chambre. La porte de la chambre de Marie était fermée, et je savais qu'elle ne saurait même pas qu'Hawke était passé, car il repartait généralement tôt le matin, avant que son réveil ne sonne.

Je retournai au lit et tirai les couvertures jusqu'au-dessus de mes épaules pour me réchauffer.

Hawke retira tous ses vêtements à l'exception de son boxer, l'air d'une statue de marbre, avant de se glisser sous les draps à côté de moi. Il pressa sa poitrine contre mon dos et passa un bras autour de ma taille. Son visage était enfoui dans mon dos, et à chaque fois qu'il respirait, je sentais son souffle frôler ma peau.

Je posai ma main au-dessus de la sienne et nos doigts se touchèrent.

Le silence s'ensuivit.

Le silence de la maison était perturbé par tous les petits bruits typiques d'une maison en pleine nuit. Parfois, le chauffe-eau faisait un bruit sec en s'allumant. La machine à lessiver de la buanderie se décomprimait en couinant. Je me concentrai sur les sons car je ne pouvais dormir.

La poitrine d'Hawke se dilata profondément contre mon dos, irrégulièrement par rapport à sa respiration habituelle.

— Mon père est un ivrogne. Il l'est depuis ma naissance.

Je restai absolument immobile.

— J'étais généralement sa cible principale. Il me poursuivait avec une batte, et parfois il m'enfermait dans une armoire pendant tout le week-end. J'étais le plus faible de la famille ; j'étais facile à maîtriser. Ma mère faisait tout ce qu'elle pouvait pour me protéger, elle s'interposait pour recevoir le gros des coups. Mais elle ne pouvait pas faire plus.

Mes yeux s'humidifièrent légèrement en l'écoutant, mais je forçai ma respiration à rester égale. Je ne voulais pas qu'il sache à quel point j'étais blessée. Si je faisais un mouvement soudain, il cesserait peut-être de parler.

— En grandissant, je n'étais plus le plus faible. Alors il a commencé à avoir peur de moi, avec raison. Il m'a interdit de rentrer chez eux, même durant les vacances. Je n'aime pas y être de toute manière, mais je n'aime pas laisser ma mère seule. Et maintenant que je ne suis plus là pour recevoir ses coups… c'est sur elle qu'il s'acharne.

Je déplaçai mon pouce sur ses jointures.

— J'ai essayé de la sortir de là, mais elle ne veut pas partir. Je lui ai proposé de m'occuper d'elle, et même de venir vivre chez moi. Elle sait que je la protégerais… mais elle ne bouge toujours pas. Il revient toujours s'excuser pour ce qu'il a fait. Et à chaque fois, elle croit qu'il changera vraiment.

Il inspira profondément à nouveau.

— Elle m'appelle pour venir la secourir quand les choses tournent vraiment mal. Mais parfois… je pense qu'elle sera morte avant que je ne passe la porte.

Je fermai les yeux et sentis les larmes former une boule avant de couler sur mes joues. Je me forçai à ne pas sangloter. Hawke ne s'en sentirait que plus mal. Ses paroles résonnèrent dans mon esprit longtemps après qu'il les ait prononcées, et à chaque fois qu'elles rejouaient, c'était pire.

— Ma mère est morte d'un cancer des ovaires. Deux semaines plus tard, mon père s'est tiré une balle.

Il s'était confié à moi, et je pensais que le mieux était de réciproquer.

Son bras se contracta légèrement en me serrant la taille et sa respiration changea. Après un moment de silence, il me retourna et me força à lui faire face. Je fis de mon mieux pour cacher la douleur sur mon visage, mais sa réaction m'indiqua qu'il l'avait vue. Poitrine contre poitrine, nous nous dévisageâmes. Hawke me regardait différemment, comme si c'était la première fois qu'il me voyait vraiment. J'avais l'impression d'être une nouvelle personne, quelqu'un qui avait pénétré une autre couche de son armure. Sa main se déplaça jusqu'à mon dos tandis qu'il approchait son visage du mien.

— Je ne te l'ai pas dit seulement parce que tu as vu ce qui s'est passé. Je voulais vraiment te le dire.

— Je sais…

— Et je sais que tu voulais me le dire aussi.

11

Changement
Hawke

Axel en était à sa troisième bière. Il pouvait boire toute la journée si nous n'avions pas de travail dès le matin. Il avait presque trente ans, mais buvait comme s'il en avait vingt-et-un.

— La nouvelle stagiaire, Patricia, elle est vraiment mignonne.

Qui ?

— Je ne l'ai jamais vue.

— Bien sûr que si, dit-il en riant. Elle était à notre réunion ce matin.

Ah bon ?

— Oh, ouais...

Je ne voyais toujours pas de qui il voulait parler, mais ne m'en souciais pas suffisamment pour tenter de me remémorer son visage.

— C'est bientôt Noël. Tu as des plans ?

Je détestais Noël. Les fêtes de fin d'année me rappelaient toujours à quel point j'étais seul.

— Non.

— Yaya t'a invité à la maison. Si tu veux passer les vacances avec nous, tu es le bienvenu.

J'espérais recevoir une nouvelle invitation. Yaya était une femme adorable qui m'avait mis à l'aise dès que j'avais franchi sa porte. Mais la personne avec qui je voulais vraiment passer les fêtes de fin d'année, c'était Francesca. C'était la seule personne au monde qui me connaissait vraiment.

— Avec grand plaisir.

— Super, dit Axel. Maintenant, je n'aurai pas à passer chaque minute de la journée avec ma sœur.

— Frankie est vraiment cool.

Je n'avais pas l'habitude de l'appeler par son prénom. Je l'appelais toujours Muffin. C'était devenu si habituel que je n'y pensais même plus.

— Peut-être avec toi, dit-il. Mais la petite terreur s'amusait à déterrer des insectes dans le jardin et à me les mettre en plein visage pendant que je dormais.

Je tentai de ne pas éclater de rire.

— Je ne l'avais jamais entendue, celle-là.

— J'ai pratiquement avalé une chenille un jour. J'ai failli lui casser le bras.

Mes abdos me faisaient mal à force de me retenir de rire.

— Purée, elle t'a bien eu !

— Tu crois qu'elle est douce et innocente, mais c'est le diable – je te le jure.

Il faudrait que je la félicite la prochaine fois que je la verrais.

— J'espère qu'elle ne me fera pas la même chose.

— Non. Elle t'aime bien.

Il but une gorgée en parcourant le bar des yeux.

Je me souvins qu'elle m'avait parlé de ses parents. Je voyais Axel sous un nouveau jour. Pour quelqu'un qui avait tant perdu, il respirait la joie de vivre. Francesca et Axel étaient tous deux des personnes fortes. Je soupçonnais que c'était l'influence de Yaya.

— Deux brunettes à l'autre bout du bar – et elles sont canon.

Je bus un coup.

— Allez, on les ramène dans un hôtel et on se les partage. On n'a pas fait ça depuis un bail.

Je posai les yeux sur la fenêtre et observai les voitures passer. Axel lissa son t-shirt avant de me regarder.

— Tu veux y aller en même temps ? Ou un puis l'autre pour ne pas donner l'impression de les bombarder ?

Je ne voulais rien avoir à faire avec ça.

— Je n'ai pas trop envie ce soir. Vas-y, toi.

Axel était sur le point de boire un coup, mais il se ravisa.

— Qu'est-ce que t'as dit ?

— Vas-y sans moi. Va prendre ton pied. Je ne le sens pas trop.

— Mec, elles sont vraiment canon. Tu ne les as même pas matées.

— Tu sais que tu n'as pas besoin de moi. Tu t'es déjà tapé deux femmes avant.

Je bus un coup pour masquer l'irritation sur mon visage.

— Tu es sérieux, là ? Depuis quand tu refuses une baise facile ?

Il me regardait comme si je venais de Mars.

— Je ne suis pas d'humeur ce soir. Et tu n'as pas besoin de moi.

Axel plissa des yeux, regardant mon visage d'un air soupçonneux.

— OK… qu'est-ce qui se passe ?

— Rien, lâchai-je. Est-ce que quelque chose doit se passer juste parce que je ne veux pas me taper deux filles ce soir ?

— Dans ton cas, ouais, dit-il carrément.

J'avais l'habitude de baiser tout ce qui bougeait. C'était comme un antidouleur. Je m'enfouissais dans quelqu'un d'autre parce que la distraction était suffisamment forte. J'en éprouvais du plaisir et un certain bonheur… même si ce n'était que temporaire. Mais ça ne m'était plus arrivé beaucoup ces derniers temps. En fait… je ne me souvenais même plus de la dernière fois.

— Tu n'as pas besoin de moi pour tirer ton coup, Axel.

— J'en suis bien conscient. Mais c'est plus marrant d'échanger.

— Ma réponse est toujours non.

Je pouvais difficilement être plus ferme.

Axel s'adossa au box avec un air de dépit.

— Tu vois quelqu'un ?

Le visage de Francesca flotta dans mon esprit. C'était la seule fille à qui je pensais, et pas sexuellement. Avant, je voulais la retourner dans tous les sens, mais maintenant… je la considérais sous un tout nouveau jour.

— Non.

— Tu dois voir quelqu'un. Sinon, pourquoi tu agirais ainsi ?

J'étais acculé, n'ayant nulle part où aller.

— Je parle à quelqu'un. Rien de sérieux.

— Mais suffisamment sérieux pour garder ta bite dans ton froc ?

Je bus une gorgée de ma bière.

— Qui est-ce ?

— Tu ne la connais pas.

— On travaille avec elle ?

— Je viens de dire que tu ne la connaissais pas, lâchai-je.

— Pourquoi tu ne me le dis pas ?

— Parce que ce n'est pas sérieux. C'est… je ne sais pas.

Axel secoua légèrement la tête.

— C'est juste… je n'arrive pas à t'imaginer dans le genre monogame. T'as toujours la bite à la place du cerveau.

Je ne pouvais pas non plus l'imaginer.

— On verra où ça mène. Pour l'instant, ça ne m'intéresse pas de baiser dans une chambre d'hôtel.

Il gloussa tout bas.

— Putain, cette meuf doit être bonne.

Belle était une meilleure description.

— T'as pas une photo ?

— Non.

Axel me débiterait avec une hache s'il était au courant de mes sentiments envers sa sœur. Et je ne pouvais pas le blâmer.

— Alors filme-la et montre-la-moi.

Je lui lançai un regard assassin. Il éclata de rire à nouveau.

— Possessif... un autre aspect de toi que j'ignorais.

— Je ne veux plus en parler.

Je détournai les yeux et regardai par la fenêtre.

— Bon..., dit Axel en reposant les yeux sur les deux filles. Je suis indompté, et je vais en profiter.

Il se glissa hors du box en laissant sa bière derrière lui. Les rues étaient détrempées, et le ciel nocturne empli de nuages. Aucune étoile n'était visible. J'étais dans une salle remplie de gens mais me sentais seul. Je ne voulais qu'une chose, aller trouver Francesca.

Et ne plus jamais la lâcher.

— TON FRÈRE M'A INVITÉ À PASSER NOËL AVEC VOUS.

Nous étions assis dans un snack-bar à quelques pâtés de maisons de la plage.

— Ah oui ? Super ! Je pensais bien qu'il t'inviterait.

Elle déposa son sandwich et me lança un sourire réconfortant.

— Je dois amener quelque chose ?

— Non, dit-elle avec un petit rire. Il y aura déjà bien trop de nourriture comme ça.

J'étais impatient de savourer sa cuisine pendant une semaine. Mais encore plus excité de pouvoir la voir chaque jour des vacances. Elle était la seule cure à ma dépression. Dès qu'elle disparaissait, la dépression revenait me heurter de plein fouet.

— Il y aura de la neige là-haut, donc on ira sûrement skier. Tu as déjà skié ?

— Non.

J'avais raté toute les activités familiales traditionnelles.

— Je t'apprendrai. Je suis assez douée.

— Ah oui ? demandai-je avec un sourire amusé. Tu ne tombes pas sur ton beau petit cul ?

— Pas souvent. Mais quand c'est le cas, ça fait vraiment mal.

— Je le masserai pour toi, dis-je avec un sourire impertinent.

— Je suis sûre que oui.

Elle leva les yeux au ciel d'un geste théâtral avant de recommencer à manger son sandwich.

— Tu es impatiente que le semestre soit terminé ?

— Tu n'as pas idée, répondit-elle en soupirant. Je déteste étudier. C'est stupide.

— Stupide ? demandai-je en riant. C'est le meilleur investissement que tu puisses faire.

— Ouais, c'est ça, dit-elle en s'essuyant la bouche avec une serviette. Alors pourquoi c'est si cher et si barbant ?

Je haussai les épaules.

— Ça, aucune idée.

Elle toucha à peine ses frites et mangea lentement. Elle mangeait plus lentement que toutes les personnes que j'avais rencontrées.

— Tu en veux un peu ?

— Non, merci.

Lorsqu'elle eut terminé la moitié de son assiette, elle la repoussa.

— Purée, je ne mangerai plus jamais.

Elle posa une main sur son estomac, comme si elle était gavée.

— Jamais ?

— Euh… au moins pendant une heure.

Je gloussai.

— Jamais et une heure, c'est assez différent.

— Tu manges comme un ours. Ce n'est pas juste.

— Mais je m'entraîne. Tu pourrais t'entraîner aussi.

— Est-ce que je donne l'impression d'avoir le temps pour ça ?

Elle avait la chance d'avoir un corps parfait et de ne rien avoir à faire pour le conserver.

— Quand tu auras ta pâtisserie, tu seras debout toute la journée. Tu n'auras pas besoin de t'entraîner.

— Mais je me gaverai de sucreries toute la journée.

— Et tu seras toujours aussi sexy.

Je la regardai dans les yeux en disant ça, parce que je n'avais pas honte de l'avouer. Elle évita mon regard comme si elle était mal à l'aise – ou échauffée.

L'addition arriva et je glissai immédiatement un billet à l'intérieur.

Francesca l'attrapa.

— Pourquoi on ne partage pas, pour une fois ?

— Non, dis-je en la lui arrachant des mains et en la tendant à la serveuse. Gardez la monnaie. Merci.

Francesca me fusilla du regard lorsque la serveuse s'éloigna.

— Pourquoi es-tu si pénible ?

— Pénible ? demandai-je, amusé. Pourquoi es-tu si ingrate ?

— Je ne suis pas ingrate—

— Alors dis merci et laisse tomber.

Elle pinça les lèvres fermement.

— Est-ce si difficile à dire ?

Je tentai de ne pas rire. Elle était adorable quand elle était si têtue.

— Je n'ai pas besoin qu'on paie pour moi.

— J'en suis bien conscient. Mais je suis un gentleman et ça me fait plaisir.

— Un gentleman ? dit-elle en s'étranglant pratiquement de rire. Toi ?

Gentleman était le dernier adjectif que j'utiliserais pour me qualifier. J'étais un connard avec toutes les femmes que je rencontrais. Je les traitais comme de la merde et les utilisais pour obtenir ce que je voulais. La compassion et l'empathie n'étaient pas dans mon sang. Je n'étais certainement pas le genre de mec qu'un homme souhaiterait pour sa fille. J'étais sombre, froid, et dangereux.

— Je le suis avec toi.

J'ÉTAIS ÉTENDU AU LIT, MON ÉRECTION APPUYÉE CONTRE MON ventre. Je n'avais pas baisé depuis un bail, et mon corps n'était pas habitué à ce sevrage soudain. À chaque fois que la dépression me consumait, je sortais dans un bar pour ramener une poule. Ou j'appelais une de mes habituées. Mais maintenant, j'allais chez Francesca et dormais avec elle.

Sentir son corps pressé contre le mien éveillait mon côté sensuel. Mon corps se languissait du sien. Je l'avais déjà embrassée et c'était la meilleure chose que j'aie connue. Lorsque j'avais peloté ses nichons, ils étaient doux et fermes. Je voulais les voir trembler tandis que je la baisais. Elle m'allumait comme jamais.

Je me branlais rarement parce que je préférais le sexe à

deux. Mais j'étais chaud comme la braise et il était tard dans la nuit. Il m'aurait suffi d'appeler un de mes plans cul et j'aurais pu tirer mon coup en un éclair. Mais ce n'était pas ce que je voulais.

Je sortis ma vaseline et m'attelai à la tâche. Francesca était dans mon esprit, et je n'en éprouvais aucune culpabilité. Mais mon fantasme me surprit. Il n'était pas charnel ou agressif. Il était sensuel et lent. J'imaginais sentir chaque centimètre d'elle, y aller lentement et ne pas me précipiter vers la ligne d'arrivée. Au lieu d'imaginer son cul, je passerais mon temps à l'embrasser. Au lieu de la baiser aussi violemment que possible, je prendrais en compte le plaisir qu'elle éprouvait.

C'était complètement différent de ce qui me bottait habituellement.

J'entendis toquer bruyamment à la porte et interrompis mes gestes. Qui passerait par ici à cette heure de la nuit ? Mon cœur bondit d'espoir en réalisant que ça devait être Francesca.

Je fourrai mes accessoires dans ma table de chevet et enfilai mon boxer. Je ne pris pas la peine de me vêtir plus puisqu'elle m'avait déjà vu ainsi. En empruntant le couloir, j'étais pratiquement au pas de course. C'était généralement moi qui venait à elle, mais ce soir c'était l'inverse.

J'ouvris la porte à l'air glacial et me figeai en réalisant que ce n'était pas Francesca. C'était Jessica. Elle portait un trench et des talons. Je la soupçonnais fortement de ne rien porter sous son manteau.

— Ça fait un bail. Et tu m'as manqué.

Elle franchit lentement le seuil et ouvrit son manteau. Elle ne portait qu'un soutien-gorge et un string noir assorti.

Jessica était une des rares filles que je ramenais régulièrement chez moi parce qu'elle était bonne au lit. Elle savait que j'étais dispo et que je ne voulais que l'utiliser. Mais elle m'utilisait elle aussi, donc ça fonctionnait.

Mais je ne ressentais rien.

Elle pressa son corps contre le mien et s'approcha pour m'embrasser.

Je la repoussai.

— Non.

On aurait dit que je venais de la gifler.

— Non ? répéta-t-elle comme si elle ne comprenait pas le mot. Pardon ?

Je reculai de quelques pas.

— Ne m'appelle plus.

Je tins la porte ouverte en attendant qu'elle s'en aille.

— Quoi ? Qu'est-ce qui ne va pas chez toi ?

Jessica laissa sa veste déboutonnée, tant elle semblait déroutée.

— Rien, dis-je. Je ne suis plus intéressé.

— Et pourquoi pas ? dit-elle en posant une main sur sa hanche.

— C'est comme ça. S'il te plaît, va-t'en.

J'indiquai la porte du doigt.

— Tu as trouvé quelqu'un de mieux ? demanda-t-elle d'une voix blessée.

Je ne comprenais pas mes sentiments envers Francesca. Je n'avais aucune idée de ce qui se passait ni pourquoi tout était en train de changer. Tout ce que je savais, c'était que coucher avec Jessica serait mal. Et je n'en éprouvais même pas l'envie.

— J'imagine qu'on pourrait dire ça.

La haine apparut dans ses yeux.

— Tu es vraiment un porc.

— Et toi une salope. Et alors ?

Elle me gifla le visage. Je reculai sous le coup, mais sans rien sentir.

— T'as fini ?

Elle semblait avoir envie de me gifler à nouveau.

— Va-t'en, avant que je te foute dehors.

Je posai ma main sur sa chute de rein et la poussai doucement vers le seuil.

Elle se retourna et me regarda comme si elle était sur le point de pousser une gueulante.

— Tu n'es qu'un—

Je refermai la porte et la verrouillai. Puis je retournai dans ma chambre pour terminer mes affaires – mes pensées toujours sur Francesca.

FRANCESCA SORTIT DE LA MAISON VÊTUE D'UN LEGGING NOIR, DE bottes et d'un pull ample. Ses jambes étaient longues et minces, et j'aurais préféré que son pull ne couvre pas son derrière pour pouvoir le mater à mon aise. Elle transportait deux sacs.

— Ma sœur emporte toujours trop de trucs, dit Axel en se glissant du siège passager de la voiture. On ne part qu'une semaine. T'as besoin de tout ce barda ?

— Il reste un autre sac à l'intérieur, dit Francesca en ignorant les insultes de son frère. Pourquoi tu ne vas pas le chercher ?

— Un autre sac ? demanda-t-il, incrédule.

Je sortis du véhicule et pris les affaires de Francesca de ses mains avant de les placer dans le hayon de mon pick-up.

— Va chercher le dernier sac, Axel.

Il poussa un soupir irrité avant d'entrer dans la maison.

Les cheveux de Francesca étaient bouclés et tombaient sur sa poitrine.

— Comment tu arrives à lui faire faire ça ?

— Faire quoi ?

— T'écouter.

Je haussai les épaules.

— Il sait que je peux le ramasser.

Elle gloussa et secoua légèrement la tête.

— Tu es très mignonne, lâchai-je sans même réfléchir.

Je faisais tout le temps des trucs pareils. Quand il s'agissait d'elle, je n'avais pas besoin de filtre. Je pouvais lui dire pratiquement n'importe quoi et elle l'acceptait sans s'offusquer.

— Merci. Tu es très mignon aussi.

— Mignon ?

C'était quoi, comme compliment ?

Elle haussa les épaules avec un sourire espiègle.

— Quoi ? C'est vrai.

Dès que je la voyais, je voulais la prendre dans mes bras. C'était un élan naturel que j'avais du mal à comprendre. Même lorsque je ne la voyais pas pendant quelques heures, j'éprouvais cette envie dès que je la revoyais. Je gardai mes mains dans mes poches parce que son frère était dans les parages. Mais même s'il n'avait pas été là, j'aurais probablement gardé mes mains dans mes poches.

Axel sortit de la maison avec son troisième sac.

— Mec, quand est-ce que Marie est devenue si canon ?

— Marie a toujours été canon, dit Francesca.

Axel lança son sac dans le hayon.

— Hé ! s'exclama-t-elle en lui frappant le bras. Mon sèche-cheveux est là-dedans.

— Et alors ? demanda-t-il. Tu pourras emprunter celui de Yaya s'il est cassé.

— Pouah, je te déteste, parfois.

— Wow, dit-il d'un ton empreint de sarcasme. Je te déteste tout le temps.

— Joyeux Noël, dis-je avec tout autant de sarcasme.

— Et pour en revenir à Marie, dit Axel. Elle est célibataire ?

— Elle n'est pas ton genre, répondit automatiquement Francesca.

— Pas mon genre ? demanda Axel, incrédule. Elle est canon. Bien sûr qu'elle est mon genre.

— Ce n'est pas une fille que tu peux te taper sans jamais la rappeler, riposta Francesca. C'est ma meilleure amie. Je ne vais pas te laisser l'approcher.

— Allez, dit Axel. Je vois bien qu'elle—

— Je te cognerai, menaça Francesca. Et tu sais que j'ai de la poigne.

Axel lâcha son dernier argument.

— Dis-lui de m'appeler si elle veut passer du bon temps.

— Non.

Francesca se dirigea vers le pick-up et s'installa sur le siège passager.

— C'est quoi ce bordel ? demanda Axel. J'ai dit prems !

— Je n'ai rien entendu, riposta-t-elle.

Je tentai de ne pas rire de leurs chamailleries.

— Sors de là, dit Axel. Je m'assieds à l'avant.

— Nan, dit Francesca en bouclant sa ceinture.

— T'es vraiment une pourrie, lâcha Axel.

— Laisse-la tranquille, dis-je. Je préfère écouter son silence plutôt que tes bêtises pendant tout le trajet.

Francesca tira sa langue à Axel.

Axel la fusilla du regard avant de s'asseoir à l'arrière.

Je m'installai au volant et démarrai le moteur.

— Essayez de vous entendre un peu. C'est Noël.

— Je la déteste, dit Axel.

— Je le déteste encore plus, dit Francesca.

— Et là, je vous déteste tous les deux.

La maison était couverte de neige, ainsi que les arbres environnants. De la fumée s'élevait de la cheminée, et les lumières dans la maison la faisaient briller. C'était un havre de paix au milieu de nulle part.

À notre arrivée, Yaya nous accueillit comme si elle n'avait jamais été aussi heureuse. Nous avoir tous rassemblés chez elle était le meilleur cadeau de Noël à ses yeux. Et comme je m'y étais attendu, elle me prit dans ses bras et m'accueillit comme un membre de la famille.

— Tu es un si beau garçon, dit-elle en me prenant le visage dans ses mains avant de m'embrasser sur la joue.

— Et moi, alors ? demanda Axel. Je ne suis pas beau ?

— Tu es certainement un garçon, dis-je pour le provoquer.

Yaya éclata de rire avant d'embrasser Axel sur la joue.

— Tu es très beau aussi, mon chéri.

— C'est vrai, dit Axel. Et ça ne fait pas de mal de le reconnaître de temps en temps.

Francesca leva les yeux au ciel.

— Mon frère demande plus d'attention que moi.

— Probablement parce que tu es un garçon manqué, la piqua Axel.

Elle lui donna un coup dans le tibia avant de monter les escaliers.

— Ouille !

Axel sautilla sur un pied en se tenant l'autre tibia. Yaya haussa les épaules.

— Tu l'as cherché, mon cœur.

Je ne me sentais pas du tout mal pour lui. En fait, je réprimais un fou rire.

— Tu peux loger dans la même chambre que la dernière fois, dit Yaya.

C'était ce que j'avais espéré. Elle était juste à côté de celle de Francesca.

— Merci. Je vous en suis très reconnaissant.

Après le dîner, nous regardâmes la TV pendant que le feu brûlait dans l'âtre. Il faisait noir dehors, mais la poudreuse brillait sous le clair de lune. Parfois, nous pouvions entendre le ululement d'un hibou. Ça faisait toujours sursauter Axel.

— La campagne fout les jetons..., dit Axel en tremblant légèrement.

— Seulement aux poules mouillées, riposta Francesca.

— Tu veux que je te jette dans le feu ? avertit Axel.

— Essaye pour voir.

Francesca posa son livre et lui lança un regard de défi. Axel secoua la tête.

— T'as de la chance que c'est Noël.

— Et t'as de la chance que je ne te frappe pas à nouveau.

Étonnamment, leur badinage n'était pas dérangeant. Je n'avais pas de frère ou de sœur, et ne savais pas comment ils se comportaient. Je ne connaissais rien aux dynamiques familiales – jusqu'à ce qu'ils m'invitent à passer les vacances chez eux.

Yaya était déjà montée se coucher, et j'attendais qu'Axel fasse la même chose. Francesca et moi n'avions pas parlé de notre comportement durant ce séjour. Est-ce que ça la dérangerait que je dorme avec elle ? Ou avait-elle trop peur d'être prise sur le fait et que sa famille suppose le pire ? Je ne pourrais lui demander que lorsque nous serions seuls. J'adorais être ici avec elle, entouré par la neige, mais j'aurais aimé pouvoir être moi-même avec elle. Elle était la personne la plus proche de moi, et notre relation naturelle me manquait. Mais je devais me cacher aux yeux d'Axel, qui supposerait qu'il se passait autre chose entre nous. Je ne voulais pas qu'il pense que j'avais trahi ma parole et que je couchais avec sa sœur. Techniquement, c'était le cas. Mais pas dans le sens auquel il pensait.

— J'en ai ma claque d'entendre ta voix. Je vais me coucher.

Axel quitta le canapé et se dirigea vers l'escalier.

— Bon débarras, dit-elle en reprenant son livre.

— Tu n'es pas obligé de rester en bas avec elle, dit Axel, les yeux posés sur moi.

— Ça ne me dérange pas.

Elle était la seule personne avec qui je voulais rester, de toute manière.

— C'est ton arrêt de mort.

Il monta les escaliers en direction de sa chambre. Après quelques minutes de silence, je réalisai que nous étions seuls.

— Comment est le livre ?

— Pas trop mal.

Elle tourna une page.

— Pourquoi es-tu assise si loin ?

J'étais assis sur le canapé et elle dans le fauteuil.

— Le feu.

Je saisis un coussin et le plaçai par terre devant le feu. Puis je m'installai, les mains derrière la tête.

— Tu vas me laisser tout seul ?

Elle déposa son livre avant de ramper à terre jusqu'à moi. Nous partageâmes le coussin et écoutâmes le feu crépiter dans l'âtre. Nos pieds étaient près du foyer, réchauffés malgré le froid hivernal.

— J'aime bien cet endroit.

— C'est sympa, hein ?

— Oui. J'aimerais avoir un chalet dans les bois un jour.

— Ce serait un peu inquiétant.

Je secouai la tête.

— Je suis un grizzli, tu te souviens pas ?

— Comment pourrais-je l'oublier ?

Elle se recroquevilla contre mon flanc et posa sa main sur mon ventre.

— Alors, comment vont se passer nos nuits ?

— Comment ça ?

Elle poussa un petit soupir, comme si elle essayait de ne pas s'endormir.

— Ma chambre ou la tienne ?

— Tu veux dormir avec moi ? demanda-t-elle. Ici ?

— On ne se fera pas prendre.

— Tu en es sûr ?

— Je retournerai dans ma chambre avant que les autres se réveillent.

— C'est assez risqué...

Je la regardai dans les yeux, qui me rappelèrent la couleur des algues qui flottaient à la surface du lac à un peu plus d'un kilomètre d'ici.

— J'aime le risque.

— Si Axel nous surprend, il va pousser une gueulante.

Je haussai les épaules.

— Depuis quand tu te soucies de son opinion ?

— Depuis que ça pourrait ruiner Noël. Yaya se tue pour que tout soit parfait. Je ne veux pas foutre tous ses efforts en l'air.

Elle avait raison.

— J'espère que je serai assez fort pour rester dans ma chambre. Tu es juste à côté.

— Je fermerai à clé pour que tu ne sois pas tenté, dit-elle en me lançant un regard espiègle.

Il me faudrait plus qu'une porte fermée à clé pour m'empêcher de la rejoindre.

12

Noël
Hawke

— TU VEUX FAIRE UN BONHOMME DE NEIGE ?

Francesca portait un épais manteau avec la capuche relevée. Elle était vêtue d'un pantalon de ski moulant et de bottes épaisses. Même en étant complètement couverte, elle était mignonne.

— Un bonhomme de neige ?

Je n'avais jamais fait de bonhomme de neige de ma vie.

— Ouais. Il faut le commencer du bas. Viens m'aider.

Elle s'agenouilla dans la neige, les mains emmitouflées dans des gants épais.

Je m'accroupis à côté d'elle et observai ce qu'elle était en train de faire. Je l'aidai à agglomérer la neige en une grosse boule, puis à la tasser jusqu'à ce qu'elle semble solide. Même s'il faisait glacial, j'étais réchauffé par ces efforts. Après avoir fait le bas, nous attaquâmes la section du milieu.

— Tu n'as jamais fait ça avant ? demanda-t-elle.

— Qu'est-ce qui m'a trahi ?

Elle me lança un doux sourire.

— Tu t'en sors très bien.

Nous construisîmes la tête à ajouter au sommet, et complétâmes le tout.

— Maintenant, il faut décorer son visage, dit-elle en attrapant le sac qu'elle avait mis sur le côté. J'ai des olives pour faire les yeux.

Elle les planta dans la neige, mais ça n'allait pas parce que la tête était trop grosse.

Je sortis mes lunettes de soleil de ma poche et les plaçai sur les yeux.

— Il déchire, dit-elle en riant.

Elle dénicha un épi de maïs et le plaça horizontalement sur son visage.

— Il a les dents jaunes.

— C'est un fumeur.

Je ris de sa blague.

— Et son nez ?

Elle sortit un muffin du sachet et le planta au milieu de son visage.

— Tadaaa !

Je m'éloignai pour admirer notre travail.

— Ce bonhomme de neige ne se fera jamais personne.

Elle éclata de rire.

— Ces lunettes de soleil lui donnent l'air assez cool.

— Mais le nez épaté et les dents jaunes n'améliorent pas ses chances.

Le son d'un moteur allumé parvint à nos oreilles, et nous nous retournâmes au même moment pour voir Axel sortir de l'abri de jardin en motoneige. Il appuya sur l'accélérateur avant de foncer droit sur nous.

— Qu'est-ce qu'il fout, bordel ? demanda Francesca.

— Recule, Muffin, dis-je en attrapant son bras et en l'éloignant de son trajet.

Axel entra en collision avec le bonhomme de neige, le démolissant.

— Prenez ça, enfoirés, dit-il avant de dévaler la pente de neige.

— Putain ! s'exclama-t-elle en baissant les bras. Quel connard !

Je ramassai mes lunettes de soleil par terre. Heureusement, elles étaient intactes.

— On pourrait toujours en faire un autre.

— Il le détruira aussi.

— Alors on pourra encore en faire un autre, dis-je en ramassant les morceaux. Le plus marrant, c'est la construction, non ?

Elle sourit.

— Ouais, je crois que t'as raison.

La veille de Noël arriva, et nous cheminâmes tous dans la neige jusqu'à trouver l'arbre parfait à abattre.

Les yeux de Francesca s'illuminèrent lorsqu'elle s'arrêta devant un grand sapin feuillu.

— Celui-ci est parfait. Prenons-le.

— Il me plaît, dit Yaya. Il sera superbe dans le salon.

— Faites place à l'homme, dit Axel, la hache sur l'épaule. Il nous faut du muscle et de la force.

— Alors pourquoi ne pas laisser Hawke s'en charger ? le piqua Francesca.

Je lui lançai un petit sourire.

Axel l'abattit en quelques coups, et l'arbre s'écrasa sur le côté. Nous attachâmes des cordes à sa base, et Axel et moi le traînâmes dans la neige jusqu'à la maison. À l'intérieur, nous l'installâmes dans une base que nous posâmes dans le coin.

— Il est parfait, dit Yaya en sortant les décorations d'une boîte. Maintenant, décorons-le.

Ça semblait être une tradition familiale, donc je restai assis dans mon coin. Mes parents et moi ne décorions jamais de sapin. La seule fois où c'était arrivé, une immense dispute sur l'argent avait suivi. Depuis lors, je n'avais jamais pris la peine de participer.

Francesca plongea dans la boîte jusqu'à trouver une décoration. Puis elle l'accrocha à un crochet.

J'adorais la regarder. Il y avait un léger sourire sur ses lèvres, et je savais que j'assistais d'un instant qui resterait toujours un souvenir précieux.

Au lieu de s'approcher du sapin, elle vint vers moi.

— Tu veux bien accrocher ça au sommet pour moi ? Je ne peux pas l'atteindre.

Je savais que c'était sa manière discrète de m'impliquer. Et le fait qu'elle veuille m'inclure dans cette tradition familiale comptait beaucoup pour moi.

— Bien sûr.

Je me levai et lui pris la décoration des mains. C'était une couronne avec une photo au centre. En la regardant de plus près, je réalisai que c'était Francesca avec ses parents. Ils étaient dehors, dans la neige, leurs skis entre les mains.

Les yeux de Francesca étaient exactement les mêmes que maintenant. La voir plus jeune me serra le cœur d'une manière que je n'aurais pu expliquer. Sa mère portait un bonnet mais je pouvais déceler des similitudes dans leurs traits. Francesca lui ressemblait beaucoup. Son père était grand et costaud, me rappelant Axel.

— J'avais huit ans, déclara Francesca en observant mon

visage. Mon père m'a appris à skier ce jour-là. Tout ce que je sais, c'est grâce à lui.

Elle se retourna et s'approcha du sapin.

— Tu pourrais la pendre là-haut ? dit-elle en indiquant le sommet.

Le sens de ses paroles ne m'avait pas échappé. Elle me révélait quelque chose de profond et de personnel, et elle voulait m'inclure. C'était le geste le plus profond que j'aie partagé avec quelqu'un. Je plaçai la décoration au sommet du sapin avant de la regarder.

— Il est super, là-haut.

J'observai les lumières des guirlandes se refléter dans ses yeux.

— Oui, super.

APRÈS AVOIR BU DU CHOCOLAT CHAUD ET JOUÉ À DES JEUX DE société, Yaya se retira pour la soirée. Elle débordait tant d'entrain et de vie que je n'étais pas surpris qu'elle soit exténuée à la fin de la journée. Axel monta une heure après elle. Il ne cessait de bâiller, et j'étais soulagé qu'il aille se coucher, afin de ne plus devoir l'entendre.

J'étais impatient de me retrouver seul avec Francesca. Je lui avais acheté un cadeau de Noël, mais ne voulais pas lui offrir devant le reste de sa famille.

— Je reviens tout de suite.

Assise devant le feu, elle leva les yeux de son chocolat chaud.

— OK.

Je récupérai le cadeau dans mon sac avant de redescendre. Je n'avais jamais emballé de cadeau avant, mais heureusement, YouTube m'avait permis de m'en sortir. La seule chose facile à mes yeux avait été de coller le nœud par-dessus.

Je m'assis à côté d'elle sur le plancher de bois dur, le cadeau sur les genoux.

Elle le regarda d'un air excité.

— Tu m'as acheté quelque chose ?

— Oui. Je ne voulais pas te l'offrir devant ta famille.

Elle jeta un coup d'œil à l'ancienne pendule accrochée au mur.

— Et bien, il est passé minuit, donc c'est officiellement Noël.

Je n'avais jamais fait autant d'efforts pour un cadeau avant, et je savais qu'elle allait l'adorer.

— Et voilà, dis-je en le lui tendant.

Elle sourit en me le prenant des mains et elle déchira immédiatement l'emballage. Lorsqu'elle l'eut déballé, elle examina le moule à muffin entre ses mains. Puis elle vit enfin la gravure.

La fille aux Muffins.

Je l'avais dessiné sous forme de joli logo, comme si c'était le nom d'une pâtisserie. Je l'imaginai l'utilisant pour préparer sa première fournée de muffins à l'inauguration.

Elle l'observa sans réagir.

À présent, j'avais peur que ça ne lui plaise pas. Était-ce déplacé ? Trop osé ?

Lorsqu'elle posa son regard sur moi, des larmes miroitaient dans ses yeux.

— Hawke..., dit-elle en passant le pouce le long de la gravure, tâtant les rainures des mots. C'est... le plus beau cadeau que j'aie jamais reçu.

Puis elle renifla bruyamment.

Une chaleur se propagea dans mon corps, d'une manière dont je n'avais jamais fait l'expérience. C'était étrange et inconnu. Francesca était la seule personne qui m'apportait de la joie, mais maintenant elle m'en apportait encore plus.

— Je suis ravi que tu l'aimes bien.

— L'aimer ? demanda-t-elle en s'essuyant le nez après avoir reniflé. Je l'adore !

Elle le posa sur le côté avant de se blottir dans mes bras. Elle me serra très fort en s'installant sur mes genoux. Puis elle posa son visage contre mon torse.

— Merci beaucoup.

Mes bras enveloppèrent immédiatement sa taille et je la tins tout contre moi. La rendre heureuse me rendait heureux. C'était la première fois que j'éprouvais ça. J'avais fait tant d'efforts pour rendre la vie misérable aux autres femmes que je n'avais pas réalisé à quel point c'était vain. Je me sentais bien comme ça. Francesca me faisait me sentir bien. Je me moquais éperdument de ne plus jamais recevoir un autre cadeau jusqu'à la fin de mes jours. C'était le meilleur cadeau de Noël que j'aie reçu.

Elle finit par s'éloigner, même si je ne voulais pas qu'elle s'en aille. Elle se tourna vers le sapin avant de dénicher un petit paquet.

— J'ai aussi un cadeau pour toi.

Elle posa le petit cadeau entre mes mains. Il était fin mais assez long. Il me faisait penser à un livre. Je me demandai si c'était ça. Mais je lui avais dit que je ne lisais pas, donc ça n'aurait aucun sens.

— Ouvre-le, murmura-t-elle.

Je déchirai l'emballage et découvris que c'était un livre. Mais il n'y avait pas de titre ou de nom d'auteur. Il était relié de cuir et ressemblait à un journal. Je ne voulais pas sembler ingrat, mais ignorant ce que c'était, je ne savais pas comment réagir.

— C'est mon journal, dit-elle d'une petite voix, comme si elle était nerveuse. J'ai commencé à l'écrire avant la mort de ma mère. J'y ai écrit tous les jours, même des années après que mon père se soit suicidé.

Je la dévisageai et sentis mon cœur palpiter. Elle m'offrait la chose la plus personnelle que puisse posséder une personne.

— J'ai traversé beaucoup de douleur, de chagrin quand ça s'est passé. Et quand mon père a rejoint ma mère, j'étais vraiment furieuse. Je le détestais d'avoir été si lâche et d'avoir fait d'Axel et moi des orphelins. L'amertume m'a possédé pendant longtemps. Mais un jour… je l'ai dépassée. J'ai pensé… que ça pourrait t'aider. Je sais que tu as traversé beaucoup d'épreuves et que tu as l'impression qu'il n'y a pas de fin à ça. Mais je voulais te montrer que si.

Je tâtai le cuir entre mes doigts avant de l'ouvrir à la première page. Sa petite écriture remplissait chaque centimètre de l'espace. La date était écrite dans le coin supérieur droit. D'anciennes coulées de larmes marquaient la page à certains endroits. Je n'avais pas réalisé que mes yeux étaient humides avant de les cligner.

— Je ne sais pas quoi dire.

— Tu n'as pas à dire quoi que ce soit.

Je refermai le journal avant de la regarder. Ses yeux verts brillaient d'émotion, et ses lèvres étaient serrées, comme si elle tentait de rester calme. Ses longs cheveux retombaient sur sa poitrine, l'air doux et agréables au toucher. Le sapin de Noël étincelait derrière elle, et la lueur du feu crépitant se déplaçait sur sa peau.

Dès l'instant où nous nous étions rencontrés, il y avait eu quelque chose. J'ignorais ce que c'était, et n'étais même pas sûr que ce soit réel. Et puis elle m'avait dit qu'elle l'avait sentie également, cette chose qui existait entre nous. J'étais un homme maussade ayant ses petites habitudes, mais dès qu'elle avait fait irruption dans ma vie, j'avais complètement changé – en mieux. J'ignorais ce qu'était cette connexion, même si j'avais passé chaque jour à tenter de le découvrir.

Mais désormais, je savais.

— Hawke, est-ce que tu as une femme dans ta vie ? demanda Yaya au petit-déjeuner, un matin.

Ma réaction immédiate aurait été de regarder Francesca, mais je me retins à temps. Ç'aurait trahi mes sentiments. Je fixai mon assiette des yeux.

— Non, je—

— Parle-lui de cette fille que tu fréquentes, dit Axel, la bouche pleine.

— Quoi ? lâchai-je, n'ayant aucune idée de ce dont il voulait parler.

— Cette fille dont tu as parlé au bar.

Axel continua à manger comme s'il ne venait pas de me jeter sous un bus.

— Heu..., dis-je, posant immédiatement les yeux sur Francesca.

Elle fixait intentionnellement son assiette des yeux, sans manger. Elle se contentait de triturer la nourriture, comme si elle devait occuper ses mains.

— C'est plus sérieux, maintenant ? demanda Axel.

J'avais envie de lui rompre le cou.

— Oh, parle-nous d'elle, dit Yaya. Comment elle s'appelle ?

Putain, qu'est-ce que j'avais dit à Axel ?

— Ce n'est rien. Il exagère.

— Non, je n'exagère pas, réfuta Axel. Yaya, il y avait deux meufs canon qui nous reluquaient complètement, mais Hawke a dit non.

— Fidèle, dit Yaya. Ça me plaît.

Francesca refusait toujours de lever les yeux.

— Nous sommes seulement amis – c'est tout.

Je ne voulais pas que Francesca s'imagine le pire, pas après la veille.

— Qui couchent ensemble ? demanda Axel, incrédule.

Francesca quitta abruptement la table.

— Je dois aller aux toilettes…

Elle s'éloigna et monta immédiatement les escaliers. Personne ne remarqua son départ précipité à part moi. Et j'avais le sentiment de savoir pourquoi elle était partie.

— Laisse tomber, OK ?

— Purée, calme-toi, dit Axel. On ne t'interroge pas.

— Pourtant, c'est à ça que ça ressemble, lâchai-je.

— Et bien, nous serions très heureux de la rencontrer si tu voulais l'amener avec toi, dit Yaya. Un homme aussi beau et gentil que toi devrait avoir la plus belle fille au monde.

En réalité, je l'avais déjà.

Le reste de la journée fut un enfer. Je n'eus pas une seule opportunité d'être seul avec Francesca. Axel voulait passer chaque seconde de la journée avec moi, et lorsque je traînais à la maison pour trouver une occasion de parler à sa sœur, il se fâchait et me demandait de venir skier. Après avoir accepté à contrecœur, j'espérais que Francesca nous accompagne.

Ce qu'elle ne fit pas, évidemment.

Pendant tout le temps passé en montagne, je ne pus que penser à elle. La dernière chose que je voulais, c'était qu'elle pense que j'avais une petite amie sérieuse et que j'étais engagé dans une relation. Je ne voulais pas que Francesca pense que je couchais avec qui que ce soit, même si c'était sans lendemain.

Elle n'était pas ma petite amie et ne le serait jamais, mais… je ne voulais pas qu'elle pense ça de moi.

Lorsque nous finîmes par rentrer, Yaya et Francesca avaient déjà mangé et Francesca était montée se coucher.

La journée pouvait-elle encore empirer ?

Je dus rester assis en bas avec Axel et Yaya, et attendre qu'ils aillent enfin se mettre au lit. Ce furent les heures les plus interminables de ma vie. J'étais tenté d'entrer dans sa chambre, même si j'étais pris sur le fait. Je m'en foutais complètement.

Enfin, tout le monde monta se coucher et j'eus ma chance. Je me rendis devant sa chambre et tournai la poignée.

Elle était fermée à clé.

Putain de merde.

Je sortis mon téléphone et lui envoyai un message.

Muffin, ouvre la porte, s'il te plaît.

Aucune réponse.

Soit elle dormait, soit elle faisait semblant de dormir pour m'éviter.

C'est vraiment important.

Peut-être que ça la persuaderait. Si elle pensait que quelque chose n'allait pas, elle ne m'ignorerait pas.

Une seconde plus tard, j'entendis des bruits de pas dans sa chambre. Puis la porte se déverrouilla en cliquant.

J'entrai immédiatement à l'intérieur et enfin, je pus me détendre en étant seul avec elle. Mais son regard chagrin me donna envie de ressortir sur le champ.

Elle croisa les bras et me dévisagea comme si elle n'avait pas peur de ce que j'allais dire. Elle se tenait la tête haute, comme si je ne pouvais la blesser. Elle me fit penser à un guerrier sur le champ de bataille. Elle avait peur mais refusait de le montrer.

— Quoi ?

Elle portait un long t-shirt sans rien dessous. Ses jambes étaient nues, mais je savais que ce n'était pas le moment idéal pour la reluquer.

— Je voulais t'expliquer ce dont Axel parlait plus tôt.

— Je m'en fous, Hawke. Ta vie privée, ce n'est pas mes affaires.

Le ton de sa voix suggérait qu'elle était sincère. Son expression semblait même authentique. Mais je savais que ce n'était pas ce qu'elle éprouvait. Elle venait tout juste de m'offrir quelque chose de si profond et personnel, et elle aurait tous les droits d'être furieuse si elle pensait que j'avais une relation sérieuse.

— Je n'ai pas de petite amie.

— Il n'y a rien que je déteste plus qu'un menteur, dit-elle, le regard féroce. Tu as été honnête avec moi concernant ce que tu voulais, et j'ai respecté ça. Mais trahir ta parole et venir ici pour me mentir est inacceptable. Je ne tolère pas ce genre de conneries.

— Je n'ai pas de petite amie, répétai-je. Donne-moi cinq minutes pour m'expliquer.

Elle déplaça son poids d'un pied à l'autre et continua à me fusiller du regard.

Je supposai que j'avais droit à la parole.

— Je suis sorti avec Axel il y a quelques semaines et il voulait se taper deux filles. Quand je lui ai dit que je n'étais pas intéressé, il a continué à me foutre la pression. Quand j'ai refusé, il est devenu méfiant. Il a supposé que j'avais une petite amie, que c'était la seule manière d'expliquer mon comportement. J'ai suivi le pas pour qu'il me lâche les baskets.

Francesca ne baissa pas sa garde.

— Si tu n'as pas de petite amie, pourquoi as-tu dit ça ?

Devait-elle vraiment poser la question ?

— Parce que je n'avais pas envie de me taper quelqu'un.

— Et pourquoi ne voulais-tu pas te taper quelqu'un ?

Je baissai les yeux et tentai de trouver une réponse appropriée.

— Ce n'est pas évident ? dis-je d'une voix calme, brisée.

J'ignorais comment gérer cette situation, parce que je n'y avais pas bien réfléchi. Je voulais tout avec elle. Mais je n'étais toujours pas sûr de pouvoir le lui donner.

Ses épaules finirent par se détendre, et son regard s'adoucit.

— Je n'ai couché avec personne depuis longtemps… depuis avant que tu ne viennes loger chez moi.

— Pourquoi ? demanda-t-elle en scrutant mes yeux, cherchant une réponse.

— Je n'en ai pas envie.

Je savais que ce n'était pas la réponse qu'elle attendait, mais c'était tout ce que je pouvais lui offrir.

Elle ne cligna pas une fois des yeux en m'observant.

— Et je ne voulais pas que tu penses que je t'avais dit que je n'étais pas intéressé par une petite amie avant de retourner ma veste et d'avoir une relation dans ton dos. Te mentir est la dernière chose que je ferais. Tu le sais bien.

Elle hocha légèrement la tête.

— C'est le meilleur Noël que j'aie connu et…

Je voulais lui en dire tellement plus, mais j'ignorais comment. Si je faisais exactement ce que je désirais, je risquais de la blesser encore plus. C'était lors de moments comme ceux-ci que je pensais que les choses pourraient fonctionner. Puis je me souvenais que c'était faux. J'étais un monstre. En fait, j'étais le diable.

— Je voulais que tu le saches.

— Ça a été un très bon Noël pour moi aussi.

Elle eut l'air légèrement déçue que je n'aie pas dit ce qu'elle voulait entendre. Mais elle semblait soulagée que je ne lui aie pas menti en disant que je ne pourrais jamais avoir une relation sérieuse avec elle, avant d'en fréquenter une autre. Je devais lui faire comprendre que ça n'arriverait jamais – sauf avec elle.

Je fis un pas en avant et posai mes mains sur ses hanches. Sa chemise remonta dans mes poings et sur sa taille. Chaque partie de mon corps désirait le sien. Je crevais d'envie d'elle d'une manière que je ne comprenais pas. C'était comme si j'étais fait uniquement pour être avec elle. Et que grâce à ça, j'avais trouvé la force de rester platonique.

— On est cool ?

Elle hocha la tête.

— Je peux dormir avec toi ?

Elle y réfléchit un moment, les pensées tourbillonnant dans son esprit.

— Tant que tu retournes dans ta chambre avant que les autres ne se lèvent.

Je souris pour la première fois de la journée.

— Merci.

13

Incertitude
Francesca

JE N'AVAIS JAMAIS ÉTÉ SI DÉROUTÉE DE TOUTE MA VIE.

Hawke et moi avions atteint un obstacle qui nous avait tous deux freinés dans notre élan. J'en étais venue à réaliser que ce qui se passait entre nous n'était pas complètement amical. En apprenant qu'il avait une copine… mon cœur s'était brisé.

Lors de notre premier rendez-vous, j'en avais immédiatement souhaité un suivant. Ça m'arrivait vraiment rarement. Généralement, je me réjouissais qu'un rendez-vous se termine parce que le mec était pénible, ou tout bonnement détestable. Je n'avais jamais autant désiré coucher avec un homme. Le fait que je cherche le grand amour et Hawke du sexe sans lendemain avait été la plus grande déception de ma vie.

S'il trouvait une autre fille qui le faisait changer d'avis, ça me blesserait au-delà des mots. Je me demanderais pourquoi elle, et pas moi. Ça me briserait le cœur en millions de minuscules morceaux. Ses coups d'un soir me dérangeaient, mais puisqu'ils étaient insignifiants et vite oubliés, je tentais de ne pas y penser.

Mais je mentirais en disant que je n'avais pas été soulagée par ses explications.

Après les fêtes de fin d'année, je repris ma routine. Je travaillais beaucoup plus parce que le semestre n'avait pas encore commencé. Hawke et moi ne nous voyions pas aussi souvent qu'avant. J'avais l'impression qu'il m'évitait, mais je n'étais pas sûre de savoir pourquoi.

Au cours des fêtes, Hawke et moi nous étions encore rapprochés. Tout avait changé après la scène avec sa mère. Nous avions toujours été proches, meilleurs amis, mais ça nous avait menés à un tout autre niveau.

Je ne pouvais m'imaginer avec un autre que lui. J'avais essayé de fréquenter d'autres hommes mais ça ne menait jamais nulle part. Alors que j'étais assise à table en face d'un type, je ne pouvais m'empêcher de penser à Hawke et je me demandais ce qu'il était en train de faire. Je n'avais couché avec personne et vivais une période d'abstinence parce que je me sentais coupable. Comment aurais-je pu coucher avec quelqu'un en pensant à un autre ? Et je ne voulais pas blesser Hawke. D'une certaine manière, je savais que ça le briserait.

Il était de plus en plus évident qu'Hawke et moi étions censés être ensemble. Je ne croyais pas au destin ou au sort, rien de ces conneries, mais il était clair que quelque chose nous liait. Il tentait d'y résister et moi aussi, mais ça ne marchait pas.

Il savait ce que je ressentais. J'avais voulu une relation dès le début, et j'avais refusé de me contenter d'un plan cul. Parfois, je regrettais de ne pas avoir dit oui, pensant que nous aurions pu développer notre relation de cette manière. Mais je savais également que ça m'aurait énormément blessée de me donner à lui en sachant qu'il ne m'offrirait jamais rien en retour. Notre amitié m'apportait bien davantage.

Je savais qu'Hawke en voulait plus. Mais vouloir et donner étaient deux choses très différentes. Quelque chose le retenait, et je n'étais pas sûre de savoir quoi. Je voulais demander, mais ça mènerait à une conversation pour laquelle il n'était peut-être pas prêt.

Je n'avais plus qu'à attendre.

J'ÉTAIS PLONGÉE DANS UN RÊVE VRAIMENT AGRÉABLE LORSQUE MON téléphone vibra sur ma table de nuit.

Tu dors ?

Seul Hawke pouvait poser une telle question à cette heure tardive. Si ça avait été quelqu'un d'autre, je lui aurais dit de ne jamais plus me contacter au milieu de la nuit et de me laisser dormir. Mais je vivais pour ces messages de minuit. Ils se terminaient toujours par une nuit passée ensemble, jusqu'à ce que le soleil se lève le lendemain.

Et ce n'était jamais une mauvaise chose.

J'arrive.

Habille-toi.

M'habiller ? Il ne m'avait jamais dit ça avant.

Pourquoi ?

Fais-le, c'est tout.

Ça allait être une nuit intéressante. J'enfilai un jean et un pull avant de sortir.

Il se tenait à l'autre bout du porche, les mains dans les poches. Les maisons étaient couvertes de givre, et son souffle formait de la vapeur. Il se retourna lorsque j'ouvris la porte. Il portait un sweat à capuche et un jean.

— Tu veux entrer ?

— Non. Viens avec moi.

Il était particulièrement vache ce soir.

— Pourquoi ?

— Fais ce que je te dis.

Il n'était pas du tout lui-même. Il était intimidant et menaçant. C'était comme s'il ne voulait pas me voir du tout.

— Tu sais que je ne…

Il me dévisagea avec un regard qui voulait dire « pas ce soir ».

Je soupirai et verrouillai la porte avant de monter dans son pick-up et de m'asseoir à côté de lui.

Il se mit en route et roula lentement sur les routes gelées.

— Où va-t-on ?

— Chez moi.

— Pourquoi ne m'as-tu pas demandé de venir chez toi ?

Ses yeux restèrent rivés sur la route.

— Je ne voulais pas que tu conduises sur des routes gelées à moitié endormie.

— Je suis une bonne conductrice.

— Je suis meilleur que toi.

Il agrippa le volant et n'alluma pas la radio. *Pourquoi était-il si hostile ?*

— Tu m'en veux pour quelque chose ou quoi ?

— Non.

— Alors pourquoi agis-tu comme un connard, là ?

— Parce que je suis un connard.

— Pas avec moi.

Il finit par me regarder.

Je soutins son regard et tentai d'y lire ses pensées.

Il détourna les yeux avant que je puisse y déceler quoi que ce soit.

Nous arrivâmes à son appartement et entrâmes. J'étais ravie d'échapper à l'air nocturne glacial et de rentrer chez lui. Je ne supportais pas bien le froid, du moins, pas vêtue aussi légèrement.

Hawke referma la porte et se tint immobile. Il avait les mains dans les poches et refusait de me regarder.

Il ne s'était jamais comporté ainsi avant. C'était comme si j'étais face à une autre personne.

— Tu me fous vraiment les jetons. Il est deux heures du mat' et tu n'es pas toi-même. Qu'est-ce qui ne va pas ?

Il ferma les yeux pendant un long moment, comme s'il souffrait.

— Hawke, je ne comprends pas—

— Tais-toi.

Je refermai la bouche mais sentis la moutarde monter.

— Désolé, dit-il rapidement. J'ai juste... du mal. Laisse-moi dire ce que je dois dire. Ce n'est pas facile pour moi.

— OK...

Je décidai de ne pas me montrer insolente... pour une fois.

— Je m'appelle Theodore.

De toutes les choses que j'avais attendu qu'il me dise, je ne m'attendais pas à celle-là.

— Je porte le prénom de mon père, dit-il d'une voix pleine d'amertume. C'est pour ça que je me fais appeler par mon second prénom. Je ne veux rien avoir à faire avec lui. Quand ma mère m'appelle comme ça... je craque.

Je restai silencieuse.

— Malgré tous mes efforts pour ne pas être comme lui... je sais que je le suis.

Mes yeux scrutèrent son visage.

— Je suis agressif et violent. Je ne peux pas contrôler ma colère, et parfois, je dépasse les bornes...

Il regarda par-dessus son épaule, vers l'endroit où sa table s'était trouvée.

— Je lui ressemble comme deux gouttes d'eau. Et je ne peux compter le nombre de fois où ma mère m'a dit que j'étais tout comme lui.

J'avais quelques objections, mais je savais que je ferais mieux de ne pas les prononcer.

— Je ne peux pas avoir une relation avec quelqu'un parce que je sais que je blesserai cette personne.

Il me regarda enfin dans les yeux.

— Je sais que je deviendrai lui… et que je blesserai quelqu'un qui compte vraiment pour moi. Je ne peux pas effacer cette part de moi et l'oublier. J'ai été tant abusé physiquement et psychologiquement que je suis émotionnellement instable. Je suis le genre de mec que tu détestes.

Non, c'était faux.

— Quand nous nous sommes rencontrés, j'ai senti cette connexion. Et plus j'ai appris à te connaître, plus j'en ai pincé pour toi. Quand je suis avec toi, la douleur disparaît. Quand tu es là, j'ai l'impression d'être une personne différente. Lentement, tout a changé. J'ai arrêté les coups d'un soir, la boisson… j'ai tout arrêté.

Il s'approcha de moi sans me toucher. Il inspira profondément en m'observant.

— J'ai envie de toi. Et pas de la manière dont j'ai envie d'autres femmes. J'ai envie de toi toute entière, tous les jours. Je veux dormir avec toi toutes les nuits. Je veux t'emmener dîner au restaurant. Je veux être avec toi… comme toi tu le veux.

Ces mots étaient ceux que j'avais voulu entendre depuis si longtemps. J'avais du mal à croire qu'il les ait prononcés.

— Mais, tu dois comprendre… Je ne suis pas le prince charmant. Je ne suis pas parfait. Je suis loin de l'être.

— Moi non plus.

— Je te promets de faire de mon mieux pour être tout ce que tu veux. Je te promets que je ferai tout ce que je peux pour te rendre heureuse. Je veux que ça marche entre nous. Je ne veux plus être ton ami. Je veux… tout.

— Moi aussi…

Il s'approcha encore de moi, s'arrêta à trente centimètres.

— Je ressens quelque chose de spécial pour toi, et je sais que ça semble fou, mais...

Il ne termina pas sa phrase.

— Si je pouvais avoir une relation avec quelqu'un, ce serait avec toi.

Mes yeux s'humidifièrent légèrement.

— Me donneras-tu une chance ?

Mon cœur battait si vite que je pensais qu'il allait exploser.

— Pas tant que tu ne m'auras pas écouté.

Ses yeux s'assombrirent de déception.

— Tu n'es en rien comme ton père. Ne te compare pas à lui. Tu ne m'as jamais blessée.

Je soutins son regard en parlant d'une voix assurée.

— Mais je suis—

— Non, tu n'es pas, dis-je en posant ma main sur son cœur. Je te connais mieux que tu te connais toi-même. Tu es passionné et émotif. Ça ne fait pas de toi quelqu'un de violent. Tu ne me blesserais jamais. Et je le sais.

Ses yeux ne quittèrent pas mon visage.

— Je sais que tu as traversé pas mal d'épreuves, mais moi aussi. Je te comprends.

Il hocha légèrement la tête.

— Ça peut marcher entre nous. Nous pouvons être heureux. Mais tu dois avoir confiance en toi, Hawke. Tu es un homme bon. Tu dois commencer à le croire.

— Qu'est-ce qui te fait penser ça ? murmura-t-il.

Je pris son visage entre mes mains et dirigeai son regard vers moi.

— Tout.

Comment pouvais-je lui faire entendre raison, s'il était résolu à croire cette idée fausse ?

Pendant un moment, il sembla me croire. Il posa ses grandes

mains sur les miennes. Puis il les serra fort, comme s'il ne voulait plus jamais me lâcher.

— Je n'ai jamais eu de relation amoureuse. Tout ce que je sais, c'est… ce que je faisais avant. Si tu peux te montrer patiente avec moi, j'aimerais essayer.

— J'attendrais l'éternité pour toi, Hawke.

Les yeux d'Hawke brillèrent, comme si ces paroles voulaient tout dire pour lui.

— Je suis à toi, maintenant. Je le suis depuis un bon moment. C'est quelque chose dont tu n'auras jamais à te soucier.

Je compris ce qu'il voulait dire. Hawke était mal dégrossi, mais je n'avais jamais remis sa fidélité en question. Je le connaissais comme ma poche, le bon et le mauvais, et cette pensée ne m'avait jamais traversé l'esprit.

— Je sais.

Ses deux mains se posèrent sur ma poitrine, au-dessus de mon cœur. Il les replia l'une sur l'autre parce qu'elles étaient trop grandes.

— T'offriras-tu à moi ?

Il scruta mes lèvres comme s'il connaissait déjà la réponse.

— Je suis à toi depuis l'instant où je t'ai rencontré.

Hawke était couché dans le lit, à côté de moi. Il portait son boxer comme toutes les autres nuits, mais j'étais plus consciente de sa nudité que jamais. Sa peau était torride. Elle me brûla dès que je l'effleurai des doigts.

Je n'avais rien à porter, donc je lui empruntai un t-shirt et un boxer. Mais j'espérais que je n'en aurais pas besoin. Nous étions ensemble, officieusement, depuis très longtemps. Je le connaissais déjà mieux que quiconque. Pourquoi devrions-nous attendre ? Mais il les avait sortis de son tiroir et me les avait tendus.

Hawke passa son bras autour de ma taille et m'approcha de lui. La pluie tombait toujours dehors, et j'étais réchauffée par le fait que cet Apollon soit mon chauffage personnel.

Ses yeux ne se fermèrent pas et je doutais qu'il veuille dormir. Il déplaça sa main sur ma jambe et jusqu'à ma taille, m'explorant pour la première fois. Il continua à étudier mes lèvres comme s'il allait m'embrasser, sans s'y résoudre.

— Est-ce que je dois faire tous les premiers pas ? lâchai-je.

Un sourire se dessina sur ses lèvres, qui me fit fondre.

— L'anticipation est toujours meilleure que le baiser lui-même.

— Et alors, combien de temps vais-je devoir « anticiper » ?

Il inclina son visage vers le mien avant de frotter son nez contre le mien.

— Qu'est-ce qui presse ?

— Hum... trois mois, c'est assez long pour attendre un autre baiser.

Il gloussa.

— C'était bon, hein ? Quand je t'ai poussée contre la porte, j'étais prêt à te baiser sur place.

Ma peau se mit immédiatement à fourmiller.

— Et tu as des seins incroyables, au fait. Je ne crois pas te l'avoir déjà dit.

— Contente de le savoir.

Il me lança un regard brûlant qui m'indiqua à quoi il pensait.

— J'aime faire gémir une femme toute la nuit, jusqu'à ce qu'elle me supplie. Puis je la baise avec tout ce que j'ai.

— Et bien, je suis pratiquement déjà à genoux.

Il me roula sur le dos et se pencha sur moi.

— Un jour, tu le seras.

Ses paroles me prirent par surprise, et je ne me rendis même pas compte qu'il m'avait déplacée. Je ne pouvais me sortir de la tête l'image de moi en train de le sucer. Il inclinerait la tête en arrière et gémirait parce que j'y mettrais toute mon ardeur. Je voulais qu'il se sente ainsi – tout le temps.

Il attrapa une de mes jambes et la passa autour de sa taille, m'écrasant contre l'oreiller. Puis ses lèvres frôlèrent les miennes, me taquinant de manière sexy. Il glissa une main dans mes cheveux et les empoigna agressivement. Il s'ajusta légèrement, sa gaule frottant contre mon bas-ventre.

Il était immense.

Il finit par presser ses lèvres contre les miennes dans un doux baiser. Il n'était pas aussi agressif que ses autres gestes. C'était lent et réfléchi. Il tâta mes lèvres avec les siennes puis me donna un peu de sa langue. Lorsqu'il sentit la mienne, il inspira profondément, comme s'il venait d'être brûlé. Il me serra plus fort et m'arracha presque les cheveux. Sa queue tressauta contre moi.

Je posai les mains sur son torse, m'attardant sur chaque sillon et bloc de muscle. Il était puissant sous ses vêtements. Sa taille était mince et son dos bien dessiné. C'était exactement ce que j'avais imaginé en m'amusant avec mon vibro.

Nos langues dansèrent ensemble, et il souffla dans ma bouche, son excitation évidente dans tous ses mouvements. Il m'agrippait comme s'il ne voulait jamais me laisser m'éloigner. Si je m'enfuyais, je ne serais jamais assez rapide. Il me garderait toujours là, juste pour lui.

Hawke interrompit brusquement notre baiser et posa les lèvres sur mon menton. Il déposa des baisers sur ma mâchoire et mon cou. Puis il embrassa ma gorge et suça ma peau, poussant mes cuisses à serrer sa taille.

Ses lèvres revinrent se poser sur les miennes, et son baiser se fit plus profond. C'était l'étreinte la plus passionnée que j'aie connue, et j'avais l'impression d'être la seule femme qu'il ait embrassée comme ça, que ce soit vrai ou pas.

Sans réfléchir, je posai mes mains sur son boxer, avant de les glisser sur ses fesses.

Hawke continua à m'embrasser, mais attrapa ma main et l'immobilisa avant que je ne puisse palper son entrejambe. Il cloua mes mains au-dessus de ma tête.

— Tu dois faire le tour du terrain avant de tirer au but.

— Mais j'ai envie de toi, Hawke…

Je n'avais pas l'intention de sembler si désespérée. J'avais envie de lui depuis trois mois. Dès l'instant de notre rencontre, l'alchimie avait été présente. Maintenant, je le désirais pour des raisons complètement différentes.

Il s'éloigna de notre étreinte et me regarda dans les yeux.

— J'ai envie de toi aussi.

— Alors prends-moi. Je suis toute à toi.

Il poussa un grognement sourd, comme si j'avais dit quelque chose qu'il ne fallait pas. Une main lâcha mon poignet et se glissa dans ma culotte. Ses doigts trouvèrent immédiatement ma fente et glissèrent en moi. Avant que je puisse pousser un gémissement, il pressa ses lèvres contre les miennes.

Il m'embrassa plus violemment tandis qu'il me caressait. Sa langue me faisait des choses alléchantes, et ses doigts faisaient le reste.

— Hawke, j'ai envie de toi…

— Tu m'as, *moi.*

Son pouce se déplaça jusqu'à mon clitoris et le masturba en petits cercles.

Ça faisait si longtemps que je n'avais pas été touchée par un homme. Je me tortillai pathétiquement sur le lit. Mes ongles se plantèrent dans son dos et éraflèrent pratiquement sa peau. J'avais du mal à lui rendre son baiser parce que la zone entre mes jambes était en feu.

Hawke avait la tête proche de la mienne et me regardait dans les yeux tandis qu'il me faisait grimper aux rideaux. Il me touchait exactement comme il le fallait, et m'envoyait dans des endroits que je n'avais pas atteints depuis longtemps.

— Hawke...

J'enfonçai mes ongles plus profondément. Il me dévisagea avec son regard échauffé jusqu'à ce que j'aie fini de jouir.

Je me tortillai en surfant sur la vague de l'orgasme, cambrant le dos et poussant de petits gémissements. C'était long et délicieux, et lorsque les sensations se calmèrent enfin, je me sentis épuisée et repue.

Hawke observa mon expression.

— Mieux ?

— Pour l'instant. Mais j'ai encore envie de toi.

— Tu m'auras, Muffin, dit-il en m'embrassant à nouveau. Mais pas ce soir.

Lorsque je me réveillai, Hawke était en train de s'habiller devant le miroir. Il noua sa cravate avant de boutonner sa chemise. Tout ce qu'il portait lui allait comme un gant, à tel point que parfois, je me demandais s'il ne devrait pas quitter les finances et penser au mannequinat.

— Tu es très beau aujourd'hui.

Il me regarda dans le miroir.

— Et tu es très belle tous les jours.

Il s'approcha du lit avant de s'asseoir au bord.

— Bien dormi ?

— Je dors toujours bien avec mon grizzly.

— C'est mon petit nom, maintenant ? demanda-t-il en inclinant la tête, comme s'il était amusé.

— Il te va bien.

— Alors va pour Grizzli.

Il se pencha en avant et posa un baiser sur mon front. Il resta longtemps, embrasant l'étreinte innocente d'une étincelle.

— Viens me rejoindre ce soir après le boulot.

— OK, dis-je.

Il n'avait pas besoin de me le répéter.

Il se redressa et attrapa ses clés et son portefeuille.

— Et prépare-moi des muffins pour ce soir.

— Euh... je ne suis pas une bonne.

Il me lança un sourire prétentieux.

— Tu es ma bonne maintenant.

Je serais sa tout ce qu'il voulait.

— J'imagine que je devrais l'annoncer à mon frère, pour nous deux.

Cette simple pensée me donna la migraine. Axel était toujours bizarre avec les mecs que je fréquentais. Il tentait de prendre la place de papa alors que ce n'était pas nécessaire.

— Non, je lui en parlerai.

— Mais il va être furax et—

— Tu penses que j'ai peur de lui ? dit-il, les yeux noirs comme du charbon. Je m'en occupe. Ne t'inquiète pas de lui.

— Ce serait peut-être plus facile si—

— Est-ce qu'il faut que je t'embrasse pour te faire taire ?

Un sourire étira mes lèvres.

— C'est probablement une bonne idée.

Il empoigna mes cheveux et leva mon menton, exposant ma bouche. Puis il m'embrassa comme la veille, semblant se balancer du fait que je n'avais pas encore brossé mes dents.

— Au moins, je sais comment te forcer à la boucler.

— Mmh mmh...

14

Mauvaise nouvelle
Hawke

FRANCESCA ÉTAIT OFFICIELLEMENT MIENNE.

C'était une piste dangereuse et j'espérais qu'elle ne nous mènerait pas droit au mur. Elle m'avait tant changé ces trois derniers mois que j'avais le sentiment qu'elle pouvait totalement me transformer. Lorsqu'elle m'avait offert son journal, j'avais su que c'était ce que j'étais censé faire. Si j'avais une chance d'être heureux… ce serait avec elle.

Je ne voulais pas la baiser. *Du moins, pas tout de suite.*

Il ne me semblait pas intelligent de précipiter les choses lors de notre première nuit ensemble. J'avais été surpris de parvenir à me contrôler et à rester responsable. Je l'avais désirée pendant si longtemps, mais maintenant que je l'avais, je désirais d'autres choses. Je désirais ses lèvres, ses caresses et son regard.

Je désirais son cœur.

J'avais déjà eu ma part de sexe bestial et de positions folles avec menottes. J'avais déjà baisé toutes les meufs en ville et tenté chaque nouvelle expérience. Ce n'était pas ce dont j'avais envie avec elle. Je voulais exactement ce que nous avions déjà – quelque chose de beau.

En entrant dans le bar pour rejoindre Axel, je savais que la conversation n'allait pas bien tourner. Il voudrait sans doute m'éclater une bouteille de bière sur le crâne, et alors je devrais lui botter le cul et être jeté en prison. Il m'avait dit que sa sœur était zone interdite, et j'avais été la chercher derrière son dos.

Je ne lui en voudrais pas d'être furax.

Mais j'espérais qu'il m'écouterait et qu'il comprendrait la nature de notre relation. Bien sûr, il penserait au pire ; j'allais forcément sauter sa sœur pendant une semaine avant de la larguer et de ne jamais plus la rappeler.

Axel me fit un signe de main en m'apercevant.

— Yo, je suis là, ma poule.

Je commandai ma bière avant de me glisser dans le box en face de lui.

— Quoi de neuf ?

— La blonde à deux heures est sur le point de se faire labourer.

Je ne la regardai pas.

— Quelle veinarde !

— Je sais. Je vais illuminer sa soirée.

Je ne levai pas les yeux au ciel, même si j'en avais vraiment envie.

— Autre chose de neuf, à part ça ?

— Ouais. Je ne savais pas que Marie était devenue si canon. Tu l'as vue ?

— Quelques fois.

— C'est une vraie bombe. Quand est-ce qu'elle a tant muri ?

Marie avait beaucoup de charme, mais elle ne m'avait jamais attiré. Lorsqu'elle me faisait les yeux doux au café, je n'étais pas intéressé. C'était la petite brunette derrière elle qui avait attiré mon attention.

— Je voulais te parler de quelque chose. Avant que tu pétes les plombs, j'aimerais que tu m'écoutes.

— Tu t'es déjà envoyé Marie ?

— Non.

Mon passé me hanterait toujours. J'aurais préféré qu'Axel ne sache rien de cet aspect de ma vie. Il allait avoir du mal à croire que j'avais vraiment changé... surtout après les choses qu'il m'avait vu faire.

— Elle n'est pas mon genre.

— Franchement, depuis quand canon n'est plus ton genre ?

Je devais rester sur le sujet, sinon on ne ferait qu'en revenir à Marie.

— C'est à propos de la fille avec qui je sors.

Il claqua son poing sur la table.

— Il était temps que tu me parles d'elle ! Arrête de la garder secrète. Je ne me la taperai pas. Promis juré.

J'espère bien que non.

— Elle et moi, on s'apprécie vraiment, et c'est assez sérieux.

Axel siffla.

— Pour une semaine ou deux, peut-être.

— Axel, dis-je en le regardant avec fermeté. Je ne plaisante pas.

Il leva les yeux au ciel.

— C'est une blonde, pas vrai ?

Je savais qu'il n'allait pas bien le prendre, peu importe la manière de le lui annoncer.

— Je me soucie vraiment d'elle, et je ne couche plus à droite à gauche. Je suis fidèle et je le serai toujours.

— Mec, tu me gaves, tu sais ? C'est qui, cette magicienne, bordel ?

Je n'avais pas d'autre choix que de lui dire la vérité. Je le regardai dans les yeux et ne reculai pas. Je n'avais violé aucune règle parce que je n'avais pas couché avec Francesca – pas encore.

— C'est ta sœur.

Il était sur le point de boire une gorgée lorsqu'il comprit le sens de mes paroles. Il baissa lentement la bouteille sur la table, manquant complètement le sous-verre. De la rage apparut dans ses yeux, et je sus qu'un orage s'annonçait.

— Elle est zone interdite.

— C'est du sérieux entre nous. On tient l'un à l'autre.

— Espèce de fils de pute !

S'il avait eu un pistolet en main, il m'aurait tiré une balle.

— Je t'avais dit de te tenir loin de ma sœur. Elle n'est pas le genre de fille que tu cherches. Elle a déjà vécu assez d'épreuves comme ça. Je me fous complètement que tu sois mon pote, je te tuerai si tu te fous de sa gueule.

Ses narines étaient dilatées, et il se fâchait tout rouge.

— Je ne me fous pas de sa gueule, dis-je calmement. Avec elle, c'est différent.

— Tu vas la baiser pendant deux semaines au lieu d'une ? lâcha-t-il. Super amélioration !

— Écoute, je sais que je ne t'ai pas montré mes meilleurs côtés, mais je te jure que je ne suis pas comme ça avec elle.

Il écrasa son poing sur la table.

— Tu es un vrai connard. Si tu crois que je vais te laisser approcher de ma sœur—

— Je l'aime.

Il s'arrêta en pleine phrase et me dévisagea. La férocité disparut lentement, et la tempête se calma. La rage qui brûlait dans ses yeux se transforma en charbons ardents.

— Qu'est-ce que tu as dit ?

J'étais sûr des sentiments que j'éprouvais pour elle. Et je l'avais su bien avant qu'elle m'offre son journal.

— Je l'aime, Axel. Elle a transformé ma vie. Je suis un autre homme avec elle.

Il s'adossa au box et m'observa comme s'il ne me connaissait pas.

— Elle et moi… il y a quelque chose entre nous. C'est comme ça depuis que je l'ai rencontrée. Même si je voulais me tenir loin d'elle, j'en serais incapable. Elle…

Je me tus avant de dire quelque chose de fou. Je n'avais jamais cru en l'amour avant d'apercevoir Francesca dans ce café, mais maintenant j'y croyais plus que jamais. Tout était possible avec elle. Le sort et le destin étaient des mythes inventés par les gens pour se sentir mieux. Mais maintenant… ça ne me semblait plus si tiré par les cheveux. Ce que je partageais avec Francesca transcendait le monde que je pensais connaître. Ça dépassait ma compréhension de l'univers, du temps et de la pesanteur. C'était l'absolue vérité, et rien ne pourrait changer ça.

— Axel, je serai bon avec elle.

Il regarda par la fenêtre sans toucher sa bière. Au lieu d'être fâché, il semblait grave. C'était comme s'il venait de courir un marathon et avait perdu.

— Je pensais que vous étiez seulement amis…

— Nous sommes amis depuis trois mois. Hier soir, je lui ai avoué mes sentiments et elle est devenue quelque chose de plus.

Il plissa les yeux de concentration.

— Trois mois ? Tu veux dire deux.

— En fait… je l'ai rencontrée avant Thanksgiving. Je suis un habitué du Grind. Nous sommes sortis ensemble, et elle me plaisait beaucoup. Mais quand elle m'a dragué, je pensais qu'elle voulait juste s'envoyer en l'air. Après avoir passé la soirée avec elle, je me suis rendu compte qu'elle n'était pas ce genre de fille. Donc nous sommes devenus amis à la place. Mais quelque part en cours de route… tout a changé.

Il se gratta le menton.

— Je n'arrive pas à y croire...

— Je voulais te le dire moi-même avant que tu ne l'apprennes de quelqu'un d'autre. Je sais que j'ai violé la règle... ne pas sortir avec la sœur d'un ami, mais... je n'ai jamais éprouvé de tels sentiments pour une autre fille avant elle. Clairement, je n'aimerais pas que ça détruise notre amitié. Si c'est le cas, je suis désolé. Mais je dois l'avoir – à tout prix.

Il posa son regard sur moi, son expression indéchiffrable. Il était muet.

— Fais ce que tu as à faire.

— Et ça ne te dérange pas ?

Il posa les yeux sur la table avant de me regarder à nouveau.

— Ça changerait quelque chose ?

— J'aimerais savoir.

— Je suppose qu'elle t'a raconté ce qui était arrivé à nos parents ?

Je hochai la tête.

— Mon père n'est plus là, donc je fais très attention à elle. Ce n'est pas un rôle dont j'ai voulu... mais je fais ce que je dois faire. Je la charrie beaucoup, mais... je l'aime vraiment. La mort de nos parents a été plus difficile pour elle que pour moi, parce qu'elle était plus jeune. C'est juste que je ne veux pas la voir traverser d'autres épreuves.

— Je ne la blesserai pas.

Il secoua légèrement la tête.

— Je ne dis pas que tu es un sale type... juste que tu n'es pas le copain idéal.

— Je le suis avec elle. J'espère que toi et moi, on pourra dépasser ça.

La fidélité n'était pas ce qui m'effrayait.

Il poussa sa bière de côté, comme s'il n'en voulait plus.

— J'ai besoin de temps. Et je dois lui parler.

— Fais ce que tu as à faire. Tu es un bon ami, Axel. J'aimerais vraiment que ça reste le cas.

Il me regarda dans les yeux mais ne réciproqua pas mes paroles.

— Est-ce qu'elle éprouve la même chose pour toi ?

Je hochai la tête.

— Elle te l'a dit ?

— Elle n'a pas besoin de me le dire. Je sais ce qu'elle ressent. Si tu dois dire à quelqu'un que tu l'aimes pour qu'il le sache, c'est que tu n'es pas très doué pour le montrer.

Il se leva du box de bien pire humeur que lorsque je l'avais rejoint.

— À un de ces quatre…

Je l'observai partir, me demandant si nous serions toujours amis la prochaine fois que je le reverrais.

15

Compagnie
Francesca

Marie était au boulot, et j'étais en train de préparer des cupcakes dans la cuisine. Notre four n'était pas dernier cri, mais il faisait l'affaire. Hawke allait arriver plus tard ce soir, lorsqu'il aurait terminé son entraînement et pris sa douche.

Un coup frappé à la porte faillit me faire renverser mon bol. Mon cœur sauta de joie à la pensée de voir Hawke. Je voulais me jeter dans ses bras et l'embrasser dès l'instant où il franchirait la porte.

Mais en regardant dans le judas, je vis Axel.

Merde.

Il devait être au courant. C'était sans doute pour ça qu'il semblait furieux. Je calmai mes nerfs avant d'ouvrir la porte.

— Quoi de neuf, frérot ?

Il me fusilla du regard en entrant.

— Oh, ferme-la, Frankie.

Je refermai la porte et commençai à décompter les minutes avant son départ.

— Tu peux pousser une gueulante tant que tu veux, ça ne changera rien. Hawke et moi sommes ensemble, et tant pis si tu réagis comme un pleurnichard.

Son air furieux m'indiqua qu'il aurait préféré que je sois un mec, juste pour pouvoir me cogner.

— Tu ne le connais pas comme je le connais.

— Je sais tout ce qu'il y a à savoir sur lui. Hawke ne m'a jamais menti au sujet du genre de vie qu'il menait.

— Alors pourquoi diable voudrais-tu sortir avec lui ?

— Parce qu'il n'est pas comme ça avec moi. Et il ne fait ces choses que parce qu'il est malheureux.

— Crois-moi, quand il se fait un plan à trois, il n'est pas malheureux.

J'ignorai sa pique.

— Axel, reste en dehors de ça.

— J'aimerais bien. J'aimerais bien ne pas m'en soucier. Crois-moi, je préfèrerais que ce ne soient pas mes affaires. Mais papa est mort, donc cette responsabilité me retombe dessus. Je pense que tu es une petite morveuse, mais je me soucie vraiment de toi. Je ne veux pas que ce mec te blesse comme il a blessé toutes les autres.

— Il n'est pas comme ça avec moi.

— Jusqu'à ce que dans quelques semaines, il en ait sa claque de la monogamie et se dégote une blonde dans un bar.

Je posai les mains sur mes hanches, refusant de me laisser intimider par le passé d'Hawke.

— Pour quelqu'un qui se dit être son ami proche, tu ne sembles pas avoir une très bonne opinion de lui. Et s'il est aussi infect que tu l'affirmes, qu'est-ce que ça fait de toi ?

— Ce n'est pas moi qui prétend être quelqu'un que je ne suis pas. Je ne me fais jamais passer pour autre chose que ce que je suis vraiment.

— Et bien, les choses sont différentes avec moi. Pourquoi est-ce si difficile à croire ?

— Parce que..., dit-il, à court de justification. C'est comme ça. Il sait que tu n'es pas une fille facile, donc il joue le jeu jusqu'à ce qu'il obtienne ce qu'il veut.

— Tu crois vraiment qu'Hawke me ferait ça ? demandai-je, incrédule. C'est la personne la plus fidèle que je connaisse. Tu ignores tant de choses à son sujet.

— Mais je sais combien de filles il s'est envoyé. Tu veux savoir combien ?

— Non.

Je conservai ma position ferme.

— Je me fiche de savoir combien. Parce que je ne suis pas un autre numéro. Je suis la seule qui compte.

Axel secoua légèrement la tête.

— Vous agissez comme si vous étiez Roméo et Juliette, maintenant.

— Pfutt, dis-je en croisant les bras. Roméo et Juliette ne nous arrivent même pas à la cheville.

Axel tira une chaise et s'installa.

— Je ne suis pas le méchant – honnêtement.

— C'est difficile à croire.

— Je veux le meilleur pour toi. Et je ne crois pas que ce soit lui.

— Et bien, c'est comme ça. C'est le bon, Axel.

Il haussa un sourcil.

— Qu'est-ce que tu viens de dire ?

Je ne l'avais pas dit à Hawke, mais je n'en avais pas besoin. J'étais presque sûre qu'il savait exactement ce que j'éprouvais, même si je ne le lui avais jamais dit.

— C'est le bon. Point final.

— Tu as vingt-deux ans.

— Et qu'est-ce que ça change ?

— Tu ne sais rien de l'amour. Tu n'as eu que, quoi ? Quatre copains ?

— Et je n'ai pas besoin d'en avoir un cinquième pour comprendre ce que je ressens.

— Il est beaucoup plus vieux que toi.

— Quatre ans, dis-je. Ce n'est rien, sur la durée de toute une vie.

Il fit courir nerveusement ses doigts dans ses cheveux.

— J'ai l'impression que vous précipitez un peu les choses.

— Tu agis comme si on allait se marier demain, lâchai-je. On ne fait que sortir ensemble. Et on se connaît depuis trois mois. Je connais Hawke, tout le bon et tout le mauvais. Tu crois que j'ignore qu'il baisait sans cesse à droite à gauche ? Tu crois que je ne sais rien de ses habituées ? Tu crois que je n'ai aucune idée de tout ça ?

Axel me dévisagea avec un air de défaite.

— Et ça ne te dérange pas ?

— Non, pas du tout, dis-je avec fermeté. Parce que ce n'est pas ce qu'il est vraiment. Il a tellement plus à offrir.

J'enfonçai brutalement un doigt dans sa poitrine.

— Et tu as tellement plus à offrir aussi.

J'attrapai le moule qu'Hawke m'avait fait faire et l'enfournai avant de régler le minuteur.

— Tu devrais y aller, Axel. Hawke va bientôt arriver, et je n'ai pas envie de gâcher ma soirée à justifier ma relation à mon idiot de frère.

Il se leva lentement de sa chaise, l'air sombre.

— Je ne voulais que ton bien.

La sincérité dans sa voix me frappa en pleine poitrine.

— Je sais…

—J'espère que j'ai tort. Vraiment. Mais Hawke… peu importe.

Je n'avais pas besoin d'entendre ce qu'il avait d'autre à dire.

— J'espère vraiment que ça ne va pas ruiner votre amitié.

— Non, dit-il. Si c'est vraiment ce que tu dis que c'est… comment pourrais-je être fâché ?

Au moins, il commençait à comprendre.

— Merci.

— OK, ben, bonne soirée, dit-il en se dirigeant vers la porte.

— Je dirai à Hawke que tu as dit salut.

Il me lança un petit hochement de tête avant de sortir.

— Merci.

HAWKE TOQUA AVANT D'OUVRIR LA PORTE.

— Quelque chose sent super bon. Et je ne parle pas des muffins.

Il entra, vêtu d'un jean et d'un pull gris. Même avec un pull ample, il était hyper sexy.

— C'est peut-être moi. Je suis couverte de beurre et de sucre.

— Miam…

Il traversa la cuisine en s'approchant de moi. Son regard me faisait penser à un tigre sauvage en chasse. J'étais sa proie, et je ne pouvais me cacher nulle part. Il posa les mains sur mes hanches et me serra fort avant de se pencher pour me regarder.

Ma peau prit feu dès l'instant où il me toucha.

Il m'attira encore plus près avant de m'embrasser lentement. Les poils qui poussaient autour de ses lèvres me picotèrent, me chatouillant un peu. Il serra ma taille plus fort, avant de remonter le long de ma cage thoracique.

Mince, ce mec embrassait comme un dieu.

Il s'éloigna et étudia mon visage. La chaleur mijotait toujours dans ses yeux, comme s'il avait besoin de ce baiser. Il déplaça les doigts le long de mon cou, puis écarta des mèches de cheveux de mon visage.

— Qu'est-ce qui ne va pas ?

J'inclinai la tête, ne m'attendant pas à cette question.

— Qu'est-ce qui te fait penser que quelque chose ne va pas ?

Lorsqu'il m'avait embrassée et poussée contre le plan de travail, mes inquiétudes s'étaient évanouies.

— Aucune idée. Je peux le sentir. Comme un sixième sens.

Le sentiment était partagé. Je pouvais presque lire les pensées d'Hawke, comme si j'étais accordée à son âme.

— Axel est passé tout à l'heure.

Il leva les yeux au ciel.

— Oh, ça ne va pas me plaire…

— Il m'a dit que je ne devrais pas être avec toi, que tu n'étais pas mon genre d'homme.

Un regard blessé apparut sur son visage.

— Et qu'as-tu répondu ?

Il posait la question alors même qu'il connaissait déjà la réponse.

— Que tu n'étais pas ce genre d'homme-là avec moi.

Ses yeux s'adoucirent.

— Je ne suis pas fâché contre lui, parce que je sais qu'il veut mon bien… mais il est vraiment pénible.

— Sans blague.

— Je sais qu'il se sent responsable pour moi depuis le décès de papa, mais je n'ai pas besoin que quelqu'un s'occupe de moi. Je n'en ai jamais eu besoin.

— Ce n'est pas vrai, dit-il en me regardant sans sourciller. Tu as besoin de moi.

Je passai les bras autour de sa taille.

— C'est la seule exception.

Il attrapa ma nuque avant de presser ses lèvres sur mon front. Ce toucher me brûla même lorsqu'il s'éloigna.

— Qu'est-ce qu'on va faire ?

— Que veux-tu dire ?

— À propos d'Axel.

— Il n'y a rien à faire. Il devra s'y faire. Ce n'est pas notre problème.

Il fixa les yeux au sol.

— Je ne veux pas que ce soit comme ça. Vous avez besoin l'un de l'autre.

— Rien ne pourrait nous éloigner. Mais il lui faudra du temps pour cesser d'agir comme le Parrain.

Hawke gloussa tout bas.

— Ça me touche beaucoup que tu sois de mon côté.

— Je ne vois pas pourquoi je ne le serais pas, dis-je en soutenant son regard. Je te connais bien mieux que lui.

Il me rendit mon regard avant de me donner un petit bisou.

— Tu peux vraiment fermer les yeux sur tout ça ?

Je savais précisément de quoi il voulait parler.

— Je n'y pense jamais, Hawke. Ce que tu as fait avant moi est hors de propos. Je me soucie uniquement du présent, non du passé ou du futur.

Il m'attrapa par la taille avant de m'asseoir sur le plan de travail et de s'installer entre mes jambes.

— Tu es incroyable, tu sais ?

— Oui, dis-je en réprimant un sourire.

Il frotta son nez contre le mien.

— Mais tu te soucies du futur, pas vrai ? Parce que moi, oui.

— J'ai appris à ne pas trop me préoccuper du futur, parce que tout peut changer en un clin d'œil.

La perte de mes parents m'avait fait prendre vingt ans. Je n'étais plus mesquine ou étroite d'esprit. La mort transformait les gens.

Il embrassa le coin de ma bouche.

— Mais certaines choses ne changent jamais.

Je soutins son regard et vis l'étincelle enflammée dans ses yeux. J'étais la seule qu'il regardait ainsi. J'étais spéciale de nombreuses façons, mais surtout de celle-là. Je serrai les jambes autour de ses fesses et l'attirai vers moi. Mon dos était adossé contre le micro-ondes et j'eus un fantasme éclair ; nous imaginant en train de rouler sur le sol de la cuisine. Aucun autre homme ne m'allumait autant.

La même pensée lui traversa l'esprit. C'était évident dans ses yeux. Il passa un bras autour de ma taille et m'attira contre son torse en me donnant un baiser époustouflant. Sans utiliser sa langue, il m'offrit un baiser lent et passionné. Il savait exactement ce qu'il faisait et ce qui me plaisait. Ou peut-être que j'aimais tout simplement tout ce qu'il avait à m'offrir.

Je glissai les mains sous son pull et sa chemise et tâtai la puissance de son corps. Il était si beau, et j'avais envie de lui, ici et maintenant. Je n'étais pas le genre de personne à précipiter les choses, mais je ne voulais plus attendre.

La porte d'entrée s'ouvrit et brisa notre moment.

— Ils m'ont laissée partir plus tôt parce que c'était calme.

Marie passa le coin et balança son sac sur la table. Lorsqu'elle nous vit enlacés sur le plan de travail de la cuisine, elle s'immobilisa.

— Oh… je ne voulais pas vous interrompre.

Elle nous lança un regard malicieux. Hawke s'éloigna d'un pas.

— Salut, Marie.

Je lui lançai un regard noir.

— Quoi ? demanda Marie. Tu ne m'as pas dit que tu avais de la compagnie. Et de plus, vous êtes vraiment ensemble, maintenant, ou c'est encore cette étrange amitié ?

Hawke tourna les yeux vers moi et attendit que je réponde.

— On ne fait plus dans l'étrange amitié.

Je sautai du plan de travail et croisai les bras.

— Enfin ! dit-elle en poussant un soupir théâtral. On peut changer de disque.

Hawke gloussa tout bas.

— Je suis sûre que tu seras vite lassée de nous surprendre en train de nous embrasser aussi.

— Vous embrasser ? dit Marie en riant faussement. Vous étiez sur le point de vous grimper dessus.

Mes joues s'empourprèrent.

Hawke ne sembla pas du tout embarrassé.

— Au fait, est-ce que ton frère fréquente quelqu'un ?

Marie se débarrassa de sa veste et la pendit au portemanteau.

— Ne t'approche pas de lui, lâchai-je.

— Quoi ? dit-elle, les mains sur les hanches. Tu crois qu'il est trop bien pour moi ?

— Non. Tu es trop bien pour lui. C'est un briseur de cœurs, Marie. Fuis-le comme la peste.

— En fait, je ne cherche rien de sérieux. Juste m'amuser un peu...

Je fis la grimace.

— Alors va t'amuser avec quelqu'un d'autre.

— Il ne m'a jamais prêté attention avant, dit Marie. Mais l'autre jour, il n'arrêtait pas de me dévisager.

— Il te trouve canon, lâcha Hawke.

— Vraiment ? demanda Marie en tortillant une mèche de ses cheveux, intéressée. Il a dit ça ?

— Malheureusement, dis-je.

— J'en pinçais vraiment pour lui avant, dit Marie. Et maintenant c'est l'inverse.

— Marie, fais ce que tu veux. Mais il va te blesser. Tu as été prévenue.

Je ne contrôlais pas ma meilleure amie. Elle fit un signe vers Hawke.

— Comme si je ne t'avais pas dit la même chose à propos de lui. Et j'avais totalement tort.

Elle attrapa son sac à main.

— Je vais dans ma chambre, comme ça vous pourrez continuer à vous envoyer en l'air dans la cuisine. Mais nettoyez derrière vous quand vous aurez fini. Souvenez-vous que je bouffe ici.

Elle emprunta le couloir et disparut dans sa chambre.

Lorsque nous nous retrouvâmes seuls à nouveau, Hawke se tourna vers moi.

— Tu ne lui avais pas dit ?

— Je ne l'avais pas encore vue.

Il détourna les yeux d'un air satisfait.

— Ne me dis pas que tu es un de ces petits amis jaloux qui veut que tout le monde sache à quel point il est spécial, lui dis-je avec un sourire moqueur.

— Je ne sais pas vraiment quel genre de petit ami je suis. Je n'ai aucune expérience en la matière.

Je repris ma place sur le comptoir de la cuisine.

— Maintenant, remettons-nous au travail.

— Au travail ? demanda-t-il en se plaçant entre mes jambes. Si je pouvais être payé pour ça, je ferais des heures sup' tous les jours.

Il posa les mains sur mes hanches, étalant les doigts sur mes fesses.

— Je serais l'employé du mois.

Il gloussa doucement avant de se pencher pour m'embrasser.

L'alarme de la cuisinière sonna.

Hawke s'éloigna et posa les yeux sur le four.

— Putain !

Pourquoi l'univers m'empêchait-il de m'envoyer en l'air ?

— On dirait qu'ils sont prêts.

Hawke glissa une main dans une manique avant de sortir le moule et de le déposer sur le plan de travail. Il balaya les cupcakes des yeux avant de voir la gravure au bout du moule. Ses yeux s'adoucirent visiblement.

— Tu aimes ton moule ?

— Je l'adore !

Je sautai du comptoir avant d'éteindre le four.

— Quand j'ouvrirai ma pâtisserie, ce moule servira à préparer le premier lot.

— Et de nombreux autres.

Il sortit un cupcake et le mordit à pleines dents.

— Il n'est pas trop chaud ?

— Pas aussi chaud que toi.

J'en ramassai un et détachai le papier. Il termina le sien en deux bouchées.

— Tu t'y connais vraiment en cuisine. C'est quoi, ton secret ?

— Comme si j'allais te le dire, dis-je en riant.

— Tu crois que je vais aller trouver Martha Stewart et lui cracher le morceau ?

— Tu pourrais... si elle t'offrait le bon prix.

Il s'approcha de moi.

— Il n'y a pas de meilleur prix que la valeur de ton cœur.

Son pouce épousseta les miettes autour de ma bouche. Puis il se pencha et embrassa le reste de pâte au chocolat au coin de ma bouche.

Je fondis en mare au sol, et j'étais certaine que ma culotte aussi.

— OK... ça suffit, maintenant.

Il s'éloigna, l'air confus. J'attrapai son poignet et éteignis la lumière de la cuisine.

— On va au lit.

— Il est à peine dix-huit heures.

— Pas pour dormir, benêt.

Il gloussa derrière moi.

— Ce que tu veux, Muffin.

Lorsque nous atteignîmes ma chambre, je le débarrassai immédiatement de son pull, puis passai sa chemise par-dessus sa tête. Mes mains se dirigèrent vers son jean et manquèrent de le lui arracher.

— C'est très romantique.

— Pourquoi tu n'es pas aussi chaud que moi ?

Il haussa un sourcil avant d'attraper ma main et de la poser sur sa longueur, à travers son boxer.

— Je le suis.

— Alors fais-moi mon affaire !

J'attrapai ma blouse et m'apprêtai à l'ôter. Il la saisit et la baissa.

— Je ne vais pas te faire ton affaire alors que Marie est dans la chambre à côté.

— Quoi ? Et pourquoi pas, putain ?

Je ne pus taire la déception dans ma voix.

— Parce que j'aimerais que tu sois aussi vocale que tu veux. Et je suis sûr que Marie préfèrerait ne pas entendre ça.

— Depuis quand es-tu monsieur parfait ?

— Depuis le jour de notre rencontre.

Il rabaissa ma blouse.

— C'est vraiment ce que tu veux ? Un coup tiré vite fait en s'efforçant de rester silencieux pour ne pas que ta copine nous entende ? J'ai déjà connu ça. Je n'ai pas vraiment envie de ça avec toi.

Je réalisai à quel point j'étais impatiente.

— J'ai envie de toi, c'est tout. C'est mal ?

— Non.

Il posa ses deux mains sur mes cheveux.

— Et j'ai envie de toi. Je rêve de te pencher sur mon lit et de te baiser jusqu'à ce que tu jouisses autour de ma bite depuis l'instant où j'ai posé les yeux sur toi. Mais maintenant, je veux bien plus que ça.

Il posa son front contre le mien et ferma les yeux.

— Et je sais que toi aussi.

Nous étions couchés au lit, le ventre plein de cupcakes. Hawke avait passé son bras autour de ma taille et ma jambe était glissée entre les siennes. Au lieu de dormir, nous nous regardions dans les yeux.

Les yeux d'Hawke indiquaient que son esprit travaillait. Il pensait à tant de choses. Chaque pensée dansait dans ses yeux, mais elles défilaient si vite que je ne pouvais les lire.

— Comment fais-tu pour être toujours si optimiste ?

Je soutins son regard en réfléchissant à sa question.

— Tu as tant perdu. Comment fais-tu pour être si... heureuse ?

— Ma mère disait toujours que la vie était là pour en profiter. J'essaye de m'inspirer de ses paroles tous les jours. Parce que les années filent, et avant qu'on ne s'en rende compte, c'est déjà la fin.

Ses doigts massaient doucement la peau de ma taille.

— Mais comment fais-tu pour ne pas espérer la fin ?

Ses paroles me pincèrent le cœur. La dépression d'Hawke était toujours évidente dans ses yeux, mais je ne m'étais pas rendu compte qu'elle était si profonde.

— J'évite d'y penser. Il faut autant d'efforts pour être heureux que pour être misérable. Je pense qu'il vaut mieux faire des efforts dans le sens du premier.

Il hocha légèrement la tête.

— Et il y a toujours des choses qui en valent la peine. Yaya est ma plus grande source d'inspiration. Elle a perdu plus que tous ceux que je connais, mais elle trouve toujours une raison d'être heureuse. J'essaie d'être plus comme elle chaque jour.

— Tu lui ressembles beaucoup – de toutes les bonnes manières.

— Merci.

C'était le plus beau compliment que j'aie jamais reçu.

— Es-tu toujours malheureux ?

Ses yeux se dilatèrent légèrement.

— Je suis plus heureux que je ne l'ai été de toute ma vie – grâce à toi.

— Moi aussi.

Je remontai la main sur son torse.

— Je n'ai connu qu'une famille brisée et une maison vide. Quand j'ai passé les vacances de Thanksgiving chez vous, je ne me suis jamais senti aussi... à l'aise. Ça m'a ouvert les yeux et j'ai réalisé que la vie avait plus à offrir que l'alcool, la violence et le mensonge.

La perte de mes parents avait été douloureuse, mais je préférais de loin perdre quelqu'un que j'aimais de tout mon cœur que souffrir l'existence de quelqu'un que je détestais.

— Je suis désolée...

— Ne le sois pas. Tu m'as donné une raison de vivre.

Il tira la manche de mon t-shirt et dénuda mon épaule. Il y déposa un baiser, qui m'enflamma.

— J'ai commencé à lire ton journal.

Je ne savais pas quoi dire. Il contenait mes pensées et sentiments les plus sombres. Je m'étais exposée à ses yeux, lui permettant de voir mes côtés les plus brutaux.

— C'est douloureux à lire mais ça m'aide. J'ai l'impression de te connaître comme personne.

— C'est déjà le cas.

— Je n'arrive pas à croire que tu me l'aies offert.

Moi si.

— C'est juste que je savais...

Il n'y avait pas d'autres mots pour l'expliquer. Il posa un doux baiser sur mes lèvres.

— J'adore t'embrasser. Je n'ai jamais aimé embrasser quelqu'un avant.

— Probablement parce que je suis une pro du baiser, dis-je en faisant danser mes sourcils.

Il gloussa.

— Peut-être. Ou peut-être qu'on est tous les deux des pros du baiser.

— Non… c'est juste moi.

Il me chatouilla un peu.

— Tu as de la chance d'être mignonne.

J'éclatai de rire et balayai sa main de côté.

— J'ai de la chance que tu sois si canon.

— Je suis assez canon.

Il sourit prétentieusement. Je le chatouillai à mon tour.

— Maintenant, c'est qui qui se la pète ?

— Je suis un mec, dit-il en riant. C'est normal que je me la pète.

— Ou plutôt un porc sexiste.

Il attrapa mes deux mains et les cloua par-dessus ma tête.

— Tu veux que je continue à te chatouiller ? Cette fois-ci, je ne te lâcherai pas.

Je fis la moue et lui lançai mes plus beaux yeux de chien battu.

— Bonne fille, dit-il en lâchant mes mains.

— Comment tu m'as appelé ? dis-je en sentant la moutarde monter. Je ne suis pas un chien.

— C'est toi qui m'a lancé un regard de chien battu.

— Laisse-moi te dire quelque chose—

Il attrapa mon visage et m'embrassa.

Comme toujours, ça me cloua le bec.

16

Rendez-vous galant
Hawke

J'ARRIVAI DEVANT SA PORTE AVEC UN CADEAU. JE L'AVAIS EMBALLÉ moi-même, à nouveau grâce à YouTube, et placé un nœud rose au-dessus.

Francesca ouvrit la porte, vêtue d'un jean skinny et d'une blouse moulante. Ses courbes étaient mises en évidence, et j'avais envie de sentir chaque vallée et chaque mont avec ma langue. Mais ça devrait attendre.

— Tu m'as apporté quelque chose ? dit-elle en me prenant la boîte des mains.

— Ben, tu ne donnes pas l'impression d'être le genre de fille à aimer les fleurs.

Elle sourit avant de déchirer l'emballage. C'était de la pâte à brownie.

— Tu sais, pour quand tu veux prendre un raccourci au lieu de tout faire à partir de zéro.

Elle leva vers moi des yeux verts qui étincelaient comme des guirlandes de Noël.

— Merci, c'est très attentionné.

Elle le déposa sur la table de l'entrée avant de refermer la porte derrière elle.

— Où allons-nous ?

— Dîner.

— Ooh… comme un vrai rencard ?

— Ouaip.

Je lui pris la main et la guidai vers mon pick-up.

— Et où allons-nous manger ?

— Tu aimes la viande ?

— Je mange de tout.

Je souris en entendant sa réponse.

— De tout ?

— Ouaip.

— Facile à entretenir… ça me plaît.

— Tu le savais déjà !

Elle me frappa doucement le bras avant de s'installer sur le siège passager.

Je nous conduisis jusqu'au restaurant, puis nous entrâmes. C'était assez chic, mais je ne voulais pas d'un resto ordinaire pour mon premier rendez-vous officiel avec Francesca. Je tirai sa chaise avant de m'installer en face d'elle.

— Du vin ?

— Bien sûr.

Je commandai une bouteille de vin avant de parcourir le menu.

— Qu'est-ce que tu vas commander ?

— Probablement le faux-filet… ou peut-être la fondue au fromage.

— Ça ne pourrait pas être plus différent l'un de l'autre.

— Et bien, j'aime la viande. Mais j'aime aussi le fromage…

Elle se mordilla les lèvres, plongée dans ses pensées.

Je tentai de ne pas rire. À certains moments, elle se comportait comme un garçon manqué, mais c'était plutôt mignon.

— Je vais commander le filet mignon.

— Je ne t'ai rien demandé.

Je lui lançai un regard espiègle.

— T'en as jamais marre de faire ta maligne ?

— Non, dit-elle en continuant à fixer le menu des yeux.

— Tu as décidé ?

— Hum... c'est vraiment difficile.

Le serveur s'approcha de notre table.

— Puis-je prendre votre commande ?

— Oui, répondis-je rapidement. Pour madame, ce sera le faux filet et la fondue au fromage.

Francesca ouvrit grand la bouche.

— Je ne peux pas manger tout ça !

— Tu veux faire croire ça à qui ?

J'adorais le regard furieux sur son visage.

— Et pour moi, ce sera le filet mignon.

Je tendis les menus au serveur.

— Très bien, dit celui-ci avant de s'éloigner.

Elle se mit immédiatement à argumenter.

— Je ne pourrai jamais manger tout ça !

— Je t'aiderai.

— Je vais devenir grosse.

— J'ai toujours aimé les femmes plantureuses.

Elle sirota son vin et son regard irrité s'adoucit légèrement.

— Comment s'est passée ta journée ?

— Super bien. J'ai reçu un A pour mon article d'histoire.

— Bravo !

Elle haussa les épaules.

— Je n'ai dû faire aucun effort, donc je n'ai pas l'impression d'avoir accompli quoi que ce soit. Au moins, il ne me reste qu'un semestre et puis ce sera fini.

— Et tu te retrouveras dans la vraie vie.

— Mouais…

Je gloussai.

— Ce n'est pas si mal.

— Tu donnes l'impression de détester ton boulot.

— Je déteste être stagiaire – c'est très différent.

— Quand est-ce que tu auras terminé ? demanda-t-elle.

— Très bientôt. J'ai envoyé quelques CV. Quelqu'un m'embauchera probablement.

— Tu ne veux pas rester dans la même boîte ?

— Non, dis-je en secouant la tête.

Mon rêve était d'aller travailler à New York, mais je ne le mentionnai pas. J'ignorais pourquoi.

— Je peux te demander pourquoi ?

— Ce n'est pas vraiment le genre de boîte pour laquelle j'aimerais travailler.

— Elle semble plaire à Axel.

— Ben, il n'est pas très fute-fute, dis-je en souriant pour qu'elle sache que je la taquinais.

— Je peux en attester.

Le serveur arriva avec nos assiettes quelques instants plus tard, et les plats de Francesca avaient du mal à tenir sur son côté de la table. Je réprimai un rire.

Lorsque le serveur s'éloigna, Francesca me lança un regard irrité.

— Il pense que j'ai un gros cul à cause de toi.

— Je suis sûr qu'il ne dirait pas non pour te baiser.

Elle me lança un coup de pied espiègle sous la table.

— Quoi ? C'est à ça que je pensais quand je t'ai vue pour la première fois.

— Ah ouais ? dit-elle. Pareil pour Marie ?

Marie agissait comme une ado éperdue dès que j'entrais au Grind. Elle était assez jolie, et il n'y avait rien qui clochait chez elle. Je comprenais pourquoi Axel voulait se la taper. Mais elle pâlissait dans l'ombre de Francesca.

— Elle n'est pas mon genre.

Francesca me lança un regard incrédule, comme si elle ne me croyait pas une seconde.

— Ouais, OK... Marie est superbe. Dès qu'on sort toutes les deux, les mecs bavent sur elle.

— Je n'en doute pas.

Mais je n'étais pas l'un d'eux.

— Oh, allez !

Elle ne toucha pas sa nourriture, se contentant de me regarder.

— Si je la trouvais bonne, je te le dirais. Je ne t'ai jamais menti, si ?

Francesca reconsidéra ses hypothèses et se tut.

Marie n'était rien par rapport à Francesca, mais je ne lui fis pas part de mon opinion. La beauté était dans l'œil du spectateur. Je n'avais pas de préférence pour les brunes ou les blondes, mais j'avais une préférence pour Francesca.

— Marie en pinçait pour toi depuis le début.

— Je sais, lâchai-je sans réfléchir.

— Tu sais ?

Elle inclina la tête comme si elle était surprise et amusée.

— Je te l'ai dit, j'ai le chic pour savoir ce genre de choses.

— Et tu n'étais pas intéressé ? demanda-t-elle. Belle, ce n'est pas ton genre ?

— Superbe est mon genre. Et c'est toi qui m'intéressais en premier.

— Vraiment ? demanda-t-elle. Mais tu ne m'avais même pas vue avant de la voir, elle.

— Mais quand je t'ai vue, j'ai su que c'était toi que je voulais. À chaque fois que j'entrais au Grind, je bandais.

— Ooh...

Elle se pencha en avant comme si elle était particulièrement intéressée.

— Tu veux savoir un secret ?

— Tant que c'est le tien, toujours.

— Quand tu m'as dit que tu t'étais branlé sous la douche...

Mes yeux ne quittèrent pas son visage.

— Ça m'a complètement allumée.

— Ah oui ? Je pensais bien que ce serait le cas.

Elle me frappa à nouveau sous la table.

— Dégonfle tes chevilles.

Je gloussai.

— Je plaisante. Je suis flatté par le compliment.

Elle se tourna vers sa nourriture et trempa du pain dans le fromage.

Je l'observai attentivement jusqu'à ce que je sente mon téléphone vibrer dans ma poche. Je le sortis et vis un message. Envoyé par Jessica.

Chez moi dans dix minutes. Elle m'avait joint une photo salace. J'éteignis rapidement l'écran et glissai le téléphone dans ma poche en tentant d'agir naturellement. Si Francesca m'avait vu réagir, elle ne le montra pas.

— Le fromage est délicieux.

— Il a l'air.

Je pris un bout de pain et le trempai dans le caquelon avant de le fourrer dans ma bouche.

— Purée, c'est vraiment bon !

— Tu es sur le point de voir quelque chose de spectaculaire.

Elle découpa son steak et avala une petite bouchée.

— Je pense que c'est déjà fait.

— Maintenant que le dîner fantaisie est terminé, ça te dit

d'aller dans un bar à tequila ? demanda-t-elle en me prenant la main, tandis que nous marchions sur le trottoir.

— Un bar à tequila ? demandai-je, quelque peu surpris.

— Oui. Tu n'as jamais été ?

— Bien sûr que si. C'est juste que je ne t'imaginais pas dans un tel endroit.

C'était un endroit facile pour ramener des gonzesses.

— Pourquoi pas ? demanda-t-elle en se penchant vers moi. Je ne suis pas aussi class que tu le penses.

— Tu es parfaite, en fait.

Nous entrâmes dans le bar qui jouait de la musique bruyante. Tous les clients étaient debout autour de leurs tables, ingurgitant des margaritas. De la musique mariachi résonnait dans mes oreilles. Francesca trouva une place au bar.

— Deux shots.

Je me tins à côté d'elle, la regardant avec intérêt.

Elle attrapa les verres et m'en tendit un.

— Cul sec !

J'avalai l'alcool comme de l'eau et le déposai.

— Yee-haw ! s'exclama-t-elle en reposant le sien à l'envers sur le comptoir.

— Yee-haw ? répétai-je. On n'est pas dans un bar country !

— Oh..., dit-elle en réalisant son erreur. Qu'importe. Un autre !

Elle claqua la main sur le comptoir.

— Tu veux me saouler ?

— Non. J'essaie de me saouler.

Elle attrapa le verre à shot et l'avala d'un coup.

— Patrón est ma marque favorite.

Je bus mon verre et ne sentis rien du tout. J'avais une tolérance assez élevée à l'alcool.

— Tu veux danser ?

— Sur du mariachi ?

— Ouaip. Tu sais danser ?

Je répondis d'un sourire.

Elle m'attrapa la main et m'attira vers la piste de danse. Elle se mit immédiatement à tournoyer et à danser la salsa.

Je saisis ses hanches et l'attirai contre moi en dansant. Ivre ou pas, elle était vraiment amusante. Elle rayonnait plus de vie que la plupart des gens que je connaissais. Elle savait comment se déhancher sur des airs qu'elle n'avait jamais entendus. Après avoir tournoyé, elle riait et retombait dans mes bras.

Nous dansions facilement ensemble, et le feu dans ses yeux lorsqu'elle me regardait me disait tout ce que j'avais besoin de savoir. Danser était comme le sexe, et je savais que lorsque nous serions ensemble, ce serait incroyable. Le désir physique et l'envie n'avaient rien à voir avec ça. Nous comprenions simplement quand l'autre allait bouger avant qu'il ne bouge. Je comprenais ce qu'elle aimait même si je n'avais jamais été avec elle, et elle savait ce qui me plaisait. Son assurance était son trait le plus sexy. Elle n'avait pas peur de me regarder dans les yeux d'un air séducteur. Et elle savait très bien comment y parvenir.

Après une heure passée à danser, elle trébucha jusqu'au bord de la piste.

— J'ai besoin de faire pipi.

— Tu as besoin d'aide ?

— Dégueu ! Non.

Elle rit de ses propres paroles avant de se diriger vers les toilettes.

Je me tins au comptoir et observai les danseurs sur la piste. Les gens se laissaient aller à la musique même si la chanson n'était pas géniale. Une femme portant une robe rouge me fixait des yeux. Elle avait des cheveux bruns et voluptueux, et des yeux fumeux. Ses yeux étaient fixés sur moi, et je pouvais lire ses pensées comme un livre ouvert. Je me retournai et observai la TV dans le coin pour qu'elle ne vienne pas me parler.

Je jetai un coup d'œil vers les toilettes et attendis que Francesca en sorte, mais il semblait y avoir la queue. Je commandai un autre shot pour m'occuper. L'alcool me brûla la gorge mais m'enflamma en même temps.

— Tu as l'air de t'ennuyer, tout seul, dit une voix aguichante dans mon oreille.

Je sus que c'était la femme à la robe rouge sans même la regarder.

— Je ne suis pas seul. Je ne fais qu'attendre ma copine.

C'était une manière polie de me débarrasser d'elle.

— Quand tu en auras marre d'attendre, pourquoi tu ne m'appelles pas ?

Elle posa une serviette sur le comptoir, avec son numéro de téléphone dessus.

Je jetai un coup d'œil sans la prendre.

— Et je m'en fous que tu aies une copine... c'est plus marrant comme ça.

— T'as bientôt fini ? demandai-je d'un ton froid. J'essaie de regarder le match, mais tes jappements me distraient.

Elle resta plantée là.

— Tu es Hawke, non ?

Comment savait-elle ça ?

— Qui veut savoir ?

— Je t'ai déjà vu. Et je te connais de réputation.

— Alors tu sais que je suis un connard.

Pourquoi cette pute ne me laissait-elle pas tranquille ?

— Et bien plus.

Lorsque je me retournai pour l'envoyer bouler, je vis Francesca sortir des toilettes. Elle se dirigea droit sur nous, et lorsque ses yeux se posèrent sur la femme en rouge, ils s'enflammèrent.

J'espérais qu'elle ne pensait pas que je faisais quoi que ce soit de mal.

— Voilà mon mec !

Francesca se planta à côté de moi et passa ses bras autour de ma nuque. Elle m'embrassa doucement, comme s'il n'y avait personne d'autre autour de nous.

Son baiser était si délicieux que j'oubliai tout à fait la femme à la robe rouge.

— J'aimerais rentrer, murmura Francesca dans ma bouche.

— Alors allons-y.

Je laissai la monnaie sur le comptoir et emmenai Francesca à ma suite. La serviette resta sur le comptoir aussi. Je l'oubliai, ainsi que la femme en rouge, dès l'instant où nous sortîmes du bar.

J'AVAIS ESPÉRÉ QUE CE SOIR SERAIT NOTRE SOIR. MAIS ELLE AVAIT décidé d'aller dans ce bar à tequila et de se saouler. Donc, ce plan était foutu. S'envoyer en l'air quand elle était saoule serait génial. Mais ça devrait attendre une autre fois.

Nous nous couchâmes au lit et commençâmes à nous rouler des pelles. Je n'avais pas fait ce genre de choses depuis le collège. C'était agréable à l'époque, mais quand j'avais découvert les plans cul à trois et les pipes, embrasser était redescendu tout en bas de l'échelle. J'embrassais à peine les filles quand je les baisais. C'était trop barbant. Je voulais tirer droit au but sans perdre de temps à faire des passes.

Mais c'était différent avec Francesca. J'adorais l'embrasser, sentir la manière dont nos lèvres bougeaient ensemble. Ma bite n'avait jamais tant bandé, et la glace qui entourait mon cœur fondait. C'était intime et sincère. J'apprenais à la connaître d'une manière différente qu'auparavant. Je lui montrais à quel point je me souciais d'elle grâce à ces étreintes passionnées.

Francesca embrassait incroyablement bien, et chaque fois qu'elle glissait sa langue dans ma bouche, elle y mettait le feu.

Ses ongles se plantaient dans ma peau et me griffaient presque jusqu'au sang, mais j'aimais ça. Elle était douce, mais elle avait également un côté sauvage. J'en étais sûr. J'avais vraiment envie d'être en elle, mais j'aurais également pu attendre pour toujours.

Nos ébats devenaient chauds et passionnés lorsque mon téléphone sonna sur la table de chevet. Un météore s'écrasant sur terre n'aurait pu m'empêcher de l'embrasser, donc je continuai. Je pris son visage entre mes mains et soufflai contre sa bouche. Ses jambes étaient passées autour de ma taille, m'attirant vers elle.

Mon téléphone sonna à nouveau.

Mais putain de bordel de merde !

C'était probablement ma mère. Pourquoi m'appelait-elle maintenant ? Ça ne semblait arriver que lorsque j'étais avec Francesca. Je rompis notre baiser et attrapai le téléphone sur la table de nuit. Au lieu d'être irritée, Francesca posa les lèvres sur mon torse et mon cou et continua sans moi.

Putain, elle était si sexy !

Je vérifiai l'écran et fus irrité de voir apparaître le nom de Jessica.

Quelle garce pot de colle.

Je le laissai retomber sur la table de nuit et retournai mon attention vers la fille qui la méritait. Je posai ma main sur sa poitrine et sentit son sein ferme. J'étais impatient de sucer ses tétons jusqu'à ce qu'ils soient à vif. Je voulais passer ma langue entre ses seins et goûter sa sueur tandis que nous faisions l'amour.

Le téléphone sonna à nouveau.

Putain, je détestais cette femme !

— Éteins ton téléphone, dit Francesca en suçant ma lèvre inférieure.

— Je ne peux pas.

— Qui est-ce ?

Je ne voulais pas ruiner notre moment.

— Personne.

Après quelques instants de caresses torrides, nous étions de nouveau agrippés l'un à l'autre, frottant nos corps l'un contre l'autre.

Puis mon téléphone sonna.

Francesca finit par craquer.

— C'est qui, putain ?

— Personne.

Je coupai le son et l'abandonnai sur la table de chevet. Je retournai embrasser sa gorge.

Elle attrapa le téléphone et lut le nom sur l'écran.

— Jessica ?

— Ignore-la.

Je l'embrassai sur la bouche afin qu'elle me rende toute son attention.

Francesca détourna brusquement la tête.

— La même fille qui t'a dragué pendant notre premier rendez-vous ?

— Oui.

Je ne pris pas la peine de l'embrasser, sachant que ça ne mènerait nulle part.

— C'est une de tes habituées ?

Je la regardai dans les yeux et refusai de mentir.

— Oui.

— Elle est au courant pour moi ?

— Non. J'ai coupé les ponts avec elle avant que tu ne viennes loger chez moi.

Elle décrocha l'appel.

— Salut Jessica, comment ça va ?

Sa voix était agréable mais pleine de condescendance.

— Je sais que ça doit être vraiment dur d'oublier Hawke. Je serais dévastée moi aussi. Mais il est à moi maintenant, et il dort avec moi tous les soirs. On ne dormait pas vraiment, là, mais on préfèrerait que tu n'appelles plus à cette heure de la nuit. Si tu recommences, je te traquerai et je te tirerai tes jolis cheveux blonds.

Elle raccrocha avant de jeter le téléphone par terre. Je réprimai un sourire.

— Tu t'es bien débrouillée.

— Je ne veux plus que tes filles t'appellent.

— C'est hors de mon contrôle.

— Je sais… mais ça m'emmerde.

— Ça m'emmerde aussi.

Elle me dévisagea comme si elle voulait dire autre chose. L'irritation était lourde dans ses yeux. Et puis elle m'attrapa le visage et se remit à m'embrasser.

— Peu importe.

Axel et moi ne parlions plus tellement au travail. C'était un peu bizarre, en fait. Il ne semblait pas être en colère contre moi, mais ce n'était plus pareil qu'avant. Dès qu'une des filles s'approchait de mon bureau, il m'observait d'un œil de lynx.

Pensait-il que j'allais les coucher sur mon bureau et me les taper, là ?

Sa méfiance constante m'irritait. Je savais que j'avais couché à gauche et à droite, mais je n'avais jamais été infidèle. J'étais toujours honnête à propos de mes intentions. Son manque de confiance était tout simplement injuste.

À la fin de la journée, je tentai de lui parler.

— Tu veux aller jouer au basket ?

Il était assis devant son ordinateur, une barre énergétique à moitié entamée à côté de lui.

— J'ai des plans.

— Quel genre de plans ?

Il se foutait de moi.

— Le genre de plans que j'ai toujours.

Je gardai les mains dans mes poches.

— L'autre jour, Marie a dit qu'elle te trouvait canon.

Ça attira son attention.

— C'est vrai ? Qu'est-ce qu'elle a dit d'autre ?

— Rien. C'est tout.

— Tu crois qu'elle voudrait sortir avec moi ?

— Oui, dis-je franchement. Mais je ne crois pas que tu devrais faire ça à ta sœur.

Ses yeux s'assombrirent.

— Parle pour toi.

Mon esprit s'échauffa et j'eus envie d'écraser son ordinateur d'un coup de poing.

— Tu vas la baiser et puis ne jamais la rappeler. Je passe chaque nuit avec Francesca, et uniquement elle. C'est complètement différent, et tu le sais.

— Pour l'instant.

Je savais que je ferais mieux de contrôler ma colère car nous étions au travail, mais la casserole était en train de déborder.

— Tu dois tourner la page. Tu peux agir comme un connard tant que tu veux, mais ça ne changera rien du tout. Je te suggère te laisser tomber parce que sinon, tu perdras ta sœur en plus de ton ami.

Je partis en trombe avant d'empirer les choses.

J'ouvris la porte et vis Francesca de l'autre côté. La météo commençait à se réchauffer, mais le froid hivernal persistait toujours. Elle portait un jean foncé avec des bottes à talon et une petite veste blanche. Une écharpe rose réchauffait son cou. Francesca pouvait être à la fois féminine et garçon manqué.

— Ça te plaît ? demanda-t-elle en se tournant et en posant pour moi.

Je souris de sa gaieté.

— Tu es super canon. Mais je penserais pareil si tu portais une combinaison orange.

— Comme si je m'étais évadée de prison et que j'étais une mauvaise fille en cavale ?

— Si tu veux, oui.

Elle franchit la porte et me donna un lent baiser. Mon corps se réchauffa dès l'instant où nos bouches se touchèrent. Il y avait également une étincelle, puissante et frémissante.

— Tu es super beau aussi.

— Tu devrais me voir nu. Je suis vraiment canon.

— J'adorerais ça.

Elle me fessa en entrant. Je fermai la porte avant de me tourner vers elle.

— Je ne sais pas cuisiner comme toi. On pourrait pas commander à livrer ?

— Et si je te dévorais, plutôt ?

Elle passa les bras autour de ma taille et posa les yeux sur mes lèvres.

— Et qu'est-ce que je vais manger, moi ?

— Moi.

Lorsque mes doigts l'explorèrent plus bas, elle était tendue et incroyablement mouillée. Je voulais la goûter jusqu'à ce qu'il ne reste rien.

— Pourquoi me rends-tu la tâche d'être un gentleman si difficile ?

— Parce que je ne veux pas d'un gentleman. Je te veux toi.

Elle me donna un autre baiser avant d'entrer dans le salon.

Elle déhancha les fesses en marchant, et j'eus envie de les mordre à pleines dents.

Je la rejoignis sur le canapé.

— Comment s'est passée ta journée ?

Il valait mieux changer de sujet.

— Chiante, comme toujours. Et toi ?

Je haussai les épaules.

— J'ai connu mieux.

— Qu'est-ce qui s'est passé ?

Elle savait que j'avais quelque chose sur le cœur rien qu'en me regardant.

— Axel et moi… on s'est pris la tête.

Elle leva tant les yeux au ciel qu'ils roulèrent pratiquement en arrière.

— Il devrait vraiment tourner la page.

— J'ai perdu mon sang-froid… et je lui ai dit d'aller se faire foutre.

— Excellent, dit-elle en souriant. Il le mérite.

Je posai un baiser dans son cou.

— Peu de gens diraient ça.

— Je défendrai toujours mon frère et je serai là pour lui jusqu'à la fin des temps – mais pas quand il agit comme un crétin.

— J'essaie de me rappeler qu'il s'inquiète pour ton bien.

— Même pour ça, il ferait mieux de garder son nez hors de nos affaires. Nous sommes des adultes consentants. Ce n'est pas comme si j'étais au lycée.

Je posai la main sur sa cuisse.

— Donc tu crois que je devrais l'ignorer jusqu'à ce qu'il change d'avis.

— Ouaip.

— Peut-être que s'il nous voyait ensemble, il comprendrait.

Elle secoua la tête.

— Je ne vais pas me plier en quatre pour lui. Il ramène notre relation à lui, ce qui est complètement égoïste et puéril.

— C'est vrai.

Ça nous faciliterait la vie s'il laissait tomber.

— Assez parlé de lui. Parlons un peu plus de toi.

Francesca s'installa sur mes genoux et chevaucha mes hanches.

— Qu'est-ce que tu veux savoir de moi ?

Je posai les mains sur ses cuisses en admirant la beauté de son visage exquis. Ses yeux brillaient toujours comme des émeraudes au soleil, et ses lèvres charnues étaient irrésistibles. Elle avait de belles pommettes qui donnaient des reliefs à son visage, et ses longs cheveux tombaient sur ses épaules peu importe sa position. Elle m'avait fait tourner la tête dès l'instant où je l'avais vue, mais elle était la première femme à conserver mon attention. Je n'aurais plus jamais envie de regarder ailleurs.

— Dis-moi quelque chose que j'ignore sur toi.

Je fouillai mes souvenirs sans pouvoir trouver quelque chose, n'importe quoi.

— Je ne suis pas si intéressant.

— Bien sûr que si, dit-elle en m'embrassant le front. Allez, dis-moi.

— Je voulais devenir pompier quand j'étais gamin.

Elle sourit comme si c'était la chose la plus intéressante qu'elle ait pu entendre.

— C'est adorable… tu aurais été un pompier super canon.

— Je serais un n'importe quoi super canon.

Elle gloussa et leva les yeux au ciel en même temps.

— Je voulais être pâtissière quand j'étais petite. Encore aujourd'hui.

— C'est sexy… tu pourrais porter un tablier sans rien en-dessous, dis-je en lui serrant la cuisse.

— Ça t'exciterait, hein ?

— C'est clair.

Je fixai ses lèvres des yeux.

Elle déboutonna lentement sa veste avant de la retirer. Elle laissa son écharpe en place avant d'ôter sa blouse.

Cette fois-ci, je ne l'arrêtai pas.

Elle portait un soutien-gorge en dentelle noire. Il dévoilait une partie de ses seins, ce qui le rendait encore plus sexy. Avant de dégrafer son soutien-gorge, elle ajusta son écharpe pour qu'elle couvre sa poitrine. Soutenant mon regard durant tout ce temps, elle laissa tomber son soutien-gorge.

Je bandai immédiatement, même si je ne pouvais rien voir. Elle était sexy tout en restant très class. Elle avait l'assurance d'une strip-teaseuse mais les manières d'une institutrice. C'était la combinaison idéale.

L'écharpe rose cachait ses tétons à ma vue, mais le contour de ses seins fermes était visible. Ils étaient galbés et ronds, et vraiment remontés. Elle était menue, mais sa poitrine était généreuse.

Elle déboutonna son jean et le baissa légèrement, révélant un string rose en-dessous. Je ne pouvais voir que le dessus, mais le contraste de la couleur vive et de sa peau fit démarrer mon engin.

Elle attrapa l'ourlet de mon t-shirt avant de le remonter lentement sur mon torse. Lorsque je levai les bras au-dessus de ma tête, elle me l'enleva tout à fait. Puis elle examina mon torse sculpté et mon ventre encore plus musclé. Elle fit courir ses mains de bas en haut, comme si elle cherchait quelque chose de spécifique.

Mon cœur battait la chamade.

Ses ongles effleurèrent ma peau jusqu'à ce qu'elle atteigne mon cœur. Elle laissa sa main dessus et sentit les battements de mon cœur. Ses yeux ne quittèrent jamais les miens, et un sourire se forma dans leurs profondeurs.

Je l'attrapai par les hanches et l'approchai de moi, sa poitrine touchant presque la mienne. Je posai les lèvres sur sa gorge et goûtai sa peau. Savoir que seul un bout de tissu vaporeux nous séparait était le plus excitant. Je remontai une main dans son dos, sur sa peau douce. Sans aucune bretelle ou manche sur mon chemin, je pus tout sentir. Lorsque je posai les lèvres sur les siennes, j'attrapai son écharpe et l'enlevai lentement. Elle tomba entre nous et j'attirai Francesca encore plus près de moi. Ses tétons durcis frôlèrent mon torse et ma bite palpita dans mon jean.

Je ne voulais pas cesser de l'embrasser car ses lèvres étaient aussi addictives qu'un poison, donc j'attrapai ses seins entre mes mains. Je les pressai et les massai, la poussant à haleter dans ma bouche. De petits gémissements s'échappèrent de ses lèvres, une douce musique à mes oreilles.

Ses seins étaient si fermes et chauds. Ils étaient ronds et voluptueux. J'avais touché beaucoup de filles, et je savais que ses nichons étaient parfaits. Ils n'étaient pas énormes comme tant de mecs le préféraient. Ils étaient proportionnés à son corps, mais si sacrément beaux.

Francesca tendit les mains pour déboutonner mon jean.

Je n'avais jamais fait ça. J'avais perdu ma virginité à l'arrière de mon pick-up à l'âge de seize ans. Depuis lors, je n'avais fait que baiser. Je n'avais jamais éprouvé quelque chose pour quelqu'un. Je n'avais jamais voulu que ce soit parfait. Mais maintenant si, et je n'étais pas sûr de savoir quoi faire.

— Je veux faire les choses comme il faut.

Elle rompit notre baiser et me dévisagea.

— Est-ce que je dois étaler des pétales de roses sur le lit ? Allumer des bougies ? Je n'en ai aucune idée.

Elle inclina la tête et scruta mes yeux.

— Non. C'est totalement cliché.

Ses seins étaient comprimés contre mon torse et c'était si bon. Je n'avais jamais été aussi allumé.

— Alors qu'est-ce que tu veux ?

— Tu n'as pas besoin de faire quoi que ce soit de spécial. C'est déjà spécial – parce que c'est toi et moi.

Elle me facilitait tellement les choses. Elle me traitait comme si j'étais un superhéros, un homme qui ne pouvait rien faire de travers. Même si je ne m'exprimais pas bien, elle savait ce que j'éprouvais. Je n'avais rien à faire pour le lui prouver. Elle le savait.

Je passai un bras sous ses fesses et la remontai jusqu'à ce que ses seins soient à hauteur de mon visage. Je passai ma langue dans la vallée formée par ses seins et la léchai en parsemant sa peau de petits baisers. Puis je soufflai sur un téton avant de le prendre en bouche et de le sucer.

Mince, ses seins étaient si bons !

J'embrassai sa poitrine partout, inspirant son parfum et marquant mon territoire avec mes lèvres. Chaque centimètre de son corps m'appartenait, et je ne voulais la partager avec personne.

Elle glissa ses doigts dans mes cheveux tandis qu'elle rejetait la tête en arrière, savourant mes caresses. Elle cambra le dos, poussant sa poitrine vers ma bouche, comme si elle en voulait plus.

Mon dernier barrage de retenue s'était rompu, et désormais rien ne pouvait m'arrêter. Mon corps entier la désirait, avait besoin d'elle. Je voulais m'abandonner à ce que j'avais toujours voulu d'elle. Je la voulais dans mon lit, sous mes draps, dans mes bras.

Je la transportai dans le couloir jusqu'à ma chambre. J'avais baisé des centaines de femmes dans ce lit, mais c'était comme si ça ne s'était jamais produit. Mon passé avait disparu lorsque Francesca m'avait souri au Grind. J'étais tombé amoureux de cette fille, et elle m'avait réparé.

Je la couchai sur le lit avant de lui retirer ses bottes et son jean. Lorsqu'elle fut en string, je l'admirai avec un appétit insatiable. Elle était la femme la plus sexy que j'aie jamais vue, avec ses hanches plantureuses et sa taille de guêpe.

Et elle était toute à moi.

J'agrippai son string et le baissai le long de ses longues jambes minces. Puis je rampai au-dessus d'elle et enfouis mon visage au sommet de ses cuisses. Lorsque mes lèvres effleurèrent les siennes, elle poussa un gémissement.

Elle était aussi sucrée que je m'y étais attendu. Je ne faisais jamais de cunnilingus aux filles parce que je n'en avais pas besoin. Je ne faisais que ce que je désirais faire. Mais avec Francesca, je voulais que son plaisir soit comparable au mien.

Je remontai le long de son corps, et elle posa immédiatement les mains sur mon jean. Elle le baissa, ainsi que mon boxer, et je m'en débarrassai d'un coup de pied.

Lorsque nous nous retrouvâmes tous les deux nus, je me couchai au-dessus d'elle, le visage proche du sien. Ses yeux étaient aussi brillants que des étoiles lorsqu'elle croisa mon regard. Leur nuance verte était plus foncée, comme les feuilles d'un sapin. J'avais fantasmé des tas de fois sur ce moment, mais mes rêves n'étaient pas à la hauteur de la réalité.

Elle était tellement mieux en vrai.

Elle passa les jambes autour de ma taille et planta ses ongles dans mon cuir chevelu.

Un million de pensées me traversèrent l'esprit mais je ne pus en formuler aucune. Il n'existait aucun mot pour les exprimer. Mais il y avait une sensation, tout au fond de mon cœur. Elle palpitait à chaque battement. C'était à la fois distinct et brouillé dans tout le reste. J'ignorais ce que ça voulait dire, mais ça signifiait quelque chose.

Francesca tira mes fesses vers elle, pressée de nous unir pour la première fois. Ma queue palpita d'impatience. Je savais qu'elle serait étroite et trempée. Mais ce qui m'allumait le plus, c'était à quel point elle me désirait. Et ce n'était pas seulement physique, comme avec les autres filles. J'étais important à ses yeux, tel que j'étais et malgré mes côtés sombres. Je n'avais jamais eu d'importance pour mes parents, mais j'avais de l'importance pour quelqu'un.

J'ouvris le tiroir de ma table de chevet et en sortis un préservatif. Je déchirai l'emballage des dents avant de le sortir. La déception se grava sur ses traits.

— Non.

Je me figeai en l'entendant.

— Je te veux, juste toi.

Elle le fit tomber de ma main et il vola par terre.

— Je ne suis pas une fille comme les autres. Je te mérite – entièrement.

Avais-je tout foutu en l'air ?

— Ce n'était pas ce que je voulais dire. Je ne voulais pas être présomptueux.

— Alors tu aurais pu poser la question.

Je me plaçai au-dessus d'elle en retenant tout mon poids sur mes bras.

— Je m'excuse.

— Tu es clean ?

— Je n'ai jamais eu de rapports sans préservatif. Ça répond à ta question ?

Elle hocha la tête.

— Tu prends la pilule ?

— Oui.

Elle agrippa mes fesses et m'attira vers elle.

Je passai une main dans ses cheveux et l'embrassai longtemps. J'avais ruiné l'instant, et je devais me rattraper. Bien sûr que je voulais me donner à elle entièrement. C'est juste que j'ignorais si c'était ce qu'elle voulait.

Elle devint fébrile à nouveau.

— Fais-moi l'amour.

Mon échine frissonna et les cheveux dans ma nuque se dressèrent. Je posai mon visage contre le sien lorsque je trouvai son entrée et la pénétrai lentement. Elle était étroite mais trempée. Mon gland s'enfonça en rencontrant une faible résistance.

Et c'était si bon !

Elle planta ses ongles dans mes bras et poussa un gémissement de plaisir.

Je continuai à enfoncer lentement le reste de mon manche. Elle était étroite jusqu'au bout, et je poussai des gémissements de gorge profonds. Je n'avais jamais baisé à cru, et putain, c'était incroyable !

Je posai mon visage contre le sien tandis que nous nous acclimations l'un à l'autre. Ma bite était au paradis, et ne voudrait plus jamais le quitter. Elle haletait sous moi, et tous les petits bruits qu'elle poussait m'allumaient encore plus. Elle me savourait autant que je la savourais.

— Francesca...

Je l'appelais rarement autrement que Muffin, mais son nom était si sexy qu'il devait être prononcé, surtout maintenant.

Elle se déhancha lentement sous mon corps, utilisant mes bras comme une ancre.

Je pris mon temps et déhanchai mes fesses. Chaque fois que je m'enfonçais en elle, c'était comme si c'était la première fois. Tous mes sens étaient en feu. J'avais l'impression d'avoir seize ans à nouveau, mais c'était un million de fois mieux. Pourquoi avais-je perdu mon temps avec toutes les autres alors que j'aurais pu avoir ça ?

Elle saisit mon cul et m'attira plus profondément en elle.

— Hawke... c'est si bon !

Je lui volai des baisers dès que mon corps y parvenait. Au lieu de regarder ses seins s'agiter, je la regardai dans les yeux. Elle me fixait avec le même regard intense. La connexion entre nous en devint encore plus forte, plus puissante. Mon cœur brûlait comme s'il était en feu, et la température de sa peau grimpait, comme si elle éprouvait la même chose.

Je pourrais faire ça pour toujours – mais seulement avec elle.

— Hawke…

Sa tête roula en arrière et ses cheveux s'étalèrent sur l'oreiller. Elle m'attira plus profondément, comme si elle en voulait plus. Sa poitrine était rougie, ses tétons pointaient. Un regard hébété apparut dans ses yeux, comme si elle voyageait dans un endroit reculé.

— Juste là…

Je la pris plus violemment et ma tête de lit claqua contre le mur à chacun de mes coups de rein. Elle me serra plus fort et se contracta autour de moi. Ma bite sentit la constriction, et le sexe en fut encore plus intense.

J'observai son visage pour la voir jouir. Une de mes mains posées sur son visage, je glissai l'autre dans ses cheveux.

— Oh mon Dieu…

Puis elle se tortilla sous moi et devint encore plus étroite. Elle poussa un gémissement bruyant, comme si le plaisir la dépassait, l'écrasait. Elle haleta et geignit pendant presque une minute, savourant l'altitude avant de redescendre lentement sur terre. Lorsque son regard reprit sa netteté, je sus qu'elle en avait terminé.

— Jouis en moi.

Une étincelle s'alluma immédiatement dans les profondeurs de mon corps. Elle commença au fond de mon ventre et rayonna dans toutes les directions. Ma peau brûla, en feu, et mon corps entier se raidit. Je vis l'amour briller dans ses yeux tandis qu'elle me regardait. Elle agrippa mes fesses et m'attira plus profondément en elle, ne voulant rien perdre de ce que j'avais à lui offrir.

Lorsque j'éjaculai, ce fut l'orgasme le plus intense de ma vie. Je l'agrippai de toutes mes forces, pour ne pas qu'elle disparaisse. Je poussai un gémissement, ce qui ne m'était jamais arrivé. Mon plaisir ébranla la terre et m'étourdit. Je n'avais jamais éprouvé quelque chose de si puissant. C'était incomparable à tout ce que j'avais vécu avant.

Francesca prit mon visage entre ses mains et m'embrassa doucement, nos corps toujours unis. C'était une fin exquise à une expérience si merveilleuse. Je ne m'étais jamais senti aussi vivant qu'avec elle. Mon ancienne vie était vide et creuse. Je ne vivais pas, je laissais la vie s'écouler. Elle m'avait donné une seconde chance à la vie.

Elle m'avait donné une seconde chance au bonheur.

17

Interruption
Francesca

JE ME RÉVEILLAI EN PLEIN MILIEU DE LA NUIT, TREMBLANT SOUDAIN de froid. Quelque chose n'allait pas. Je le savais. Je tendis la main pour toucher Hawke mais ne trouvai que le matelas. Lorsque j'ouvris les yeux, je vis que le lit était vide.

Il n'était plus là.

Je me rassis et tirai les couvertures sur moi, me sentant glacée maintenant qu'il n'était plus là pour me réchauffer. Lorsque je posai les yeux sur la table de nuit, je vis que son téléphone n'était plus là. Il n'y avait aucun signe de vie.

Ma première réaction fut de l'appeler, mais je savais que ce n'était pas une bonne idée. Une seule raison l'aurait poussé à quitter son appart au milieu de la nuit. Sa mère devait avoir appelé.

J'espérais qu'elle allait bien.

J'entendis soudain des voix dans le hall d'entrée.

— Trop, c'est trop.

La voix d'Hawke était pleine de rage déchaînée.

— Combien de temps vas-tu continuer comme ça ? Combien de temps crois-tu qu'il te reste ? Il va te rompre le cou !

Ses cris puissants firent trembler les murs. Le bruit de verre brisé me fit sursauter.

— C'est ce que tu veux ?

— Theodore, calme-toi.

— Ne m'appelle pas comme ça !

Sa voix avait sans doute réveillé tout le monde dans le lotissement.

— Maman, il va te tuer. Tu comprends ? Je ne serai pas toujours là pour prendre soin de toi. Qu'est-ce que tu feras, alors ?

— Baisse d'un ton, s'il te plaît.

— Non ! Je t'ai demandé d'emménager chez moi et tu as refusé. Si ça arrive encore, j'appellerai les flics.

— Ne t'avise pas !

— Tu préfèrerais mourir ? demanda-t-il d'une voix qui semblait brisée. Il te traite comme ça parce qu'il n'en a rien à cirer de toi. Ses excuses sont creuses. Il ne fait que se foutre de ta gueule, Maman. Tu vaux mieux que ça !

Je savais que je ne devrais pas écouter aux portes, mais je n'avais nulle part où aller. Et il criait si fort que j'aurais été incapable de bloquer le son.

— J'ai réussi à m'en sortir. Toi aussi, tu peux y arriver.

— Ce n'est pas la même chose...

Elle semblait faible et apeurée.

— Tu ne lui dois rien, Maman. Je peux m'occuper de toi. On pourrait trouver un endroit plus grand, et tu n'auras plus jamais peur de lui. S'il ose venir te chercher, je lui briserai le cou. Je le promets.

Sa mère ne répondit pas.

Puis j'entendis le bruit d'un autre meuble se briser.

— Hawke, arrête ! Quelqu'un va finir par avertir la police.

Il brisa autre chose.

— Tu crois que ça me dérange ?

— Arrête !

Sans réfléchir, je sortis du lit et enfilai les vêtements que je pus trouver. Je ne pris pas la peine d'être présentable. Clairement, j'étais chez lui, donc nous couchions ensemble ; je n'allais pas prétendre le contraire.

Je courus dans le couloir et vis la destruction entraînée par la colère d'Hawke. La table basse était en morceaux, ainsi que les tables d'appoint. Il se dirigeait à présent vers la table à manger, celle qu'il venait de remplacer. Sa mère était recroquevillée dans un coin, comme si elle avait peur de le retenir.

— Hawke. Arrête.

Je ne criai pas, mais mon ton était un ton de commande.

Il s'interrompit immédiatement, son dos face à moi. Il haletait, ses épaules se soulevant et retombant sous la rage qui brûlait dans son corps.

Sa mère me fixa des yeux, étudiant mon visage comme si elle tentait de le mémoriser.

Hawke finit par se retourner, la férocité toujours présente dans ses yeux. La seule chose qui l'empêchait de démolir son appartement, c'était moi.

— Retourne te coucher.

— Non.

Il serra les poings le long de ses flancs.

— Fais ce que je te dis.

— Non.

— Je ne veux pas que tu me voies ainsi, dit-il en avançant et en élevant la voix. Sors, maintenant.

— Je ne vais nulle part. Et maintenant, calme-toi.

Il s'approcha de moi comme s'il allait me pousser.

— Fais ce que je te dis, ou je t'y forcerai, dit-il avec des yeux brûlants d'hostilité. Ne me cherche pas. Pas ce soir.

Je n'avais peur de rien, et surtout pas de lui. Il se transformait en monstre qui ne pouvait être contrôlé. Mais sous cette façade rigide se trouvait un homme plus doux qu'une plume. Je tins bon et ne reculai pas.

Ses yeux s'assombrirent d'irritation.

Je levai lentement mes mains vers sa poitrine et puis son visage.

Hawke ne réagit pas.

— Je suis furieuse aussi. Tu n'es pas tout seul.

Je me levai sur la pointe des pieds et embrassai ses lèvres inertes.

Il me dévisagea d'un regard vide.

Je baissai les mains avant de reculer d'un pas.

Il était toujours livide, mais au moins, il avait cessé de démolir ses affaires.

Je lui tournai le dos avant de m'approcher de sa mère.

— Bonsoir, je suis Francesca. Je suis désolé de vous rencontrer dans ces circonstances.

Elle m'observa d'un air surpris.

— Je suis Abigail. Comment avez-vous fait ça ?

— Fait quoi ?

Elle observa son fils, qui était resté figé à l'autre bout de la pièce.

— Oubliez ça.

— Vous allez bien ?

J'examinai ses bras et son visage.

— Ça va. Il ne me blesse pas normalement.

— Parce que j'arrive toujours à temps, lâcha Hawke.

— Je suis juste un peu secouée, murmura Abigail.

— Vous voulez un thé ? demandai-je. En général, ça parvient à me calmer.

— Oui, merci.

Je la guidai dans la cuisine et l'installai sur une des nouvelles chaises d'Hawke. Puis je laissai infuser du thé et le plaçai sur la table. Je m'installai en face d'elle et ne pris pas la peine de parler à Hawke. Je l'avais calmé autant que je le pouvais, mais c'était à lui de faire le reste.

Elle sirota son thé en m'observant.

— Je suis désolée de vous avoir réveillée.

— Pas de problème. J'étais déjà réveillée. Quand Hawke est absent, je le sais.

Elle hocha légèrement la tête.

— On dirait que c'est assez sérieux.

Je n'avais aucune envie de discuter de ma relation avec Hawke, pas après tout ce qu'elle venait de traverser. Mais peut-être voulait-elle se distraire.

— C'est très sérieux. Je tiens beaucoup à lui – même quand il agit comme King Kong.

Elle gloussa tout doucement.

— Il a mauvais caractère. Il le tient de son père. Ils se ressemblent tellement... Je les confondais parfois lorsqu'ils étaient plus jeunes.

— Hawke ne ressemble en rien à son père. Peut-être physiquement, mais c'est tout.

Je n'allais pas rester assise ici à l'écouter dire ça. Elle ne sembla pas offensée par ma rectification.

— Il est juste passionné et ne sait pas comment canaliser sa passion. Il se soucie beaucoup de vous et n'aime pas vous voir blessée.

— Je sais. C'est un bon garçon.

— C'est un homme bon, la rectifiai-je à nouveau. Et vous devriez le laisser vous aider.

Elle baissa les yeux, l'air coupable.

— C'est plus compliqué que ça en a l'air... et je ne veux pas vous entraîner tous les deux là-dedans.

— Maintenant que nous sommes impliqués de toute manière, nous aimerions vous savoir en sécurité.

— Ce n'est pas aussi grave que ça en a l'air. Il y a plus de bons jours que de mauvais.

— Il ne devrait pas y avoir de mauvais jours du tout, lâchai-je.

Je voulais que sa mère m'apprécie, mais je voulais également qu'elle prenne la bonne décision.

— Un homme devrait vous respecter à tout moment, pas seulement quand ça l'arrange. Vous méritez mieux que ça.

— Nous sommes mariés depuis plus de vingt ans…

— C'est vingt ans de trop.

Maintenant elle ne me regardait plus du tout.

— Acceptez l'offre d'Hawke et installez-vous chez lui. Il vous protègera.

— Je ne serai jamais libre.

— Ce n'est pas vrai, dis-je.

— Et Hawke sera impliqué à nouveau… et il a assez souffert.

Elle secoua la tête tandis que ses yeux se remplissaient de larmes.

— Il est prêt à tout pour vous aider. Vous devez rester ensemble. Unis, vous êtes en sécurité. Mais séparés, vous êtes faible.

Elle secoua la tête à nouveau.

— Ce n'est pas aussi simple que vous le dites.

Mon thé fumait et je ne le buvais pas. Était-ce ainsi qu'Hawke se sentait à chaque fois ? Complètement impuissant ? Comment aider quelqu'un qui avait trop peur pour agir et prendre la bonne décision ?

Hawke vint s'installer sur la chaise à côté de la mienne. Ses yeux étaient fixés sur mon visage.

Je me tournai vers lui et croisai son regard.

Il continua à me dévisager, la colère toujours apparente sur son visage. Mais il était beaucoup plus calme que quelques minutes plus tôt. Il était également bouleversé et ne savait pas comment canaliser ses émotions. Il était en colère contre le monde, pas seulement contre son père.

Je saisis sa main et massai ses jointures avec mon pouce.

Lorsque je le touchai, ses yeux s'adoucirent. La colère se vida de son corps lorsqu'il sentit mon affection, et son corps se détendit comme s'il se débarrassait de son ancienne peau. Sa respiration se calma et il atteignit enfin un état de tranquillité.

— Je suis désolé.

— Tout va bien.

Abigail observa silencieusement notre interaction.

Hawke tira ma chaise en arrière avant de me prendre sur ses genoux. Mes jambes étaient en travers de ses cuisses, et je passai mes bras autour de sa taille. Il me serra contre son torse avant de blottir son visage dans mon cou, se fichant éperdument que sa mère nous voie.

Il se fichait de tout.

HAWKE M'ÉTREINT TOUTE LA NUIT. SES BRAS ÉTAIENT COMME DES barreaux de prison. Il m'attira contre son torse massif et m'ancra sur place. Même si son corps était comme du béton, il était chaud et très confortable.

Le lendemain matin, Hawke me roula doucement sur un côté du lit avant de se débarrasser de la couverture.

Une alarme s'alluma dans mon esprit dès l'instant où il s'éloigna. Je tendis la main vers lui en me réveillant de mon rêve.

— Où est-ce que tu vas comme ça ?

— J'accompagnerai ma mère dehors quand mon minable de père viendra la chercher.

L'amertume était évidente dans sa voix.

Je me rassis et coiffai mes cheveux avec mes doigts.

— Je t'accompagne.

— Non.

Il n'éleva pas la voix, mais son ton était terrifiant.

Je sus que c'était une situation où je ferais mieux de ne pas discuter.

— Je ne veux pas qu'il s'approche de toi.

Il enfila un t-shirt et sortit.

Je ne pus entendre que le bruit de voix étouffées au bout du couloir.

— Où est Francesca ? demanda sa mère.

— Elle dort.

— Quoi de neuf, ma chérie ? demanda Yaya au téléphone.

— Pas grand-chose, dis-je. Les études et le boulot.

— Et ton frère ?

— Il va bien. Il s'attire des ennuis, comme toujours.

— C'est bien de s'attirer des ennuis quand on est jeune, dit-elle en riant. Parce que ce n'est pas aussi facile de s'en sortir quand on est vieux.

— Tu sais, Axel n'est plus tout jeune…

— J'imagine que je le considérerai toujours comme mon petit garçon.

— C'est sûr qu'il se comporte comme tel.

Yaya éclata de rire.

— Arrête de le charrier. Il n'est même pas là pour se défendre.

— Heureusement… alors, quoi de neuf de ton côté ?

Elle se lança dans une histoire sur un élan qui vivait juste à l'extérieur de sa maison. Apparemment, il revenait fréquemment pour chercher de l'eau et de la nourriture, et maintenant ils étaient amis.

— C'est super cool, dis-je. Tu lui as donné un nom ?

— Euh… Élan ?

— Yaya, ce n'est pas un nom, dis-je en riant. C'est comme si je t'appelais Humaine.

— Tu as raison. Il me faut plus de temps pour y réfléchir.

Je voulais lui annoncer la nouvelle pour Hawke, mais je ne savais pas comment. Je savais que ça la rendrait heureuse. Elle ne l'aurait pas invité à Noël si elle ne l'appréciait pas.

— Je voulais savoir si ça te disait qu'on dîne ensemble cette semaine.

— Bien sûr que oui, dit-elle avec excitation. Ça me fait toujours plaisir de voir mes grands bébés.

— En fait, j'avais prévu que ce soit juste moi… et quelqu'un d'autre.

— Quelqu'un d'autre ? demanda-t-elle d'une voix intriguée. Frankie… tu as un homme dans ta vie ?

Heureusement qu'elle ne pouvait pas voir mes joues rougir au téléphone !

— Oui.

— Oh ! Merveilleux ! Je suis impatiente de le rencontrer.

— Tu vas l'adorer.

Je n'avais aucun doute là-dessus.

— Depuis combien de temps ?

— Quelques mois.

— C'est si excitant. Je préparerai le dîner parfait. Je demanderai même à Élan de rester dans le coin pour qu'il puisse le rencontrer.

— Je suis certaine qu'il sera très impressionné, dis-je en riant.

— Mardi, ça irait ?

— Oui, ça nous ira.

— Oh mon Dieu, je dois commencer à tout préparer !

Elle continua à parler à toute vitesse avant de raccrocher.

— Yaya ?

La ligne avait été coupée.

Je gloussai avant de reposer le téléphone sur la table. Elle était si excitée qu'elle avait oublié de dire au revoir.

HAWKE ENTRA VÊTU D'UN JEAN ET D'UN T-SHIRT À MANCHES longues. Ses bras musclés étaient moulés par le tissu, et son torse baraqué donnait l'impression qu'il allait déchirer ses vêtements.

— Salut, Muffin.

J'adorais qu'il m'appelle comme ça, malgré le ridicule du surnom.

— Hé, Grizzli.

Ses bras entourèrent ma taille et il poussa un petit grognement.

Je posai mon visage contre son torse et me sentis immédiatement réchauffée.

— Comment va ma chérie ? demanda-t-il en posant le menton sur ma tête.

— Mieux, maintenant que tu es là.

— Et pourquoi ça n'allait pas avant ?

— Parce que tu n'étais pas là.

Il embrassa mon front et laissa ses lèvres s'attarder.

J'adorais les sentir contre ma peau. Elles étaient si chaudes et douces.

— Tu as quelque chose de prévu mardi soir ?

— Je n'ai jamais rien d'autre de prévu que toi.

— Alors on va dîner chez Yaya.

— Ah oui ?

Il recula et baissa les yeux sur mon visage.

— En tant que… nous deux ?

Je hochai la tête.

— Elle ne sait pas que c'est toi, mais elle sera agréablement surprise quand tu franchiras la porte.

Un air de malaise apparut sur son visage.

— Tu es sûre que c'est une bonne idée de la prendre par surprise comme ça ?

— Axel est peut-être un crétin à notre sujet, mais Yaya ne réagira pas comme ça. Elle sera très heureuse pour nous. Elle t'adore, Hawke.

— Ça pourrait changer maintenant que je sors avec sa petite-fille.

— Ne t'inquiète pas pour elle, dis-je en embrassant sa joue. Elle sera très heureuse. Je te promets.

— Tu promets, hein ?

— Et je ne fais jamais de promesses que je ne peux pas tenir.

Il effleura ma joue avec ses lèvres, qui se plantèrent au coin de ma bouche.

— OK.

Ses lèvres me mirent en feu.

— Alors… tu veux aller au lit ?

— Il est dix-huit heures et je viens seulement d'arriver, dit-il en gloussant. Tu ne veux pas dîner d'abord ?

— J'ai trouvé mon dîner, dis-je en faisant courir mes mains sur son torse avec empressement.

Une lueur amusée apparut dans ses yeux.

— Tu facilites vraiment les choses. Tu vas droit au but.

Je saisis sa main et le tirai jusqu'à ma chambre.

— Uniquement parce que tu es sexy et mignon à la fois.

— Les grizzlis ne sont pas mignons. Ils sont terrifiants.

Dans ma chambre, je passai mon t-shirt par-dessus ma tête avant de descendre vers mon jean.

— Pas toi.

Hawke s'appuya contre la porte fermée et m'observa me déshabiller avec des yeux sombres. Il balaya librement des yeux mon corps, comme s'il ne l'avait jamais vu avant. Quand il me regardait, c'était toujours d'une manière qui me donnait l'impression d'être sexy.

Je dégrafai mon soutien-gorge et le laissai tomber par terre.

Son regard se posa directement sur mes seins, et il eut l'air affamé.

Puis je fis glisser ma culotte.

Ses yeux baissèrent un peu plus.

Je passai mes bras autour de ma taille et frissonnai.

— Brrr… il fait froid. J'aimerais tant que quelqu'un me réchauffe, dis-je d'une petite voix aiguë, comme celle d'une demoiselle en détresse.

Hawke resta appuyé contre la porte.

Je marchai jusqu'au lit avant de me mettre dessus à quatre pattes. Puis je le regardai par-dessus mon épaule.

— Tu viens, ou quoi ?

Il traversa la chambre en se déshabillant. Lorsqu'il fut débarrassé de ses vêtements, son érection jaillit, prête à l'action. Il observa mon cul comme s'il voulait en mordre un bout. Puis il rampa sur le lit derrière moi, sa queue pressée contre mon corps.

Il passa un bras sous ma taille avant de me retourner brusquement sur le dos.

— Je veux pouvoir te voir.

Ce fut toute l'explication qu'il m'offrit. Il s'installa entre mes jambes avant de passer un bras sous mes fesses. Puis il me souleva lentement le bassin et me pénétra d'un seul coup.

— Hawke…

Ma tête roula en arrière, tant le plaisir était intense. Il m'étira à fond, et cette plénitude fut légèrement douloureuse, mais délicieuse. Je plantai mes ongles dans ses avant-bras comme un chat. Je n'étais pas généralement si bruyante au lit, mais avec lui, j'étais incapable de la boucler.

Il continua à me pénétrer de toute sa longueur en grognant silencieusement. Ses yeux étaient posés sur mon visage, nulle part ailleurs.

— Magnifique, murmura-t-il.

Il déposa un baiser enfiévré sur mes lèvres et continua à plonger en moi.

— Tu as la plus belle des âmes, dis-je.

Je ne pensai pas à ce que je disais avant que les mots ne franchissent mes lèvres. Ça sortit tout seul, comme si c'était sur le bout de ma langue.

Hawke se figea à mes paroles, mais ses yeux ne quittèrent jamais mon visage. Puis il se mit à me prendre à nouveau, encore plus fort et plus vite.

— Non. C'est ton âme que tu vois – par mes yeux.

MARIE RENTRA UNE HEURE PLUS TARD, MAIS HAWKE ET MOI restâmes dans ma chambre. Nous étions tous les deux nus sous les draps, et n'avions aucune envie de bouger. Il se faisait tard et nous n'avions rien mangé.

— Je vais être forcé de te manger très bientôt.

Il me tenait tout contre lui dans mon petit lit double. Le matelas était suffisamment grand pour moi, mais c'était limite pour un grand mec comme lui.

— Je te préparerai quelque chose quand Marie ira se coucher.

— Comme quoi ?

— Ce que tu veux, dis-je en massant son torse. Et si je préparais le petit-déj ?

Il haussa un sourcil.

— Je sais que tu aimes les gaufres, dis-je en souriant à ce souvenir.

— J'ai toujours espéré que tu me prépares le petit-déj un jour.

Il embrassa doucement ma gorge avant de remonter vers mon visage.

— Alors… tu as eu des nouvelles de ta mère ?

— Pas depuis son départ.

Ses yeux s'assombrirent visiblement lorsque je la mentionnai.

— Elle a l'air sympa…

— Elle est sympa. Je suis toujours si furieux contre elle que parfois, j'oublie que c'est une femme bien. Elle est juste faible, et je déteste les faibles.

Je lui caressai le torse et le réconfortai de la seule manière que je connaissais.

— Peut-être que tu devrais appeler la police, la prochaine fois.

— Je l'ai déjà fait. Maman ment et leur dit qu'il ne s'est rien passé.

Mes yeux se remplirent de déception.

— Peut-être un thérapeute ?

— Je ne pourrai jamais la forcer à faire ça. J'ai déjà du mal à la sortir de cette baraque, parce qu'il la contrôle tout le temps.

Peut-être n'y avait-il pas de solution à ce problème.

— La seule manière d'arrêter ça, ce serait de le tuer, dit-il d'un ton dépourvu d'émotion. Et j'y ai déjà pensé.

Hawke était colérique et avait le droit de l'être, mais n'était pas un meurtrier.

— Mais tu ne le ferais pas.

— J'en ai eu l'opportunité – plusieurs fois. Je l'ai mis KO et abandonné son corps par terre. Il m'aurait suffi de lui défoncer le crâne. Et de le tabasser avec une batte, comme il le faisait quand j'étais petit.

Ses yeux perdirent leur netteté tandis qu'il revivait son enfance douloureuse.

— Tu vaux bien mieux que lui, et tu ne ferais jamais ça.

— Ma seule raison de ne pas l'avoir fait, ce sont les répercussions. S'il mourait et que j'allais en prison, il n'y aurait plus personne pour prendre soin de ma mère.

Il avait clairement réfléchi sérieusement à la situation.

— Peut-être qu'un jour, elle réalisera enfin qu'elle doit le quitter.

Il secoua la tête.

— Si elle ne l'a pas encore réalisé, elle ne le réalisera jamais. Elle affirme qu'elle l'aime, mais elle ne fait que le craindre. Il l'a lobotomisée, et elle croit que sa violence est une expression de son amour.

— Le syndrome de Stockholm.

— Exactement.

La lumière s'éteignit dans ses yeux lorsqu'il examina mon visage. Un million de pensées lui traversèrent l'esprit en même temps. Ses émotions étaient faciles à lire en scrutant son regard, mais ses pensées étaient une toute autre histoire.

— Si jamais je—

— N'en parle même pas.

Il ne me blesserait jamais. C'était idiot qu'il ose même y penser.

Il continua comme si je n'avais rien dit.

— Je ne voudrais pas que tu me pardonnes. Je voudrais que tu—

— Je te casserais la gueule, dis-je en soutenant son regard. Je ne m'écroulerais pas au sol. Je te défoncerais le crâne et je t'assassinerais au milieu de ma cuisine. Je ne suis pas comme ta mère. Je n'accepterais pas ces conneries. Mais ça n'arrivera jamais, Hawke.

Il ne sourcilla pas.

— Promets-le moi.

— Te promettre quoi ?

— Que si un jour je te faisais du mal, tu me tuerais.

Quelle conversation stupide !

— Tu ne poserais jamais la main sur moi.

— Promets-le moi, répéta-t-il d'un ton plus féroce.

— Je te donne ma parole.

Il finit par vider tout l'air de ses poumons et se détendre.

— Merci.

— Tu ne ferais jamais une telle chose. Comment peux-tu y penser ?

— Je pense à tuer mon père chaque jour, dit-il sans remords dans les yeux.

— Mais il le mérite. Tu perds parfois ton sang-froid, mais tu n'as jamais blessé personne. Arrête de supposer que tu es comme lui. Il n'y a aucune comparaison.

— J'aimerais pouvoir te croire… mais je ne suis pas sûr d'y arriver.

— Hawke.

Il me dévisagea silencieusement.

— Tu ne me fais pas peur. Tu ne devrais pas te faire peur non plus.

Il se mit sur le dos et observa le plafond, rompant notre contact visuel.

— Ne te détourne pas.

Il ne bougea pas.

Je roulai sur son torse avant de baisser les yeux vers lui. Mes cheveux cascadèrent sur mes épaules et atterrirent sur son cou.

— Je me sens en sécurité avec toi, je n'ai pas peur.

Il posa les mains sur mes fesses.

— C'est vrai ?

— Oui. Je me sens toujours en sécurité avec toi. Tu n'auras de cesse de douter de toi tant que tu ne croiras pas en toi. Cesse de te comparer à lui. Tu ne lui ressembles en rien.

Je l'embrassai doucement et sentis ma poitrine pressée contre la sienne.

Hawke me dévisagea d'un regard indéchiffrable. Il ferma les yeux, et je fus incapable de décoder ses pensées.

— Un jour, tu me croiras.

— Peut-être, murmura-t-il. Un jour.

18

Aucune échappatoire
Hawke

JE TERMINAI MES RECHERCHES POUR CITIBANK ET COMPILAI LE portefeuille de leurs opérations boursières récentes. Ils investissaient dans les compagnies d'assurance vie, et récupéraient un bénéfice conséquent sur leurs investissements. Le meilleur aspect de ce boulot, c'était ce genre d'information privilégiée. Je savais où investir mon argent et quand le faire. Grâce au fond limité que j'avais investi il y a longtemps, j'étais parvenu à multiplier mon solde. Mais je gardais le tout sur un compte épargne car j'ignorais quand j'en aurais besoin.

Rester assis dans mon box était pénible. Trois fines parois m'entouraient, et je pouvais entendre mes voisins parler au téléphone ou taper sur le clavier de leur ordinateur. Je rêvais d'avoir mon propre bureau avec vue. J'avais envoyé quelques CV à des boursiers de la Côte Est, et quelques-uns de New York, mais je n'avais pas été recontacté.

Et je ne le serais probablement pas.

Les grandes boîtes embauchaient en interne. C'était bien

plus facile que de parcourir des piles de CV. Ils embauchaient parfois un extérieur, mais la probabilité que ce soit moi était faible.

À la fin de la journée, je rangeai ma sacoche et me préparai à quitter mon box lorsqu'Axel s'approcha de mon bureau. Nous interagissions parfois, principalement par e-mail au sujet du travail. Mais nous n'avions pas eu de conversation personnelle depuis des semaines.

— Oui ? demandai-je en passant mon sac sur mon épaule.

Il se tenait devant moi, les mains dans les poches.

— Ça te dit d'aller boire un verre ?

Il voulait me parler ? Allait-il enfin cesser d'agir comme un crétin ?

— Bien sûr.

— Cool.

Il se frotta la nuque maladroitement, comme s'il ne savait pas comment se comporter avec moi.

Lorsque nous eûmes pointé notre sortie, nous quittâmes le bureau et sortîmes sur le trottoir.

— Tu veux aller au Grind ?

Il était trop tôt pour aller dans un bar.

— Pourquoi pas.

— Hawke ?

Le visage associé à cette voix me vint à l'esprit, et je serrai les dents.

Je me tournai pour voir Jessica se diriger vers moi, vêtue de vêtements et talons chics.

Sérieux ? Elle allait me faire chier maintenant ?

— Jessica, laisse-moi tranquille. J'en ai ma claque que tu me colles aux basques.

Combien de temps allai-je devoir continuer à jouer l'enfoiré avant qu'elle ne comprenne l'allusion ?

Axel la regarda d'un air suspicieux avant de tourner vers moi des yeux emplis de colère.

— Ce n'est pas ce que tu crois, lui dis-je rapidement, même si ça me donnait l'air coupable.

Axel continua à me fusiller du regard. Je me retournai vers Jessica.

— Dégage. Je dois te parler en quelle langue pour que tu comprennes ?

L'irritation n'apparut pas dans ses yeux comme je m'y étais attendu.

— Qui c'est, cette fille, bordel ? Et pourquoi elle décroche ton téléphone ?

— C'est ma copine. Et elle peut décrocher mon téléphone si elle veut.

— Copine ? Depuis quand tu as une copine ?

— Depuis que j'ai trouvé la bonne.

J'étais un enfoiré, mais je n'étais pas généralement aussi vicieux. Sur le coup, elle me faisait agir encore plus comme un bâtard qu'avant.

— Je suis désolé. Je n'ai rien d'autre à te dire.

— Mais on sort ensemble depuis presqu'un an !

Heu, non.

— On n'est jamais sortis ensemble. Je t'ai dit qu'on ne faisait que s'envoyer en l'air. Je suis désolé que tu aies supposé que ça menait quelque part.

— Je ne comprends pas..., dit-elle, les yeux larmoyants. Pourquoi pas moi ? Pourquoi elle ?

J'avais envie de m'arracher les cheveux et de hurler.

— Je ne sais pas, Jessica. Il n'y a rien qui cloche chez toi. Mais Francesca... c'est comme ça. Je ne peux pas l'expliquer. Je ne voulais pas te blesser, j'en suis désolé. Mais tu dois arrêter de m'appeler et de me suivre partout.

Elle croisa les bras et cligna rapidement des yeux.

— J'ai une copine et je suis heureux. C'est fini, Jessica. Rien de ce que tu fais ou dis n'y changera quoi que ce soit.

— Et quand ce sera terminé entre vous ?

— Ça ne se terminera pas entre nous.

Je n'avais pas réfléchi avant de parler. C'était sorti tout seul. Lorsque je n'avais pas le temps de réfléchir à une réponse, je disais la première chose qui me venait à l'esprit.

— Oublie-moi et passe à autre chose. Tu es très belle, Jessica. Tu peux avoir n'importe quel homme – sauf moi.

Elle hocha lentement la tête, au bord des larmes.

Étais-je enfin parvenu à lui faire comprendre ?

— Je suis désolé, dis-je, ne sachant pas quoi ajouter.

— Et bien… j'espère que tu es heureux.

— Je le suis.

Je n'allais pas minimiser cet aspect.

— Alors à un de ces quatre.

Elle renifla avant de s'éloigner rapidement. Ses talons claquèrent sur le trottoir tandis qu'elle marchait aussi vite que ses jambes le lui permettaient sans pour autant courir.

Je soupirai avant de me retourner vers Axel, m'attendant à son courroux.

Il était debout, les mains dans les poches.

— C'est terminé depuis avant Francesca.

Il leva une main pour me faire taire.

— Je sais. J'ai entendu ce qu'elle a dit.

Dieu merci !

— Ça te dit toujours d'aller boire un verre ?

Lorsque nous entrâmes au Grind, Marie était au comptoir, vêtue d'un tablier noir.

— Ooh… deux beaux étalons en même temps. Ça doit être mon anniversaire !

Axel retrouva immédiatement le sourire.

— Et j'ai oublié de t'amener un cadeau !

— C'est toi le cadeau, idiot.

Elle attrapa un bloc-notes et un Bic pour prendre notre commande.

— Qu'est-ce que je peux vous servir ?

Axel s'appuya contre le comptoir et lui lança son plus beau regard aguicheur.

— Qu'est-ce que tu recommandes ?

Je levai les yeux au ciel.

— J'aime bien le café frappé à la cannelle, dit Marie. Mais j'ai un gros cul.

— Un gros cul ? demanda Axel d'un ton surpris. Ce ne sont que des formes, chérie.

Je levai à nouveau les yeux au ciel. Marie rougit légèrement.

— Alors, qu'est-ce que ce sera ?

— Je prendrai ce que tu as dit, dit-il. Et ce que ce type-là veut.

— Un café noir, dis-je.

— Ça vient tout de suite.

Marie passa à la caisse puis se mit au travail.

Lorsqu'elle fut hors de portée d'oreille, je repris la parole.

— Garde-la dans ton froc.

— Quoi ? demanda-t-il d'un air innocent. Je ne faisais qu'être sympa.

— Tu l'as pratiquement giflée en pleine figure avec ta bite.

— Ooh… ça, ce serait marrant.

Je levai les yeux au ciel une troisième fois.

— Et voilà, dit Marie en posant nos cafés sur le comptoir.

— Merci.

Je les ramassai pour pouvoir nous asseoir aussi vite que possible.

— Tu sors avec quelqu'un ? demanda Axel.

— Juste mon vibro, lâcha Marie.

Devrais-je faire semblant de n'avoir rien entendu ?

— Bon, ben, si tu veux t'amuser un jour, tu devrais m'appeler, dit Axel.

— Peut-être que oui… peut-être que non. Savoure ton café.

Marie s'éclipsa dans la réserve.

Dieu merci, c'était terminé !

— Putain, elle a un de ces culs !

Axel s'installa dans le box le plus proche, sans cesser de regarder par-dessus son épaule.

— Je n'avais pas remarqué.

— Je parie qu'elle a une petite—

— Enfin bref… De quoi tu voulais me parler ?

Marie et moi n'étions pas proches, mais c'était la meilleure amie de Francesca. Je me sentais assez protecteur envers elle.

Axel cessa enfin de penser à Marie.

— Oh, ouais…

Je bus une gorgée de mon café puis jetai un coup d'œil à ma montre.

— J'ai bien réfléchi à tout ça…

Il tenta d'organiser ses pensées.

— Ce ne sont pas mes affaires, ce que fait ma sœur. Je ne faisais que vouloir la protéger, mais je sais que ce n'est pas mon rôle. Honnêtement, c'était pour son bien.

— J'en suis bien conscient.

— Tu es un mec loyal. On ne serait pas amis dans le cas contraire. Si elle te rend heureux et que tu la rends heureuse, qui suis-je pour m'interposer ?

— Merci de voir les choses ainsi.

— Mais… ne lui fais pas de mal, dit-il en me lançant un regard grave. Je sais que c'est une promesse impossible à tenir mais… essaye, s'il te plaît.

— Ne t'inquiète pas, Axel. Je m'occupe bien d'elle.

Il hocha la tête.

— Bon, c'est tout ce que je voulais dire.

— Donc c'est arrangé entre nous ?

— Ouais. Je sais que tu ne viendras plus chasser avec moi, mais tout le reste me manque. Et jouer au basket tout seul, c'est pas marrant.

— Peut-être qu'il te faudrait plus d'amis, le taquinai-je.

— La ferme, enfoiré, dit-il en riant.

— Francesca sera contente. Elle en avait marre que tu agisses comme un pleurnichard.

— Je n'agis pas comme un pleurnichard, dit-il en levant les yeux au ciel.

Je sirotai mon café en réprimant un sourire.

— C'est pas vrai, répéta-t-il.

— Pourtant, tu en as l'air.

Il plissa les yeux vers moi.

— Je peux retirer ma permission, tu sais ?

— Permission ? dis-je en éclatant de rire. Je ne t'ai pas demandé ta permission, et je n'en ai pas besoin. Ta sœur et moi sommes heureux, et tu peux juste la fermer et l'accepter.

Au lieu de se fâcher, il sourit.

— Tu m'as manqué.

— Tu m'as manqué aussi, dis-je en souriant.

JE FRANCHIS LA PORTE ET VIS FRANCESCA VÊTUE D'UN JEAN ET d'un pull.

— Tu es très jolie.

— C'est moi qui suis très jolie ? demanda-t-elle en se tournant pour me montrer son cul moulé par son jean. Ou c'est lui qui est très joli ?

Je me penchai vers elle et posai mes mains sur ses fesses.

— Les deux, dis-je en l'embrassant dans le cou.

Elle frotta son derrière contre mon entrejambe.

— Je viens de l'acheter chez Macy's et il me va comme un gant.

— Tout à fait, dis-je en la fessant gentiment. Mais il irait encore mieux par terre, au pied de mon lit.

— Je suis assez d'accord avec toi.

Elle se retourna et passa ses bras autour de mon cou. Quand elle me regardait ainsi, un frisson traversait tout mon corps. À chaque fois que je franchissais la porte, son visage s'illuminait de joie. J'étais la seule chose qui comptait.

— Tu m'as manqué.

— Tu me manques toujours.

J'entrouvris ses lèvres avec ma langue et l'embrassai doucement, sentant la chaleur remonter dans ma nuque. Mes mains se mirent à la guider jusqu'à sa chambre.

— Un petit coup avant d'y aller ?

— On va être en retard, dit-elle en continuant à marcher à reculons.

— Tu n'imagines pas à quel point je peux être rapide.

Je l'entraînai dans sa chambre et déboutonnai son jean.

— Tu vas me baiser comme un sauvage ? demanda-t-elle dans ma bouche.

— Je ne te baise jamais, dis-je en lui arrachant son jean et sa culotte.

— Tu es sûr ? Ça ne me dérangerait pas, tu sais ?

Je me débarrassai de mon jean et de mon boxer.

— Tu es une petite cochonne, pas vrai ?

Elle gloussa comme une écolière.

— Peut-être…

Elle se mit à quatre pattes au bord du lit.

Je posai les yeux sur son cul et sentit ma bite palpiter. Elle avait le corps le plus sexy que j'aie jamais vu. Maintenant, je n'avais plus du tout envie d'aller dîner. Je voulais rester ici toute la nuit. Je me positionnai devant son entrée et plongeai en elle.

Sa chatte était toujours étroite, plus étroite que toutes celles que j'avais connues. Lorsque je plongeai en elle, sa tête de lit claqua contre le mur. Je lui donnai toute ma sauvagerie – et tins parole.

— OK, MAINTENANT, ON DOIT VRAIMENT Y ALLER.

Elle enfila rapidement sa culotte et son jean.

Mes réflexes étaient un peu plus lents parce que j'étais fatigué et repu. J'avais encore envie d'elle – c'était toujours si bon.

— On pourrait pas remettre à plus tard ?

— Non.

Elle vérifia ses cheveux dans le miroir. Je l'observai en enfilant mes chaussures.

— J'ai parlé à Axel aujourd'hui.

— Il s'appelle pleurnichard. Appelle-le correctement.

— Ce n'est plus un pleurnichard, dis-je. Il s'est excusé et tout est arrangé.

— Il a fini par tourner la page ? demanda-t-elle en se tournant vers moi.

Je hochai la tête.

— Tout est arrangé.

Elle poussa un soupir de soulagement.

— Enfin, le drame est terminé !

— Et bien, il y en a un autre à l'horizon.

— Comment ça ? demanda-t-elle en posant les mains sur les hanches.

— Axel et Marie se tournent autour…

Elle haussa les épaules.

— Si Marie veut avoir le cœur brisé, c'est son problème. Je l'ai avertie, mais elle peut faire ce qu'elle veut.

— Peut-être que ce ne sera pas aussi mal que ce que tu crois.

— Non, je suis sûre d'avoir raison.

Je ne savais pas vraiment comment lui parler de son frère de la manière dont je le connaissais… parce que c'était délicat.

— Il est toujours honnête au sujet de ses intentions. Au moins, Marie saura à quoi s'attendre.

Et j'espérais qu'elle comprendrait que c'était tout ce qu'elle obtiendrait de lui.

19

Dîner
Francesca

J'ENTRAI DANS LA MAISON ET SERRAI YAYA DANS MES BRAS.

— Yaya, j'aimerais te présenter mon petit ami…

J'attrapai la main d'Hawke dehors et le tirai derrière moi dans l'entrée.

Les yeux de Yaya s'écarquillèrent jusqu'à atteindre la taille de melons.

— Oh, mon Dieu, c'est merveilleux, dit-elle en serrant Hawke dans ses bras et en l'embrassant sur chaque joue. Tu es un si bel homme. Ma petite-fille mérite le meilleur, et c'est toi.

Hawke lui rendit son étreinte avec un regard ému.

— Merci…

— Vous allez avoir de si beaux bébés, tous les deux.

— OK… ne nous emballons pas trop, dis-je en riant.

Ses paroles ne semblèrent pas mettre Hawke mal à l'aise.

— Merci de m'avoir invité à dîner.

— Oh, mon chéri, dit-elle en tapotant son épaule. Tu es toujours si poli.

J'adorais les voir ensemble. Je voulais toujours qu'il soit présent lorsque je rendais visite à Yaya. Une petite vision de nous venant lui rendre visite avec nos enfants fit palpiter mon cœur. Mais je repoussai cette pensée, sachant que c'était dans un avenir bien trop lointain.

— C'est si merveilleux, dit Yaya avant de se tourner vers moi et de baisser d'un ton. C'est un très beau spécimen. Bien joué.

Je levai les yeux au ciel.

— Yaya…

Hawke éclata de rire.

— Merci du compliment. Mais je crois que c'est moi qui ai trouvé le trésor caché.

Il passa un bras autour de ma taille et me lança un regard plein de tendresse.

Axel apparut de l'intérieur de la cuisine.

— Vous êtes en retard.

— Qu'est-ce que tu fais là ? lâchai-je.

— Yaya m'a invité, dit Axel. Et bonsoir à tous les deux.

Je ne m'étais pas rendu compte à quel point j'étais grossière.

— Désolé, c'est juste que je ne m'attendais pas à te voir.

Axel marmonna « petite peste » dans sa barbe, avant de s'approcher d'Hawke. Il le tapa du poing.

— Bonne chance avec elle.

— Merci, dit Hawke en lâchant un gloussement.

— Mettons-nous à table pour manger.

Yaya courut dans la cuisine et mit la table. Puis nous nous installâmes et nous servîmes des montagnes de nourriture dans nos assiettes.

— Tout a l'air délicieux, dit Hawke poliment. Merci beaucoup.

— Ce n'est rien, dit Yaya en balayant son compliment d'une main.

Je souris, sachant qu'elle était heureuse de nous avoir auprès d'elle.

— Quoi de neuf, Yaya ? demanda Axel.

— J'ai un élan, dit-elle avant d'avaler une bouchée.

Axel se figea.

— Quoi ?

— Il est juste arrivé dans le coin et n'est jamais reparti.

Yaya indiqua la porte de la cuisine. De l'autre côté de la fenêtre, nous pouvions voir la silhouette d'un immense élan. Ses bois étaient énormes et pesaient probablement autant que moi.

— Wow..., dis-je en cessant de manger pour le fixer des yeux. Il est énorme !

— Et si mignon, dit Yaya. Je lui ai acheté une belle couverture pour qu'il reste bien au chaud.

— Yaya..., dit Axel, semblant avoir du mal à trouver ses mots. Tu ne le laisses pas entrer dans la maison, n'est-ce pas ?

— Non, bien sûr que non, dit-elle en baissant les yeux vers son assiette.

— Il est..., dit Hawke, semblant avoir du mal à trouver le mot juste. Majestueux.

— Il pourrait détruire la maison avec ces bois, dis-je.

— Bambi ne ferait jamais ça, dit Yaya en continuant à manger.

— Quoi ? Tu l'as appelé Bambi ? demanda Axel.

— Ce n'est pas un mâle ? demandai-je.

— C'est une fille ?

Hawke dévisagea l'élan par la fenêtre comme s'il tentait de le découvrir.

— Ça lui convient si bien, dit Yaya. Quand je l'appelle Bambi, il répond.

— Il répond probablement parce que tu lui apportes de la nourriture, dit Axel.

— Il est très doux, dit Yaya. Et il reste toujours autour de la maison. J'aimerais construire une petite grange pour qu'il puisse s'abriter quand la neige tombe.

— Tu ne peux pas avoir un élan comme animal domestique, dit Axel.

— Ce n'est pas un animal domestique, riposta Yaya. C'est mon ami et il vit dehors.

Je lançai à Axel un regard pour le faire taire. Si Yaya voulait se lier d'amitié avec un élan, elle pouvait devenir amie avec un élan.

— Alors, comment êtes-vous tombés amoureux ? demanda Yaya.

Hawke se tourna vers moi et me demanda silencieusement si je voulais raconter l'histoire.

— Bon, tu veux la version courte ou la version longue ? demandai-je.

— Longue, dit Yaya. Je préfère toujours la version longue.

En revenant des cours, une explosion bruyante se fit entendre sur le côté droit de ma voiture. Ma voiture fut secouée et elle commença à glisser sur la rue verglacée. Je n'étais pas sûre de ce qui venait de se passer, mais je savais que je devais l'arrêter aussi vite que possible.

Tout comme mon père me l'avait appris, je me retins de freiner. Je continuai en ralentissant progressivement l'allure jusqu'à ce que la voiture s'arrête. Sur les routes verglacées du début du printemps, elle aurait facilement pu glisser et s'écraser contre un arbre.

Lorsque je sortis de la voiture, je me rendis compte que mon pneu avant droit était à plat. J'avais dû rouler sur une branche gelée ou un truc comme ça. Je l'examinai et réalisai que je ne pouvais pas réparer ça. Je n'avais pas de rustine.

J'étais morte de froid et mon souffle s'échappait sous forme de vapeur. Ma veste épaisse maintenait la chaleur de mon corps, mais je doutais qu'elle me réchauffe très longtemps. Je réexaminai le pneu avant d'ouvrir le coffre et d'en sortir la roue de secours. Il y avait également un cric et quelques outils.

Je n'avais jamais changé de roue. Je savais comment le cric fonctionnait, et je savais utiliser un tournevis, mais le reste m'était tout à fait inconnu. J'étais persuadée de pouvoir me débrouiller en réfléchissant à la marche à suivre.

J'installai le cric sous la voiture et tournai la manivelle jusqu'à ce que le pneu crevé soit surélevé par rapport au sol. J'utilisai ma paume de main pour faire tourner le pneu, et je me retrouvai avec de la crasse partout. Je ne voulais vraiment pas salir ma nouvelle veste, donc je la retirai même si je me sentais glacée.

OK… et maintenant, que faire ?

J'attrapai le démonte-pneu et tournai les boulons. Après les avoir tournés dans le mauvais sens, je recommençai dans l'autre. Il me fallut presque dix minutes pour les déboulonner et retirer le pneu. La roue était bien plus lourde que je ne m'y étais attendue, et je faillis tomber à la renverse.

Je passai ensuite quarante-cinq minutes à tenter d'installer la nouvelle roue. Mais malgré tous mes efforts, l'alignement était incorrect. Si je la laissais ainsi, je me retrouverais vite fait sur le bas-côté de la route. La nuit était tombée et il faisait noir, et je dus utiliser la lampe de mon téléphone pour pouvoir voir ce que je faisais.

Purée, qui aurait cru que changer un pneu était si difficile ?

J'étais censée dîner chez Hawke mais ça m'était complètement sorti de la tête en raison de la tâche qui me préoccupait. La solution de facilité aurait été d'appeler les secours mais je m'y refusais. En me concentrant, j'étais convaincue de pouvoir y arriver. Je réussissais toujours à faire tout ce que je voulais vraiment.

Mon téléphone sonna et le nom d'Hawke apparut sur l'écran.

J'avais oublié de l'appeler et de lui dire que je serais en retard.

— Allô ?

— Je sais que tu es toujours en retard mais... ça aurait été sympa de m'appeler pour me prévenir.

Il ne plaisantait qu'à moitié.

— Je m'excuse. J'ai un pneu crevé, et j'essaye de le changer.

— Quoi ? aboya-t-il.

— Mince, c'est vraiment dur. Ça fait une heure et demie que je me tue à la tâche.

Au lieu de rire, il gronda.

— Tu te fous de moi, là ?

Avais-je fait quelque chose de mal ?

— Quoi ?

— Pourquoi tu ne m'as pas appelé ? Je peux changer un pneu en deux secondes.

— Je pensais que je pourrais y arriver toute seule, jusqu'à ce que je réalise que... non.

— Il fait glacial et il fait noir, dehors. Tu es conne ou quoi ?

Maintenant, c'était à mon tour de gronder.

— Pas besoin d'agir comme un connard !

— J'agirai comme un connard tant que tu agiras comme une écervelée. Maintenant, où es-tu, que je vienne te chercher ?

— Je peux changer un pneu toute seule.

— Manifestement.

— Comment pourrai-je apprendre si tu ne me laisses pas le faire toute seule ?

— Je pourrais t'apprendre. Tu as pensé à ça, Madame je sais tout ?

Il était pratiquement en train de hurler au téléphone.

— Si tu vas pousser une gueulante, je raccroche.

— Tu ferais mieux—

Clic.

Je reposai mon téléphone avant de me remettre au travail.

Il rappela deux secondes plus tard. Je soupirai avant de répondre.

— Quoi ?

— Dis-moi où tu es.

— Pour que tu viennes me gueuler dessus ?

— Pour que je puisse changer ton pneu. Crache le morceau.

— J'ai bientôt fini. Je peux le faire toute seule.

— Tu commences vraiment à me faire chier, lâcha-t-il. Dis-moi où tu es ou—

Clic.

Il rappela immédiatement. Il exagérait vraiment.

— Quoi ? hurlai-je.

— SI TU ME RACCROCHES ENCORE AU NEZ, ÇA VA CHAUFFER !

Je levai les yeux au ciel et restai muette.

— Maintenant, dis-moi où tu es avant que je commence à ratisser les rues.

Je regardai autour de moi pour trouver le nom de la rue.

— Je suis à Gettysburg Park. Juste à côté du trottoir.

Là, c'est lui qui me raccrocha au nez.

Clic.

Il gara son pick-up devant ma voiture, dans la direction opposée au trafic. Ses phares restèrent allumés pour illuminer mon pneu avant. Lorsqu'il sortit, ses épaules étaient raidies, comme s'il se retenait de briser ma voiture en petits morceaux. Son regard menaçant aurait effrayé n'importe qui, sauf moi.

— Où est ta veste, PUTAIN ?

Il haletait, comme s'il était sur le point de péter un plomb.

— Dans la voiture. Je ne voulais pas la salir.

Le démonte-pneu était toujours dans ma main.

— Et tu préfères attraper une pneumonie ?

Il s'assit sur le trottoir à côté de moi et m'arracha l'outil de la main.

— Remets ta veste tout de suite.

Je restai assise sur place, sans bouger. Têtue, je n'obéissais pas aux ordres.

Il se tourna vers moi, les yeux brûlants.

— Remets-la, ou j'enlèverai ma chemise pour te la donner. Qu'est-ce que tu préfères ?

— Tu réagis de manière excessive, dis-je en enfilant ma veste.

— Je n'exagère pas. Tu es naïve, obstinée, et franchement, stupide.

— Je suis stupide ? m'exclamai-je. Pour avoir tenté de faire quelque chose moi-même au lieu d'appeler à l'aide ?

— Tu es stupide parce qu'il est passé vingt heures, qu'il fait nuit et que tu n'as aucune idée de ce que tu es en train de faire !

Il aligna le pneu sur l'axe avant de l'installer. Puis il serra les boulons le long du bord. Il était rapide et précis, comme s'il savait exactement ce qu'il était en train de faire.

— Il n'y a pas de mal à vouloir apprendre !

Il inspira profondément et ferma les yeux comme s'il voulait hurler. Après un moment, il se remit au travail. Il termina en moins d'une minute et vérifia l'équilibre du pneu.

— Tu aurais dû m'appeler.

— Je pensais pouvoir m'en sortir seule.

— Oui, bon, tu penses que tu peux tout faire toute seule, lâcha-t-il.

Il attrapa le pneu crevé et le balança dans le coffre.

— Je *peux* faire tout ce que je veux, tant que j'essaie.

Il ramassa le cric et les outils et les jeta dans le coffre à la suite.

— Boucle-la. Je ne veux plus t'entendre parler, là.

— Et bien, je ne veux plus te regarder non plus.

— Super, dit-il en s'approchant de moi d'un air menaçant, en continuant à crier. Le sentiment est partagé. Maintenant, rentre chez toi !

Il marcha vers son pick-up.

Je croisai les bras d'un air de défi.

— Tu crois que je ne vais pas te forcer ?

Il me lança un regard menaçant avant d'ouvrir la portière.

— Essaye pour voir, dis-je en campant sur ma position. Tu dois te calmer. Tu en fais vraiment tout un cinéma.

Il claqua la portière sans entrer dans sa voiture.

— C'est moi qui fait un cinéma ?

— C'est à ça que ça ressemble.

Il s'approcha de moi, les poings serrés.

— Tu es dans un putain de parc où traînent des criminels et des voleurs. La tête penchée parce que tu te concentres sur un pneu crevé que tu n'as aucune idée comment changer !

Il crachait pratiquement tant il était furieux.

— Si tu veux apprendre à changer un pneu crevé, fais-le dans ton allée un samedi matin, pas dehors dans le froid sans même porter de veste ! Prendre des risques stupides ne te rend pas plus forte. C'est plutôt le genre de merde qui te donne l'air irréfléchie et stupide.

Il se retourna et se dirigea vers son pick-up.

— Maintenant, rentre chez toi !

JE NE PARVENAIS PAS À DORMIR.

J'étais étendue dans mon lit et j'avais froid, même avec trois couvertures empilées sur le lit. Ce n'était pas pareil lorsque Hawke ne dormait pas avec moi. Je me tournai et me retournai, sans parvenir à trouver de confort.

La scène de notre dispute continuait à rejouer dans mon esprit.

Il était parfois trop impétueux et autoritaire. Il voulait mon bien, même si ça m'irritait. Mais au fond de moi, j'éprouvais un doute en repensant à mes propres actions. Je n'avais pas vraiment réfléchi. Ça avait commencé innocemment. Je pensais que je pourrais changer un pneu en cinq minutes. Quand une heure trente s'était écoulée, je n'avais pas réalisé où le temps avait filé.

Peut-être était-ce ma faute ?

J'avais refusé de l'appeler parce que j'étais trop fière. Mais tenter de dormir sans lui était une torture. Sans entendre sa respiration profonde et égale, j'étais perdue. Son souffle était comme une berceuse.

Mon téléphone s'éclaira en recevant un message.

Ramène ton cul dehors.

Il était trois heures du matin. Il ne m'envoyait plus de messages aussi tard dans la nuit, généralement parce qu'il dormait à mes côtés. Je supposais qu'il était aussi bouleversé que moi. Au lieu de lui renvoyer une remarque impertinente par message, j'enfilai mes vêtements avant de sortir.

Il était dans l'allée, portant les mêmes vêtements que plus tôt. Un regard haineux brûlait toujours dans ses yeux. Il me regardait comme s'il voulait me démembrer.

— Ah, tu portes une veste cette fois-ci !

— Si tu es venu ici juste pour me sermonner, dégage. J'ai besoin de dormir.

— Comme si tu dormais, dit-il en me mettant au pied du mur.

Je croisai les bras. L'air était glacial et sec. Respirer me faisait mal aux poumons.

Il s'approcha de moi mais maintint ses bras le long de ses flancs.

— Tu me dois des excuses.

— Pardon ?

— Comment oses-tu risquer ta vie pour quelque chose d'aussi stupide ! Souviens-toi qu'il y a des gens qui se soucient de toi. Arrête d'être égoïste et pense à eux, pour une fois.

— C'est toi qui es égoïste.

— Comment ça ? demanda-t-il en me dominant de toute sa taille. Parce que tu es importante à mes yeux ? Parce que je veux m'assurer que tu réfléchisses, pour une fois ? Tu n'es pas invincible. Tu es une petite femme qui peut être écrasée n'importe quand. Tu as la fausse impression que tu peux déplacer des montagnes alors que tu ne peux même pas changer un pneu. Grandis un peu !

Je repoussai son torse de toutes mes forces.

— Je peux me débrouiller seule !

Il chancela légèrement, mais il était clair qu'il n'avait bougé que parce qu'il avait été pris par surprise. La colère assombrit ses yeux.

— Manifestement pas.

Je le repoussai à nouveau.

— Alors va-t'en. Et cette fois-ci, ne reviens pas.

Cette fois, il ne bougea pas.

— Peut-être que c'est ce que je ferai.

— Bien. Je n'ai pas besoin d'un enfoiré qui me mène à la baguette.

— Et je n'ai pas besoin d'une morveuse qui agit comme une débile.

— Va te faire foutre, Hawke.

Je retournai vers la porte, prise de l'envie de la défoncer, tant j'étais en colère.

— Je ne veux plus te voir. Retourne à tes putes stupides—

Il me retourna et me poussa avec force contre la porte d'entrée. Sa main agrippa mes cheveux et les tira en arrière pour me forcer à le regarder. Sa force brute m'empêchait de bouger. J'étais piégée. Il pinça les lèvres avec férocité, raffermissant encore son emprise.

— Tu vois à quel point c'est facile ? dit-il en me repoussant contre la porte. Je pourrais te briser la nuque si je le voulais.

Je tentai de le repousser. Il ne bougea pas d'un poil.

— Qu'est-ce que tu vas faire ?

Je tentai de le repousser à nouveau.

— Tu ne peux rien faire.

Il déboutonna mon jean d'une main avant de le baisser.

Je tentai de lui donner des coups de pied.

Il le baissa et l'arracha pratiquement avant de baisser son propre jean. Puis il me hissa et pressa mon dos contre la porte. Ses lèvres trouvèrent les miennes, et dès qu'il les toucha, je m'abandonnai à lui. La rue était déserte et tout le monde dormait bien au chaud à l'intérieur, mais nous étions toujours en public.

Il déplaça ma culotte sur le côté avant de me pénétrer rapidement. Puis il me repoussa avec force contre la porte en m'immobilisant. Il agrippa mes cheveux et souffla dans ma bouche.

— Je t'aime, Muffin.

J'enfonçai mes mains dans ses cheveux en l'embrassant avec passion.

— Je t'aime aussi.

— Ne me fais plus jamais ça.

— Non, promis.

Lorsque nous étions unis ainsi, je n'avais plus la force de lutter. Je le voulais lui, je ne voulais que lui, juste comme ça.

Hawke et moi ne discutâmes pas une seule fois de notre dispute. Il ne nous restait plus rien à dire, et elle semblait réglée. Je savais que j'avais eu tort et lui aussi. Mais aucun d'entre nous n'avait fait d'excuses à l'autre.

J'étais d'humeur sombre ce jour-là en raison de la date. Dix ans plus tôt exactement, ma mère était décédée. Elle avait lutté longtemps contre le cancer, mais il avait fini par la vaincre. La chimio l'avait rendue faible et amorphe. Durant ses derniers jours, elle était bien pire. Je tentai de ne pas y penser car je ne voulais pas me souvenir d'elle ainsi. Ma mère était une femme incroyable. Elle était pleine de vie et amusante. J'avais toujours voulu lui ressembler en grandissant. Encore aujourd'hui.

Je ne prêtai aucune attention aux cours, j'étais trop distraite. Après le troisième cours de la journée, je laissai tout à fait tomber et rentrai chez moi. Je ne pouvais pas rester assise là à faire semblant de m'y intéresser. Je ne parvenais pas à prendre de notes, mon esprit était tout à fait ailleurs.

Je me glissai dans mon lit et tentai de dormir. L'inconscience serait mon seul réconfort. C'était plus facile de ne pas penser à mon chagrin et d'attendre que la journée se termine. Demain, je me sentirais mieux.

J'ignorais combien de temps j'avais dormi. Les bras de quelqu'un me secouant me ramenèrent à la réalité, un endroit où je ne voulais pas être.

— Frankie ?

J'ouvris les yeux et vis le visage de Marie.

— Hein... ? demandai-je d'une voix rauque.

— Hawke est là pour te voir. Il est dans l'entrée.

— Pourquoi ?

Je n'avais pas prévu de le voir. Nous n'avions même pas parlé aujourd'hui.

— Il ne m'a rien dit, dit-elle en frottant mon épaule. Ça va ?

— Oui, ça va.

Je ne voulais pas discuter de la mort de ma mère. Ça ne faisait que raviver ma souffrance.

— OK. Je serai dans ma chambre pour vous faire de la place.

Elle tapota mon épaule avant de sortir.

Me fichant bien de mon apparence, j'enfilai les vêtements que je trouvai et me dirigeai vers l'entrée. Hawke se tenait dans la cuisine, les mains dans les poches. Ses yeux étaient assombris, comme si son esprit était ailleurs.

— Hé..., dis-je en lui donnant un petit bisou avant de reculer. Tout va bien ?

Il ne répondit pas à ma question. Il ne fit que m'étudier, observer les sillons de chagrin sur mon visage. Il se tourna vers la table et attrapa un arrangement floral.

— Je pensais que nous pourrions rendre visite à ta mère.

Il était au courant ? Comment ? Axel le lui avait-il dit ?

— Je... comment le sais-tu ?

— Ton journal, dit-il avec un regard empreint de tristesse. Je comprendrais si tu voulais rester seule mais... je préfèrerais être seul avec toi.

Mes yeux se remplirent immédiatement de larmes. Je ne m'étais pas attendue à ce qu'Hawke fasse une telle chose, même s'il avait lu le journal.

— Je... je ne sais pas quoi dire.

— Il n'y a rien à dire.

Il passa les bras autour de ma taille et m'attira contre son torse.

— Je suis là.

Je me blottis contre lui et fermai les yeux.

Hawke me serra en silence, passant une main dans mon dos.

— Tu veux bien venir la voir avec moi ?

Il embrassa mon front.

— J'irais n'importe où avec toi, Muffin.

Je posai les fleurs sur la tombe avant de reculer pour examiner la stèle. Son nom et les années de sa vie étaient gravés dans la pierre. Axel et moi étions inscrits en-dessous, son héritage.

Hawke se tint derrière moi et passa ses bras autour de ma taille. Il posa son menton sur ma tête.

Il y avait déjà deux bouquets sur la tombe. Je savais que l'un d'eux venait de Yaya. L'autre était celui d'Axel. Nous faisions toujours notre deuil séparément, sachant qu'aucun d'entre nous ne pouvait vraiment faire face au chagrin de ce jour.

Mes lèvres tremblèrent et je sentis les larmes couler.

— Tu me manques, maman.

Hawke me serra plus fort et embrassa mes larmes.

Je refoulai mes larmes, mais elles étaient inévitables. Même après toutes ces années, le coup n'en était pas moins douloureux. Ne pas l'avoir à mes côtés était tout aussi douloureux en ce jour que dix ans plus tôt. Je m'efforçais d'être forte et de continuer ma vie, mais parfois c'était très dur, surtout aujourd'hui.

— J'aurais aimé que tu la rencontres.

— Moi aussi.

Il passa un bras autour de ma poitrine pour me rapprocher de lui.

— C'était la femme la plus gentille au monde. Quand j'étais malade, elle me préparait toujours un milkshake.

Il embrassa ma nuque.

— Et elle riait toujours… même à des choses que personne d'autre ne comprenait.

— Si elle ressemblait un peu à Yaya, je suis sûr qu'elle était incroyable.

— Elle était exactement comme Yaya, murmurai-je. Et encore mieux.

Hawke patienta le temps qu'il me fallait. Il m'entoura de ses bras durant tout ce temps pour m'empêcher de vaciller. Je n'avais jamais amené un homme pour rendre visite à ma mère. Je m'y rendais toujours seule – sauf aujourd'hui.

Je me retournai pour me blottir contre son torse.

— Je suis prête à y aller.

Il embrassa mon front.

— OK.

Je n'avais envie de rien faire à part rester au lit, et c'est ce que nous fîmes. Je restai nue sous les draps, à côté d'Hawke. Je ne cherchai rien de plus intime, et lui non plus.

Hawke me dévisagea, scrutant constamment mon visage pour voir si j'allais bien.

— Je déteste cette période de l'année, murmurai-je. Elle ramène des souvenirs douloureux.

Il plongea ses yeux dans les miens.

— Dans deux semaines, je me souviendrai du jour où je suis rentrée et ai trouvé mon père… du sang partout par terre, le pistolet encore chaud dans sa main.

Je ne pouvais rien faire pour effacer ce souvenir désagréable.

La main d'Hawke effleura mon flanc. Il voulait clairement me faire me sentir mieux, mais ne savait pas comment.

— Axel le déteste. Il ne parle jamais de lui. Et il ne lui rend jamais visite le jour de sa mort. Il n'est même pas venu à l'enterrement…

Hawke resta immobile, m'écoutant.

— Je ne lui en veux pas d'éprouver ça. Papa a choisi la solution de facilité et nous a abandonnés. Il nous a laissés à nous-mêmes, ne cherchant pas à nous épauler après la mort de notre mère. J'ai été furieuse durant très longtemps. Je l'ai détesté aussi...

Hawke déplaça sa main sur ma peau, me rappelant qu'il était là.

— Mais j'ai fini par lui pardonner il y a quelques années. Je sais à quel point il aimait ma mère. Comment pourrait-il continuer après avoir perdu celle qu'il aimait tant ? Comment pourrait-il voir la vie quitter ses yeux et ne pas vouloir la suivre ? Maintenant que j'aime moi aussi, je parviens mieux à le comprendre.

Hawke se pencha et embrassa doucement ma gorge.

— Mais Axel ne le comprend pas. Et je ne crois pas qu'il le comprendra un jour.

— Chacun a son propre rythme, murmura Hawke.

— Tu connais Axel aussi bien que moi. Quand il a décidé quelque chose, il ne change plus d'avis.

— Axel est compliqué, dit-il. Il est bien plus émotif qu'on ne le croit.

C'était un aspect de lui que j'ignorais complètement.

Hawke posa ses lèvres sur mon épaule.

— Tes parents seraient fiers de toi.

— J'espère bien...

— J'en suis certain, murmura-t-il. Tu es la personne la plus forte que je connaisse. Tu m'inspires à être un homme meilleur. Tu as changé ma vie. Je sais au fond de mon cœur que tu es la seule qui aurait pu y arriver, dit-il en m'embrassant doucement. Tu me donnes de l'espoir – et tu en donnes à beaucoup d'autres gens aussi.

20

À la croisée des chemins
Hawke

J'OUVRIS LA PORTE ET VIS FRANCESCA SUR LE SEUIL. ELLE ÉTAIT emmitouflée dans une veste et une écharpe. Son bonnet lui donnait un air adorable et sexy en même temps. Un récipient en plastique se trouvait entre ses mains, très probablement rempli de délicieuses pâtisseries.

— Wow... une femme sexy et une boîte de friandises. C'est du porno ?

Elle gloussa avant de rentrer.

— Je ne devrais pas porter de la lingerie pour ça ?

— Tu es canon vêtue de n'importe quoi. La plupart des filles ne peuvent y parvenir comme toi.

Je l'attirai brusquement contre moi pour l'embrasser.

Lorsqu'elle recula, elle avait un grand sourire sur le visage.

— J'ai préparé des brownies aux M&M's.

— Et moi qui pensais que tu aimais mon corps !

Elle fronça les sourcils.

— Ben oui, pourquoi ?

— Tu essaies de me faire grossir.

Je jetai un coup d'œil sous le couvercle pour voir les brownies au chocolat.

— Comme si tu pouvais être gros !

Elle passa une main sur mes tablettes de chocolat.

— Je dois courir beaucoup plus depuis que je t'ai rencontrée.

— Mais maintenant, tu t'entraînes d'une autre façon…

Elle entra dans la cuisine et posa le récipient sur le plan de travail.

Mon activité sexuelle était exactement la même qu'avant. Mais maintenant elle était bien meilleure et avec une seule personne. Mais je n'allais pas la corriger.

— Merci pour le cadeau. J'en mangerai plus tard.

— C'est agréable d'avoir quelqu'un pour qui cuisiner. Sinon, je ne cuisine que pour moi… et ça me donne l'impression d'être une ratée.

— Je trouve ça sexy. Une autre scène de porno.

Elle leva un sourcil, mais un sourire se dessina sur ses lèvres.

— J'en connais un qui regarde un peu trop de porno.

J'en regardais à l'occasion, avant de la rencontrer.

— Pas ces quatre derniers mois.

— Vraiment ? demanda-t-elle d'un air de défi.

— Vraiment.

Pourquoi le ferai-je, maintenant que je l'avais, elle ?

Elle détourna les yeux, comme si elle était déçue.

— C'est quoi, ce regard ?

— Rien.

Je m'approchai d'elle par derrière et la poussai contre le comptoir de la cuisine.

— Dis-moi.

— Je n'en ai pas envie.

Je la forçai à se retourner.

— Tu peux tout me dire. Tu le sais bien.

— C'est embarrassant..., dit-elle en baissant les yeux.

— Hé. Regarde-moi. Dis-moi.

Mon ton de voix la poussa à lever les yeux. Elle soupira, avant de miraculeusement faire ce que je lui avais demandé.

— Je me suis toujours demandé à quoi tu pensais en te masturbant.

Était-elle en train de plaisanter ?

— Pourquoi ?

— Parce que c'est à ça que je pensais quand j'utilisais mon vibro.

Les cheveux se dressèrent sur ma tête, alertes. Mon cœur martela dans ma poitrine. L'idée qu'elle se masturbe en pensant à moi m'allumait plus que tout.

— Vraiment ?

— Vraiment, dit-elle en me regardant avec assurance.

— C'est très sexy.

— Ah oui ?

— Oui. Et avant de me connaître, tu pensais à quoi ?

Elle haussa les épaules.

— Je regarde du porno aussi.

— Où étais-tu, toute ma vie ?

— Je t'attendais, dit-elle en gloussant.

Je l'approchai de moi.

— Je ne me suis jamais imaginé avec une seule femme, mais si ça avait été le cas, ça aurait été toi.

— Je savais déjà à quoi ressemblerait mon mari avant de te connaître.

— Ah ouais ?

— Bon, il n'avait pas vraiment de visage.

Elle posa un baiser sur mon cœur.

— Mais maintenant si.

Nous restâmes couchés au lit, même s'il était encore tôt. Toute cette discussion de branlette et de vibros m'avait allumé, et je l'avais prise au bord du lit, le visage enfoui entre ses fesses.

Putain, qu'est-ce que c'était bon.

Maintenant j'étais couché au lit à côté d'elle, sentant son pouls sous mes doigts. Les moments que nous passions enlacés ainsi étaient ceux que je convoitais le plus. Ils apaisaient ma douleur et guérissaient mes blessures. Nous ne disions rien, mais le silence valait plus que des mots.

Le lien qui nous unissait n'avait fait que se renforcer depuis notre premier regard. Notre horrible dispute n'avait en rien étouffé le feu qui nous reliait. Même si nous nous énervions, ce qui nous unissait restait intact. Je réalisais que je me perdais de plus en plus en lui donnant tout ce que j'avais.

Mais ça ne me dérangeait pas.

Nous fusionnions en une seule personne, une entité. Je ne pouvais le décrire d'aucune manière qui ne semble pas complètement folle. Elle serait la seule à comprendre ce que je tentais d'exprimer.

Elle rampa sur mon torse et poussa un soupir silencieux. Je m'étais habitué à ses petits bruits. Sans besoin de parler, je savais ce qu'elle voulait et à quoi elle pensait. Elle traça une ligne de baisers sur mon torse puis sur la ligne de mes poils. Puis elle posa des baisers légers sur mon soldat. Il se mit au garde-à-vous d'un coup.

Elle remonta sur mon torse et l'inséra en elle. Il fallait toujours une seconde à son corps pour s'ajuster à mon membre. Il était simplement trop gros, et elle trop petite. Mais en nous caressant là où il fallait, ça fonctionnait.

Comme toujours, elle poussa un cri en me sentant plongé

jusqu'aux bourses en elle. Sa tête roula en arrière et elle planta ses ongles dans mes flancs.

Putain, elle était si sexy ! Elle n'avait aucun effort à faire. C'était naturel, chez elle. Ce n'était ni gauche ni forcé. Elle savait exactement ce qu'elle faisait.

Elle posa les mains sur mon torse en se déhanchant de haut en bas. Ses gémissements se firent plus bruyants, et c'était comme si parfois je n'étais même pas là. Elle se donnait simplement du plaisir.

Ce qui ne me dérangeait pas non plus.

— Hawke...

Je pinçai ses nichons remontés tandis qu'elle me chevauchait sauvagement.

— Francesca...

J'adorais prononcer son nom au lit. Ça suffisait à m'allumer encore plus.

Elle posa mes mains sur sa taille avant d'agiter ses seins contre mon visage.

Putain de bordel de Dieu !

Elle caressa ses tétons tout en se déhanchant sauvagement.

C'était clair qu'elle avait déjà vu du porno.

Elle continua à gémir et à se caresser, m'offrant la meilleure partie de jambes en l'air que j'aie connue.

Je ne pouvais plus attendre. Je la roulai sur le lit avant de m'installer entre ses cuisses. Mon coup de rein la pénétra férocement. Elle m'avait bien baisé, mais là je devais la baiser à mon tour. J'inclinai ses hanches et m'enfonçai encore plus profondément, lui soutirant un cri à chaque va-et-vient. Ses cheveux étaient étalés sur l'oreiller, et ses yeux verts étaient assombris par le plaisir.

— Francesca...

Je partageais des ébats incroyables avec la seule femme qui comptait pour moi. Parfois, j'ignorais si le sexe était aussi bon parce qu'elle était tout bonnement incroyable, ou parce qu'elle était tout pour moi. Peut-être un mélange des deux.

Elle remonta une main sur mon torse avant de la poser sur mon cœur. Le toucher était intime d'une manière inexplicable. Ses doigts s'attardèrent, sentant le battement erratique de mon cœur. Ses yeux étaient rivés aux miens mais ses doigts exploraient mon corps, caressant la zone que je pensais brisée.

Puis elle s'inclina vers l'avant pour poser ses lèvres sur ma peau. Son baiser était long et tendre, et possédait plus d'amour que je n'avais connu dans ma vie. Le lien qui nous unissait devint à toute épreuve. Il était à présent invulnérable, même s'il l'avait toujours été. Elle s'était offerte à moi comme jamais auparavant.

Et je m'offris à elle.

— TU PRÉFÈRES LEQUEL ?

Francesca se tenait au comptoir de la cuisine, devant les deux fournées de brownies.

— Ils sont tous les deux super bons, dis-je en haussant les épaules.

— Non, tu dois en choisir un. Tu préfères ceux aux M&M's ou ceux au chocolat blanc ?

— Honnêtement, ils sont tous les deux délicieux.

Elle me fusilla du regard.

— Je ne peux pas avoir trop de choix. Sinon, les gens seront déroutés.

— Pourquoi je dois être ton cobaye ?

Elle posa une main sur sa hanche.

— Tu n'aimes pas avoir des brownies gratuits ?

— Je n'ai pas dit ça... mais je ne suis pas le meilleur goûteur. Tu devrais peut-être demander ça à des enfants.

Elle leva les yeux au ciel.

— C'est une simple question.

— Alors pourquoi n'y réponds-tu pas toi-même ?

— Parce que je suis biaisée.

— D'une bonne manière, dis-je. Tu connais mieux tes affaires que moi.

Elle pinça ses lèvres en une fine ligne et me lança un regard noir. Au lieu de m'intimider, je la trouvai mignonne.

— Tu es la personne la moins menaçante que j'aie rencontrée. Tu ferais mieux de ne pas perdre ton temps.

Son visage s'empourpra, comme si elle était sur le point d'exploser.

— Pourquoi tu ne—

— Ceux aux M&M's. Putain, on peut passer à autre chose, maintenant ?

— Merci.

Elle referma les couvercles de chaque récipient.

— Demande à Marie d'être ton cobaye, la prochaine fois.

— Elle est obsédée par ses formes.

Quelles formes ? Elle avait la peau sur les os.

— Où comptes-tu ouvrir ta pâtisserie, Muffin ?

Elle n'allait pas vraiment l'appeler La fille aux Muffins, mais je trouvais ça accrocheur.

— Aucune idée. Ce serait pratique de l'ouvrir ici, mais je ne crois pas que ce soit le meilleur endroit.

— Tu as un autre endroit en tête ?

— Ben, je pensais que ce serait génial d'ouvrir à Manhattan. Mais… tu sais comme c'est difficile de se lancer là-bas.

Manhattan ?

— C'est la ville la plus compétitive au monde, mais si tu as un bon produit, c'est l'endroit le plus lucratif qui soit, dis-je.

— Je sais que mes pâtisseries sont bonnes, mais je ne crois pas qu'elles soient *si bonnes que ça*.

— Si, elles le sont, dis-je sans hésiter.

— Tu n'arrivais même pas à décider quel brownie tu préférais !

— Parce qu'ils sont bons tous les deux. Tu pourrais réussir à Manhattan si tu essayais. J'en suis certain.

— Vraiment ?

Son assurance s'évanouit, et elle sembla un peu effrayée.

— Je ne t'enverrais pas dans une fosse aux serpents si tu n'y étais pas prête.

Elle se détendit légèrement.

— Tu devrais te lancer, insistai-je.

— Ce sera tellement cher…

— Je pourrais t'aider.

— Louer un commerce à Manhattan n'est pas gratuit.

J'ignorai son commentaire.

— J'en suis conscient. Mais quand tu seras prête à te lancer, j'aurai commencé à travailler, donc j'aurai plus d'argent.

Ses yeux s'adoucirent.

— C'est très gentil de ta part, mais je ne veux pas de ton argent.

— Pourquoi pas ?

— Parce que c'est mon rêve et pas le tien. Je me débrouillerai seule.

Son obsession de l'indépendance était parfois frustrante.

— Tu as l'intention de demander un prêt ?

— Oui. Et j'ai aussi tout ce que mes parents m'ont laissé, donc ça m'aidera beaucoup. Je n'aurai pas besoin d'emprunter tant d'argent… mais ce serait dommage de tout perdre.

Je n'avais pas pensé à son héritage.

— Et je suis certain qu'Axel me donnerait sa part si je promettais de lui rembourser.

Je savais qu'il la lui donnerait même si elle ne le remboursait jamais.

— On dirait que tu as un plan.

— Peut-être, oui.

Elle empila les récipients l'un sur l'autre.

— Tu déménagerais à New York ?

Je ne lui avais pas parlé de mes entretiens d'embauche parce que j'avais toujours supposé qu'elle voudrait rester ici.

— Oui.

— C'est vrai ?

— C'est là que j'ai toujours voulu travailler.

— Oh... et bien, ça a été facile.

— Mais je t'aurais suivie de toute manière.

Je l'aurais suivie n'importe où, juste pour être avec elle.

— Bon, ben, la conversation a été plus facile que prévu.

Elle reprit son air insolent.

— Axel a toujours voulu y vivre aussi – pour son travail.

— Ça ne me surprend pas. Il y a bien trop de beautés pour qu'il reste ici.

Je gloussai.

— Tu as raison là-dessus.

— Yaya devra peut-être vivre avec moi pendant un bout de temps.

— Elle déménagerait aussi ? demandai-je, surpris.

— Bien sûr. Je ne la laisserais pas seule ici. Et elle ne voudrait pas rester ici.

C'était si gentil de sa part. J'aurais aimé que ma mère m'accompagne aussi. Mais ça n'arriverait pas. Cette pensée me hanta à nouveau. Peu importe ce que je faisais, j'étais condamné à souffrir. Serais-je un jour vraiment heureux ? Aurais-je un jour tout ce que je désirais ?

Francesca observa mon visage, consciente des pensées qui me traversaient l'esprit, comme si elle les voyait sur un écran télévisé.

— C'est hors de ton contrôle, Hawke.

Je détournai le regard pour qu'elle cesse de lire en moi.

Elle s'approcha de ma chaise et posa une main sur mon épaule. Ses doigts frottèrent mes muscles avec tendresse.

— Si je reste ici, je serai misérable. Je décrocherai ses appels et irai la sauver et la verrai souffrir. Mon passé me pourchassera toujours. Mais si je pars… je ne serai plus là pour la protéger. Quel genre de personne serais-je si je lui faisais ça ?

Il n'y avait pas de réponse facile, et je savais que même Francesca n'avait pas de solution.

— Tu as fait tout ce que tu pouvais faire pour protéger ta mère. Tu lui as parlé et tu as appelé la police. Malheureusement, c'est impossible d'aider quelqu'un qui ne veut pas être aidé.

Elle glissa les doigts dans mes cheveux.

— Tu mérites d'avoir la vie que tu désires, Hawke. Ta mère voudrait que tu sois heureux. Ne la laisse pas te retenir.

— Et s'il lui arrivait quelque chose ?

Elle poussa un profond soupir, comme si elle jugeait sa réponse avant de la prononcer.

— C'est un risque même si tu restes ici. Un jour, tu seras trop loin ou elle ne pourra pas te téléphoner à temps. Je sais que ce n'est pas ce que tu veux entendre… mais tu ne peux rien y faire.

La vérité me déchira le cœur. Être incapable de protéger un être cher était le pire sentiment au monde. Parfois, j'avais envie de capturer ma mère et de la cacher loin de lui. Mais elle se libérerait de mon emprise et retournerait chez son bourreau.

Francesca s'installa sur mes genoux et posa son front contre le mien. Elle continua à glisser ses doigts dans mes cheveux, pressant sa poitrine contre la mienne.

— J'aimerais arranger les choses pour toi.

— Je sais… mais tu m'as réparé, moi.

Je l'approchai de moi et blottis mon visage contre sa poitrine. Son odeur me submergea, et me rappela nos nuits de plaisir sous les draps. Ma vie avait tellement changé depuis que j'avais posé les yeux sur elle. J'étais si différent que je me reconnaissais à peine. Elle faisait ressortir mon meilleur côté et m'amenait à croire en moi-même. J'ignorais ce que j'avais fait pour la mériter, mais je n'allais pas remettre ça en question.

— Tu m'as réparée aussi.

21

De l'avant
Francesca

MON COURS DE DÉONTOLOGIE COMMERCIALE SE TERMINA ENFIN, ET je sortis de classe plus vite qu'un pilote éjecté d'un avion. Maintenant que j'en étais au milieu de mon dernier semestre de cours, ma motivation de conserver de bonnes notes avait chuté. Je me fichais pas mal du droit ou de la théorie commerciale.

Je voulais juste ouvrir ma pâtisserie.

— Salut, Frankie.

Je me retournai et vis Jason s'approcher de moi. Nous étions sortis ensemble quelques mois plus tôt, mais après l'avoir embrassé, j'avais réalisé que ça ne mènerait à rien. Il n'y avait aucune étincelle entre nous, du moins pas de mon côté. Avec Hawke, chaque baiser était comme le quatorze juillet. Avec Jason, c'était une bougie qui vacillait au vent.

— Hé, ça va ?

Nous avions des amis communs, donc nous nous voyions de temps en temps.

— Comment était le cours ?

— Rasoir. J'aurais dû apporter mon oreiller.

Il éclata de rire.

— Le prof ne te donnerait jamais de recommandation après ça.

— Comme si j'en voulais une.

Nous suivîmes le sentier qui menait au parking. La météo était toujours froide, mais le printemps avait éclos. Des fleurs bourgeonnaient du sol, et les feuilles vertes étaient de retour.

— Quoi de neuf dans ta vie ?

Il portait un t-shirt rouge qui accentuait son torse massif. Ses cheveux étaient châtain clair et ses yeux verts, et il plaisait à toutes les filles. C'était un homme séduisant. C'était pour cette raison que j'étais sortie avec lui. Mais il n'y avait rien de plus que ça.

— Les cours, le boulot.

— Comment ça se passe au Grind ?

— Gavant.

Il rit.

— Tu devrais amener un oreiller aussi, alors ?

— C'est ce que je ferais si je ne devais pas payer mon loyer.

— Tu devrais vendre tes muffins, tu récolterais ce qu'il te faut en un rien de temps.

— Ce serait sympa, dis-je. Avec un petit stand devant chez moi.

— Et je vendrais de la limonade pour payer mon essence.

Je ris et continuai à marcher.

— Tu as quelque chose de prévu ce soir ? demanda-t-il.

— Boulot, puis je dois étudier.

— Et si je venais étudier avec toi ?

J'ignorais si c'était une offre amicale ou un genre de second rendez-vous. Parfois, c'était difficile à dire.

— Tu ne ferais que me distraire.

— Il faut bien que tu manges à un moment donné. Je pourrais venir te chercher quand tu voudras faire une pause ?

Un rendez-vous, donc.

— En fait... j'ai un petit ami.

Je ne l'avais jamais mentionné car je ne parlais pas si souvent en tête-à-tête avec Jason.

— Ah oui ? demanda-t-il sans parvenir à cacher sa surprise. Depuis quand ?

— Euh... ça dure depuis quelques mois.

Maintenant, il semblait encore plus dérouté.

— Mais on est sortis ensemble le mois passé.

— Ben... c'est compliqué. On se connaissait depuis quelques mois, et on est sortis ensemble juste après notre rendez-vous.

— Oh, dit-il en hochant lentement la tête. C'est qui ?

— Il s'appelle Hawke, dis-je en tentant de ne pas trop sourire. C'est un ami de mon frère.

— Oh..., dit-il d'un air déçu.

Je me sentais mal de l'avoir blessé, mais je n'allais pas cacher ma relation avec Hawke. Si une fille le draguait, il ferait mieux de lui dire que j'étais la seule à occuper son lit. Sinon, je le dirais à sa place.

— Je viens de me souvenir... je dois aller quelque part.

Il s'arrêta net et se retourna dans l'autre sens.

— À un de ces quatre.

Sans attendre mon au revoir, il disparut.

La fin de notre conversation avait été maladroite et tendue, mais je le laissai faire. Si je tentais de m'excuser, se serait sans doute pire. Je me dirigeai vers ma voiture avant de sortir mon téléphone.

Qu'est-ce tu fais, Grizzli ?

Je sors de la douche. Qu'est-ce tu fais, Muffin ?

Un petit coup avant le travail ?

Il répondit immédiatement.

Ramène ton cul sur-le-champ.

— Ça a dû être assez gênant.

Marie nettoya le comptoir avant de lancer la loque dans le seau de désinfectant.

— Ouais… vraiment gênant.

— Pourquoi il ne t'a pas invitée à sortir plus tôt ?

Je haussai les épaules.

— Peut-être que Jason sortait avec une autre fille en même temps. Aucune idée.

— Il a loupé sa chance. Il est vraiment mignon, mais Hawke est bien plus canon.

— Sans blague !

Marie regarda l'heure avant de soupirer.

— Pourquoi est-ce qu'elle tourne si lentement ?

— Parce que nos vies craignent, lâchai-je. Quoi de neuf de ton côté ?

— Pas grand-chose. Mike m'a invitée à sortir.

— Ooh… il est mignon.

Et c'était aussi l'ami de Jason.

— Oui. Je crois que je vais accepter et voir où ça mène. C'est probablement un bon coup.

— Peut-être.

On aurait dit que rien ne s'était passé avec mon frère, ce qui était une bonne nouvelle.

— Axel t'a emmerdée ?

Ses joues devinrent rouges comme des tomates. *Dégueu !*

— Je ne veux pas en entendre parler, dis-je en levant une main pour qu'elle se taise.

Marie continua à sourire.

— Calme-toi. Je ne te dirai rien.

Je frissonnai de dégoût. Marie méritait bien mieux que mon frère. En fait, toutes les femmes méritaient mieux que mon frère.

La clochette sonna au-dessus de la porte et Marie jeta un coup d'œil vers l'entrée.

— Et bien et bien et bien… ça alors.

— Axel ? demandai-je en regardant par-dessus le comptoir.

— Jason.

Qu'est-ce que Jason venait faire ici ?

— Peut-être qu'il est là pour te récupérer.

Marie gloussa légèrement à sa blague.

— J'en doute.

— Alors qu'est-ce qu'il viendrait faire ici ?

Ça, je l'ignorais. Notre dernière conversation avait été tendue et bizarre.

— Peut-être qu'il veut boire un café. Après tout, c'est ça qu'on vend.

Marie leva les yeux au ciel.

— Ne joue pas l'idiote. Nous savons toutes les deux ce qu'il vient faire ici.

Elle ramassa la loque et entra dans la réserve, me laissant seule avec l'homme devant le comptoir.

J'espérais sincèrement que ce n'était qu'une coïncidence.

Jason s'approcha du comptoir, vêtu d'un pull gris.

— Hé. Tu sauves le monde, un café à la fois ?

— Quelque chose dans le genre, dis-je en tambourinant mes doigts sur le comptoir. Qu'est-ce que je peux te servir ?

Il posa les yeux sur le menu.

— Qu'est-ce que tu recommandes ?

— Je bois n'importe quoi tant qu'il y a de la caféine dedans.

— Bon, ben, ça me facilite vraiment la tâche…

Je gloussai.

— Le macchiato au caramel est très populaire.

— Trop sucré.

Je tentai de ne pas lever les yeux au ciel.

— Alors tu décides.

— Quelque chose de plus sucré qu'un café noir mais pas aussi sucré que ces mélanges de boissons à la crème fouettée ?

— Hmmm..., dis-je en me retournant pour examiner le menu.

La cloche sonna au-dessus de la porte, mais j'étais si habituée au bruit que je l'ignorai.

— Un frappaccino, peut-être. C'est juste un café mixé.

— Je crois que tu es sur la bonne piste...

Je me retournai vers lui.

— C'est ce que tu veux ?

— Oui, pourquoi pas. Sans crème.

J'en pris note.

— Alors, tu as amené un oreiller ?

— Non, dis-je en riant. J'ai oublié.

— Et bien, je pourrais toujours aller t'en chercher un vite fait. Rose, ça te va ?

— Qu'est-ce qui te fait croire que j'aime le rose ?

Quel stéréotype !

— Les jolies filles aiment le rose, dit-il. Et tu m'as dit que tu préparais un cupcake rose quand on est sortis la dernière fois.

J'avais totalement oublié ça.

— Oh, ouais...

— Comment c'était ?

— J'en sais trop rien... je l'ai mangé trop vite.

Il gloussa.

— Je ne sais pas où tu les mets. Tu as un corps parfait.

Je finalisai la vente rapidement, n'aimant pas trop la direction que prenait cette conversation.

— 3,45 dollars.

Il me tendit sa carte et je l'insérai dans le lecteur.

— Tu as terminé quand ?

— Pas avant vingt et une heure, dis-je en lui tendant son café.

— À plus tard, Frankie.

— À plus, Jason.

Il prit son café et sortit.

C'était étrange. Notre dernière conversation avait été gênante, mais là, il me parlait comme si rien ne s'était passé. C'était un coup de fouet.

— Personne suivante, dis-je en fermant la caisse et en levant les yeux.

Hawke se tenait devant moi. Et il semblait furax.

Oh, merde.

Ses yeux étaient aussi noirs que le charbon, et ses épaules musclées gonflées de sang. Il avait la même expression qu'un ours avant d'attaquer. Sa bouche était fermée et formait une ligne mince, mais c'était clair qu'il voulait me gueuler dessus.

Il avait dû entendre notre conversation.

Il me dévisagea en silence.

Je soutins son regard et tentai de ne pas m'effondrer de terreur. Je me tenais toujours debout et je ne reculais jamais, mais ça ne voulait pas dire que je n'avais pas les chocottes de temps en temps.

— Un de tes amis ? demanda-t-il d'une voix pleine de condescendance.

— Un ami commun.

— Avec qui tu es sortie ?

Ouaip, il avait entendu notre conversation.

— C'était il y a longtemps.

— Alors qu'est-ce qu'il venait foutre ici ?

Il était sur le point d'exploser.

— Nous sommes toujours amis.

— Des amis qui flirtent ensemble ?

Maintenant, c'était mon tour d'être en colère.

— Je ne flirtais pas. Il sait que j'ai un petit ami.

— Et pourtant, il vient ici juste pour te parler ?

— Je ne contrôle pas ses actions. Ce n'est pas le moment idéal pour cette conversation.

Je tentai de baisser d'un ton, mais j'avais du mal.

— Tu préfèrerais parler d'oreillers et de cupcakes roses ?

Il était fou de colère.

— Hawke, sors d'ici !

Au lieu d'argumenter ou de claquer son poing sur le comptoir, il recula.

— Je pense que c'est une bonne idée. À un de ces quatre, Frankie.

Il sortit en trombe sans un regard en arrière. Il ne m'avait pas insultée, mais il ne m'appelait jamais Frankie.

Uniquement Muffin.

Je toquai à sa porte.

— Hawke ?

Pas de réponse.

Je martelai plus fort du poing.

— Ouvre la porte.

Silence.

— Ouvre la putain de porte ou je vais la défoncer !

La porte s'ouvrit à la volée.

— Tu ne ferais que te casser le pied et ma porte n'aura pas une égratignure.

Il rentra à l'intérieur et laissa la porte entrouverte.

— Alors, qu'est-ce que tu veux ? Je suis occupé.

Je refermai la porte derrière moi.

— Occupé à quoi ?

— Jessica va bientôt arriver, dit-il en me regardant dans les yeux. On va traîner un peu ensemble, tu vois, comme des amis.

Il agissait comme un gosse.

— Tu dois te calmer.

— Me calmer ? Je suis calme.

Il poussa un rire sarcastique avant de balancer une lampe par terre, où elle se brisa.

— Tu vas être ruiné si tu continues à devoir remplacer tout ton mobilier.

Il attrapa une autre lampe et la jeta par terre.

Je ne pouvais pas lui parler lorsqu'il agissait ainsi.

— Tu n'as aucune raison de te sentir menacé.

— Donc c'est OK qu'un ex vienne flirter avec toi quand tu travailles ? Si c'est le cas, il y a des tas de filles au boulot qui n'ont pas encore fait l'expérience de mon charme.

— Ce n'est pas mon ex !

— Tu es sortie avec lui. Tu l'as embrassé.

— Et je ne l'ai plus revu après ça. Ça t'a échappé ?

Ses yeux étaient complètement exorbités.

— Il t'a quand même touchée – et ça ne me plaît pas.

— Tu exagères.

Il fonça sur moi plus vite qu'un éclair et me domina de toute sa taille. Il me repoussa contre la porte avant d'attraper mes poignets.

— Je ne partage pas !

Il haletait contre mon visage, serrant mes poings.

— Tes ex t'ont appelées, des filles avec qui tu as couché, et je n'ai jamais réagi comme ça.

— Parce que tu ne les as pas vues en face. Si c'était le cas, nous savons tous les deux que tu aurais poussé une gueulante.

— Pas comme ça.

Il me serra plus fort.

— Je ne veux plus que tu le revoies. Je te l'interdis.

— Tu me *l'interdis* ? répétai-je en inclinant la tête, la voix empreinte de sarcasme. Tu ne me dis pas ce que je peux faire ou pas.

— Intéressant, dit-il en m'écrasant avec son corps. C'est ce que je viens de faire.

Je tentai de le repousser, mais il était trop lourd.

— Je ne laisse personne me mener à la baguette – surtout pas toi. Tu devrais me faire confiance, pas me contrôler. Si c'est comme ça que tu veux que ce soit entre nous, alors je dégage.

— Essaye pour voir.

Je tentai de lui donner un coup de genou, mais il le bloqua.

— Je ne veux plus jamais voir ce connard dans tes parages.

— Je te l'ai dit, nous avons des amis communs.

— Est-ce que j'ai l'air de m'en soucier ?

Je me tortillai sous son emprise.

— Il sait que je sors avec toi. Tu crois que je ne lui ai pas dit ?

— Et manifestement, il s'en balance.

— Hawke, tu agis comme un enfoiré, là.

— Tu n'as encore rien vu, chérie.

Il pressa son visage contre le mien, me montrant pratiquement les dents.

J'utilisai toutes mes forces pour le repousser, mais il ne bougea pas d'un poil.

— Si tu ne me fais pas confiance, alors c'est terminé entre nous.

— Ce n'est pas de toi que je me méfie.

— Je peux me débrouiller toute seule.

— Comme quand tu as voulu changer ton pneu ? lâcha-t-il. Ouais, ça s'est super bien passé.

Je lui renvoyai mon genou à nouveau.

Il le bloqua.

— Je t'interdis de le revoir. C'est mon dernier mot.

— Alors c'est terminé. Point final.

— Pourquoi te bats-tu tant pour lui ?

— Ce n'est pas pour lui, dis-je en tentant de dégager mon bras. Je me bats pour ma liberté. Je veux un partenaire, pas un dictateur. Tu n'as absolument aucune raison d'être jaloux. Tu sais que ce que nous partageons est rare. Personne n'a ce que nous avons. Comment pourrais-tu te sentir menacé par un mec avec qui je suis sortie un soir ? Tout le temps où j'étais avec lui, je l'ai passé à penser à toi. Je n'arrêtais pas de le comparer à l'homme que je désirais vraiment, et quand j'ai compris qu'il n'était pas à la hauteur, je l'ai laissé tomber. Alors, tu vas continuer à agir comme un crétin en sachant tout ça ?

Son emprise se desserra légèrement.

— Tu crois que ça ne me rend pas folle, chaque fois que ton téléphone sonne et que tu reçois un message ? Tu crois que ça ne me rend pas folle, de savoir que tu te fais draguer où que tu ailles ? Mais je ne laisse pas la jalousie interférer avec ce qui nous lie. En fin de compte, je te fais confiance. Tes actions sont les seules qui importent. Et si tu veux que cette relation reste la même, tu dois me montrer le même respect. Peu importe à quel point il me désire. Dès la fin de la journée, je rentre dans tes bras – et les tiens seulement.

Le feu dans ses yeux s'évanouit. Son emprise sur mes poignets se desserra. La nuance rouge sur son visage pâlit et il reprit son teint normal. Lentement, Hawke réapparut.

— Tu me dois des excuses.

Sa bouche était pincée.

— Je ne partirai pas tant que je ne les aurai pas reçues.

Il lâcha mes poignets mais m'immobilisa toujours contre la porte.

— Alors tu ferais mieux d'emménager ici.

— Tu es plus têtu que moi, tu sais ça ?

Il attrapa une poignée de mes cheveux et tira ma tête en

arrière, me forçant à la regarder. Son autre main saisit ma taille pour m'empêcher de m'échapper.

— Écoute-moi. Je n'y connais rien. Je n'y connais rien à ces émotions et je ne sais pas comment les gérer. Tout ce que je sais, c'est que tu es mienne et que je ne partage pas.

Il avança le visage tout contre le mien et fixa mes lèvres des yeux.

— Tu comprends ?

Je restai silencieuse, pleine de défi.

— Je t'ai posé une question.

— Je ne laisse personne me mener à la baguette. Est-ce que tu—

Ses lèvres écrasèrent les miennes et il saisit mon jean avant de le baisser sauvagement.

— Ferme-la. Je déteste t'écouter, parfois.

— Et je déteste t'écouter tout le temps.

Il m'embrassa à nouveau, me dévorant d'un air affamé, avant de baisser son jean et d'en sortir sa queue. Après avoir repoussé ma culotte sur le côté, il me hissa contre le mur et plongea en moi.

Chaque fois que nous étions unis ainsi, j'avais du mal à me rappeler pourquoi j'étais fâchée. Tout ce que je voulais, c'était lui, autant que possible. Je plantai mes ongles dans son dos tandis qu'il m'étirait jusqu'à mes limites. C'était légèrement douloureux, mais c'était si bon !

Hawke me transporta dans le couloir sans cesser de m'embrasser et de m'empaler sur son manche. Devant le lit, il me balança et tomba à ma suite, toujours enfoui en moi. Il agrippa ma nuque en me pénétrant plus profondément.

J'agrippai ses épaules et me déhanchai avec lui, le désirant avec la force du désespoir. Si je n'avais pas assez de lui, je me décomposerais. Nos lèvres dansèrent ensemble, et même lorsque nous devions reprendre notre souffle, nos visages restaient l'un contre l'autre.

De la sueur perla sur son front et son corps était brûlant. Il avait le visage rouge, me baisant aussi fort qu'il le pouvait.

— Je suis désolé.

Il suça ma lèvre inférieure avant de me donner sa langue.

Au lieu d'exulter d'avoir réussi à le faire craquer, je l'agrippai plus férocement.

— Moi aussi.

Je ne savais même pas pourquoi je m'excusais. Je désirais juste notre union. Mon cœur se languissait de lui, car il voulait plus encore que ce qu'il pouvait me donner. Ma poitrine se serra parce que je l'aimais tant que ça faisait mal.

Hawke ralentit avant de se débarrasser de sa chemise et de son jean. Puis il me déshabilla, ôtant mon débardeur et dégrafant mon soutien-gorge. Ma culotte était toujours en place, mais oubliée, sur le côté. Sa violence s'était tarie, et il me fit l'amour lentement, comme il le faisait une nuit sur deux. Il m'embrassa doucement, effleurant mes lèvres au lieu de les écraser. À chaque coup de rein, il frôlait chaque centimètre de ma chatte et le savourait.

— Je sais que c'est difficile de m'aimer… mais tu m'aimes quand même.

— Je suis difficile aussi, dis-je en saisissant ses fesses pour l'enfoncer encore plus en moi.

— Tu es casse-couilles, en fait, dit-il en posant ses lèvres sur mon cœur. Mais je t'aimerai toujours.

— Qu'est-ce qui s'est passé avec Hawke ?

Marie vérifia son maquillage dans le miroir avant d'ébouriffer ses cheveux.

— Il était furieux.

— Quel choc !

— Je lui ai dit de se calmer, ce qu'il a fini par faire.

— Il ne semble pas être ce genre d'homme.

Elle appliqua un peu plus de rouge à lèvres puis pinça les lèvres.

— Ben, ça a pris une heure de dispute et de baise… mais il s'est calmé.

Elle ferma les yeux et grogna.

— Je suis tellement jalouse.

— Pourquoi ?

— Pourquoi ? dit-elle en se retournant, le regard noir. Tu t'envoies un dieu du sexe tous les jours. Moi, ça m'arrive une fois tous les trente-six du mois… quand je tombe sur un mec qui sait ce qu'il fait.

Un air coupable traversa son visage et elle détourna le regard.

J'avais le sentiment qu'elle parlait de mon frère. Je réprimai un haut-de-cœur et continuai.

— Il est juste… très passionné, parfois. Notre relation est parfaite jusqu'à ce que nous tombions dans un nid-de-poule. C'est mouvementé et un peu fou, mais ça s'arrange toujours.

— Avec des tas d'orgasmes en route, dit-elle en remuant les sourcils.

Hawke était doué pour ça.

— À sa décharge, je ne le blâme pas. Jason te baise du regard à chaque fois qu'il te voit. Je suis sûr qu'Hawke l'a remarqué. Comment tu te sentirais si une meuf flirtait avec lui et lui montrait ses atouts pour l'allumer ?

— Ça ne me plairait pas du tout.

— Tu vois ?

— Mais je serais furieuse contre elle, pas contre lui. Il n'a rien fait de mal.

Elle soupira et se retourna vers le miroir.

— Un peu de jalousie ne fait pas de mal dans une relation, mais trop, c'est trop.

— Il n'est pas jaloux tout le temps... juste à cette occasion-là.

— Alors c'est parfait, dit-elle. Au lieu d'être irritée contre lui, tu devrais être heureuse. Je t'envie.

Je n'avais jamais été plus heureuse que lorsqu'Hawke était entré dans ce café. Ce que nous partagions était réel et rare. Je ne craignais jamais de le perdre car je savais qu'il ne pourrait s'y résoudre. J'étais encore jeune pour trouver ma moitié, mais ça ne changeait rien à la chose.

— Tu finiras aussi par trouver le bon.

— Bon, je ne le trouverai sûrement pas ce soir. Mais je vais chercher quand même.

Marie et moi nous rendîmes dans un bar bruyant et nous installâmes à une table au milieu de la salle. Marie portait une robe noire moulante, et ses formes étaient superbes sous tous les angles. Je portais un jean skinny et un débardeur décolleté. Je n'adorais pas mes jambes, et ne les révélais pas souvent.

— Pas mal de beaux mâles, ce soir, dit Marie en observant le menu.

Je ne regardai même pas.

— Je suis là pour t'assister si nécessaire.

S'il y avait un mec que l'une d'entre nous trouvait mignon, l'autre s'occupait de distraire la fille avec qui il parlait pour que l'une obtienne son numéro. Ça fonctionnait assez bien.

— Ça ne dérange pas Hawke que tu sortes avec moi ?

— Non. Et je m'en ficherais si c'était le cas.

— Alors il te fait confiance.

Bien sûr que oui. Pourquoi irais-je chercher quelqu'un

d'autre alors que j'avais déjà l'homme parfait ? Il sortait avec Axel tout le temps, et je ne sourcillais jamais. Les filles lui glissaient leur numéro et l'invitaient à les baiser dans les toilettes, mais je m'en fichais. Hawke ne les regarderait même pas.

— Alors… je sais que je vais regretter cette question… mais qu'est-ce qui s'est passé avec Axel ?

Elle sourit.

— Je t'épargnerai les détails.

— Sois aussi vague que possible.

— En gros, on s'est envoyés en l'air et c'était incroyable, dit-elle en haussant les épaules. Mais c'était juste un coup d'un soir, et je n'ai plus eu de ses nouvelles.

— Je t'avais prévenue.

— Oh, je le savais. Il a été très clair, dit-elle en sirotant son verre. Mais je m'en fiche. Je ne cherchais rien de sérieux. Avec des mecs comme ça, tu ne peux jamais t'attendre à être celle qui va les changer. Tu as eu du bol avec Hawke.

C'était plus que du bol. C'était l'amour.

— Et c'est tout ? demandai-je, en espérant que ça l'était.

— Probablement. Mais s'il me rappelait, je ne dirais pas non.

— Dégueu…

— Je sais que c'est ton frère et tout ça, mais c'est un bon parti.

— Plutôt un bon emmerdeur.

Elle secoua la tête et but une autre gorgée.

— Aide-moi à en pêcher un.

— Qu'est-il arrivé à attendre qu'ils viennent à toi ?

— Tu n'as pas attendu qu'Hawke vienne à toi et regarde ce qui s'est passé, dit-elle en me lançant un regard éloquent. Peut-être qu'il m'arrivera la même chose.

22

Dernière nuit
Hawke

— J'AI DE LA BIÈRE. T'EN VEUX UNE ?

J'ouvris le frigo et sortit une Blue Moon.

— Allô, tu me connais pas ? demanda Axel, incrédule. Sors-en deux d'un coup, tant que t'y es.

Je retirai les capsules avant de lui tendre une bouteille.

— Le match a commencé il y a cinq minutes mais je doute qu'on ait manqué quoi que ce soit.

Nous nous dirigeâmes vers le salon et j'allumai la TV.

— Où est la petite morveuse ? demanda Axel avant de boire un coup.

— Pourquoi ? demandai-je. Tu veux que je l'invite ici ?

— Putain, non, dit-il en faisant la grimace. Elle ne la boucle jamais.

Moi, je savais comment la faire taire.

— Je suis surpris qu'elle ne soit pas là. Vous êtes toujours ensemble.

— Elle est sortie avec Marie.

Ça attira son attention.

— Marie ?

— Oui...

Pourquoi était-il tellement intéressé ?

— Hum..., dit-il en hochant lentement la tête. Sorties où ?

— Au nouveau bar, le Blackout, dis-je en haussant les épaules.

Il but une autre gorgée de sa bière sans regarder la TV.

— Peut-être qu'on devrait aller les rejoindre.

— Pourquoi ?

— Peut-être qu'elles ont besoin de nous pour leur acheter à boire ?

J'étais de plus en plus suspicieux.

— Tu veux te taper Marie ? Envoie-lui un message et elle te sautera dessus. J'en suis sûr.

— Ben... peut-être que je me la suis déjà tapée, dit-il en arborant un sourire stupide.

Je levai les yeux au ciel.

— Tu plaisantes ou quoi ?

— Mec, elle est incroyable au lit. J'en avais aucune idée. Elle était hideuse quand on était plus jeunes, je n'aurais jamais pensé qu'elle avait ça en elle.

— Content de le savoir, dis-je avec sarcasme.

— Allons les rejoindre !

— Vas-y, toi.

Après ma dispute avec Francesca, je n'avais aucune envie qu'elle pense que je sois venu juste pour l'espionner. Je lui faisais plus confiance qu'à quiconque sur cette planète. Ma colère était dirigée vers ce petit minable, Jason. Je n'étais pas débile. Il essayait de me voler ma copine juste sous mon nez.

Bonne chance !

— Allez, dit Axel en posant sa bière. Pourquoi pas ? Frankie sera là.

— Comme tu l'as dit, je la vois tout le temps.

— Mec, tu es là pour m'aider à la ramener.

— Envoie-lui un message si tu veux t'envoyer en l'air.

— Non, dit-il rapidement. Je dois la jouer cool.

— Je n'y vais pas.

C'était au tour d'Axel d'être suspicieux.

— Et pourquoi pas ?

— On s'est disputés, l'autre jour. Un type la reluquait sans vergogne et ça m'a rendu fou. Si on va les rejoindre, Frankie va penser que je ne lui fais pas confiance.

— Je lui dirai que c'est ma faute.

Je secouai la tête.

— Mec, ne fais pas ta couille molle. Dis la vérité à Frankie quand on arrivera et elle s'en fichera. Mais ne fous pas ma couverture en l'air devant Marie.

Il était clair qu'il n'allait pas changer d'avis.

— D'accord. Mais tu m'en dois une.

— Je te laisse sortir avec ma sœur, dit-il en posant la bière sur la table et en se redressant. C'est toi qui m'en doit une.

23

Accrochage
Francesca

— TU NE CROIRAS JAMAIS QUI VIENT D'ENTRER.

— Qui ? demandai-je en me tournant vers la porte.

— Jason.

— Quoi ? demandai-je en parcourant le bar des yeux. En effet, il était bien là.

— Au moins, il a emmené Mike.

— Putain, j'espère qu'ils ne nous verront pas.

— Pourquoi ? demanda-t-elle en se lissant les cheveux.

— Parce que Mike va te sauter dessus—

— J'espère bien.

— Et que je me retrouverai coincée avec Jason.

Elle balaya mes inquiétudes d'une main.

— Ne sois pas ridicule. On ne va pas t'ignorer.

— Tu plaisantes ? Vous vous grimperez dessus dans les toilettes en moins de deux minutes – cinq max.

Elle sourit légèrement et haussa les épaules.

— Ça ne serait pas la pire chose au monde.

— Après notre dernière dispute, je ne veux pas me retrouver dans la même situation – même si ça s'est terminé par du sexe incroyable. Si les choses tournent mal, je me casse.

— Arrête ton char ! s'exclama-t-elle en levant les yeux au ciel.

— Tu ne comprends pas. Hawke a mauvais caractère. Je l'ai réprimandé pour sa jalousie, mais s'il découvrait ça, sa tête exploserait.

— Depuis quand tu laisses un homme te contrôler ? demanda-t-elle.

— Il ne me contrôle pas, dis-je. Mais ça n'aidera pas ma situation.

— Relax, ma couille, dit-elle. Jason a peut-être rendez-vous avec quelqu'un ici. Tu as pensé à ça ?

J'espérais que c'était le cas.

Marie jeta un coup d'œil dans leur direction.

— Ils nous ont vus. Et je vois bien que ma tenue plaît à Mike.

Pitié, que ceci ne m'explose pas en pleine figure !

— Putain, tu es super sexy. Ces jambes font des kilomètres !

Mike s'approcha directement de Marie et passa un bras autour de sa taille.

Elle gloussa tout bas.

— Merci !

— Je peux vous offrir à boire pour le reste de la soirée ?

— Je ne dirais pas non…, dit-elle en lui lançant un regard aguicheur.

Pouah !

— Elle ne t'arrive pas à la cheville, déclara Jason.

Il s'approcha de moi et me reluqua de haut en bas. Au vu de son regard rêveur, il avait déjà descendu quelques verres.

— Je t'ai embrassée… je le sais, dit-il en se penchant vers moi, l'haleine empestant le gin. Où est ton mec foireux ?

— À la maison, dis-je en reculant pour garder mes distances. Et il n'est pas foireux.

— Allez quoi, je te traiterais mieux que ça, dit-il en réduisant l'écart entre nous. Je t'offrirais des fleurs et des chocolats, je t'inviterais au restaurant, et je pimenterais les choses dès qu'on rentrerait à la maison.

Il était bien plus téméraire quand il avait bu.

— Qu'est-ce que t'en dis ? Donne-moi une autre chance.

— Jason, non. J'ai déjà un petit ami.

Il leva les yeux au ciel, mais seulement à moitié, comme s'il avait oublié ce qu'il faisait en plein geste.

— Je m'en balance. Je ne dirai rien si tu ne dis rien non plus.

Il fallait que je me sorte de là. Jason ne s'arrêterait pas là, et Marie était déjà en plein match de baiser avec Mike. Je ne pouvais raisonner avec un mec ivre, mais je pouvais me soustraire de cette situation.

— Bonne nuit, Jason.

— Wow... attends ! dit-il en agrippant ma taille et en m'attirant vers lui. Où est-ce que tu vas comme ça ?

Je repoussai son bras.

— Arrête tout de suite—

Il saisit mon visage et m'embrassa.

L'instant où nos lèvres se touchèrent, je fis la grimace et le repoussai.

— Qu'est-ce qui ne va pas chez toi, bordel ?

Jason entrouvrit les lèvres pour parler mais rien n'en sortit. Il fut renversé par un taureau en charge et jeté par terre.

La foule s'écarta en poussant des cris.

Les bras d'Hawke tremblaient comme s'il était dérangé. Il était à peine reconnaissable tant son visage avait rougi. Une veine palpitait sur son front. Personne ne s'approcha à plus de deux mètres de lui, sachant qu'il leur en coûterait de le faire.

Jason se remit péniblement sur pied.

— Qu'est-ce que… ?

Hawke l'attrapa par la peau du cou.

— Ne…

Il enfonça son poing dans son visage.

— Touche…

Il recommença ; Jason se mit à saigner.

— Pas…

Il lui enfonça son poing dans la bouche, et les lèvres de Jason rougirent de sang.

— Ma meuf !

Hawke écrasa son poing dans l'œil de Jason, qui devint immédiatement noir.

— Merde ! s'exclama Marie en reculant et en attrapant Mike.

Je n'arrivais pas à croire ce qui était en train de se passer.

Jason était étalé au sol, les yeux clignant comme s'il avait du mal à rester conscient.

— Hawke !

Je criai son nom pour qu'il recule et reprenne son sang-froid.

Il m'ignora.

Hawke attrapa Jason par le col et le força à se remettre debout. Puis il recula son poing.

— Hawke, arrête !

Je fis mine de courir vers lui, mais Axel m'en empêcha.

— Wow… reste ici. Je ne l'ai jamais vu aussi furax.

Hawke lui envoya une volée de coups de poings, couvrant de sang le visage de Jason.

— ARRÊTE !

Jason n'avait agi ainsi que parce qu'il était saoul. Il n'était pas mauvais et ne méritait pas ça.

Hawke le laissa tomber par terre et s'apprêta à envoyer des coups de pied.

J'écrasai le pied de mon frère pour qu'il me relâche. Puis je me ruai vers Hawke par derrière et lui attrapai le bras.

— Hawke, arrête !

Il rejeta son bras violemment vers l'arrière et m'envoya valser au sol. Je roulai en tombant et atterris un mètre plus loin. Tout le monde s'arrêta et retint son souffle. Tout devint parfaitement silencieux. Même la musique s'éteignit.

Mon sang martela dans mes oreilles lorsque je réalisai ce qui s'était passé. Je n'étais pas blessée ou éraflée, mais j'étais sous le choc après qu'il m'ait catapultée en l'air. Je n'avais jamais vraiment compris sa puissance avant ça. À chaque fois qu'il m'immobilisait contre un mur, il n'utilisait qu'une fraction de sa force.

Hawke se retourna, et lorsqu'il m'aperçut étalée par terre, toute la colère se vida de son corps. Le chagrin et la dévastation la remplacèrent, et ses yeux s'emplirent immédiatement de larmes en réalisant ce qu'il avait fait. Jason, qui crachait du sang, avait été oublié par terre.

Je ne me relevai pas, et personne ne m'aida. Tout le monde observait Hawke, ignorant ce qu'il allait faire.

Hawke recula lentement, son corps plus du tout droit et raide. Il semblait crouler sous le poids de son chagrin. Le regret était gravé sur chaque partie de son corps. Ses yeux étaient vides, comme s'il avait perdu tout ce qui comptait pour lui. Il baissa les yeux vers ses mains, comme s'il n'était pas sûr qu'elles lui appartiennent. Puis il fendit la foule et disparut. Le dernier son que j'entendis fut la porte s'ouvrir et se refermer.

Et puis, le silence.

— Tu vas bien ? me demanda Marie à nouveau lorsque nous rentrâmes.

Elle s'assit à la table de la cuisine et examina mon visage comme si j'allais éclater en sanglots à tout moment.

— Il ne m'a pas fait mal.

Elle poussa un soupir et posa son menton sur sa paume de main.

— Tu n'as pas répondu à ma question.

— Oui, je vais bien.

J'étais juste un peu secouée.

— Je parie qu'il se sent vraiment mal.

— Je suis sûre qu'il se sent pire que mal…

Il avait probablement détruit tout son appartement à l'heure qu'il était.

— C'était un accident, dit-elle. C'est clair qu'il ignorait que c'était toi.

— Il ne le verra pas sous cet angle.

— Purée… il était si furieux, dit-elle en secouant la tête. Je suis surprise qu'il n'ait pas tué Jason.

— Moi aussi, dis-je honnêtement. Il l'aurait probablement tué si je n'étais pas intervenue.

— Tout est si flou. Je ne suis même pas sûre de ce que j'ai vu ou pas.

Je me souvenais du moindre détail.

La porte d'entrée s'ouvrit, et je levai immédiatement les yeux, persuadée que c'était Hawke qui venait faire ses excuses.

Mais c'était Axel.

— Tu vas bien ? demanda-t-il en s'asseyant sur la chaise à côté de la mienne et en m'examinant.

— Je vais bien, dis-je avec calme. Il ne m'a pas blessée.

Il examina tout de même mon visage et mes bras.

— Je n'arrive pas à le trouver. Je suis allé chez lui mais il n'était pas là. Il ne répond pas quand je l'appelle.

— Laisse-le tranquille. Il se sent déjà super mal. Rien de ce que tu lui diras ne le fera se sentir pire. Il ne se défendrait même pas. Il se mettrait à genoux et te laisserait l'exécuter.

Axel poussa un soupir.

— Je n'allais pas le tuer. C'était juste un accident. Mais maintenant que je n'arrive pas à le trouver, je suis inquiet pour lui.

— Laisse-le souffler, dis-je doucement. Il parlera quand il sera prêt.

— Je dois dire que je ne blâme pas Hawke pour ce qu'il a fait à Jason. Ce mec est un vrai connard, dit Axel en secouant la tête.

— Comment il va ? demandai-je.

— Mike l'a emmené à l'hôpital, dit Marie. Il va.

J'étais malade de parler de tout ça. Je me levai de ma chaise.

— Je vais me coucher. Ne me dérangez pas.

Ils n'objectèrent pas.

— Bonne nuit, dis-je en m'éloignant.

— Demain sera un nouveau jour, dit Marie.

Non, j'avais le sentiment que ce cauchemar n'aurait pas de fin.

Une semaine s'écoula sans que je reçoive de nouvelles d'Hawke. Il ne vint pas me voir et n'envoya pas de message au milieu de la nuit. Comme un fantôme, il avait disparu de ma vie. Je finis par l'appeler lorsque j'en eu marre de son silence.

Mais il ne répondit pas.

Il n'était à l'évidence pas encore prêt à parler, donc je le laissai souffler. Lorsqu'il était déprimé ainsi, il valait mieux le laisser venir à moi. Il ne discutait jamais de rien sauf s'il le voulait. Même si j'avais du mal à rester patiente parce que je m'inquiétais pour lui, je parvins à conserver mes distances.

Cinq jours de plus s'écoulèrent sans recevoir de nouvelles. Lorsque j'en parlai à Axel, il m'annonça qu'Hawke refusait de lui parler au travail. Il semblait malade, comme s'il s'affamait exprès et se privait de sommeil.

Je l'appelai à nouveau, mais comme la dernière fois, il ne décrocha pas.

À présent, j'étais vraiment inquiète. Il n'avait jamais été aussi distant. Il avait du mal à contrôler son caractère et était plus passionné que tout homme que j'aie connu, mais ça menait à sa ruine. Parfois, il ne pouvait contrôler ce qu'il disait ou faisait. Ça le rendait désirable, mais également dangereux.

Je dormais lorsque mon téléphone s'alluma sur ma table de nuit. Je l'attrapai et me rassis, sachant exactement qui m'avait envoyé un message à cette heure de la nuit. Il était deux heures du matin, l'heure de prédilection d'Hawke.

Je t'attends dehors.

J'enfilai immédiatement des vêtements avant de sortir à toute vitesse de la maison. Hawke m'attendait sur la pelouse, vêtu d'un pull à capuche noir. La capuche recouvrait presque tout son visage. Les nuits étaient toujours froides, même si le printemps avait commencé. De la vapeur s'échappait de ses lèvres.

Il ne me regarda pas. Il tourna les yeux vers la rue, comme s'il s'attendait à ce qu'une voiture s'approche. Il cligna à peine des yeux, comme s'il était en transe, ou très loin d'ici.

Je m'approchai lentement de lui, désirant sentir son étreinte, puisque deux semaines s'étaient pratiquement écoulées sans que je le voie. Lorsque je m'approchai suffisamment près, il recula.

Il finit par me regarder, et son regard était complètement vide. Il n'y avait rien à l'intérieur. Il ressemblait à un condamné à mort.

— Tu m'as fait une promesse. Tu ferais mieux de la tenir.

Le froid avait commencé à m'avaler. Je ne sentais déjà plus mes orteils ou mes doigts.

— C'était un accident.

— Tiens ta promesse !

— Je tiens toujours mes promesses.

— Alors fais-le, dit-il en sortant un couteau de sa poche.

— Wow…

Je reculai et me sentis terrifiée pour la première fois de ma vie.

— Éloigne ça tout de suite.

— Je ne vais pas te blesser, dit-il calmement.

— Jette-le par terre. Tout de suite ! dis-je en indiquant l'herbe.

Il le jeta sur le côté.

Je le ramassai immédiatement avant de le fourrer dans une des grandes poubelles sur le trottoir. Je retournai près de lui, me sentant mieux maintenant qu'une arme mortelle ne se tenait plus entre nous.

— Comment tu veux t'y prendre ? demanda-t-il. Tu peux m'écraser avec une voiture, si tu veux.

Il était complètement cinglé !

— Hawke, tu ne m'as pas blessée. Je n'ai aucune promesse à tenir.

Ses yeux s'assombrirent.

— Je t'ai poussée !

— Par accident !

— Non, je t'ai poussée en sachant ce que je faisais.

— Mais tu ignorais que c'était moi que tu poussais.

Il serra les poings.

— Peu importe. J'ai perdu mon sang-froid et je n'ai pas pensé… et tu as été blessée.

— Il en faut bien plus que ça pour me blesser, Hawke. Je suis tombée par terre – c'est tout. Je n'ai pas de bleus. Je n'ai même pas une seule égratignure.

— Il n'empêche—

— Tu es trop dur envers toi-même. Personne d'autre n'y a vu de malice. Pour tout le monde, c'était clairement un accident.

Il haletait comme si sa colère reprenait le dessus.

— Tu cherches trop le mal en toi, et tu vois des choses qui n'y sont pas vraiment. Ce n'était qu'un accident. Maintenant, rentrons.

Il inclina la tête.

— Jusqu'à ce que ça arrive à nouveau.

— Ça n'arrivera plus.

— Pourquoi me trouves-tu des excuses ? demanda-t-il sauvagement. Je ne suis pas assez bon pour toi. Quand est-ce que tu le comprendras ?

— Nous sommes la même personne, Hawke. Quand est-ce que *tu* le comprendras ?

Je m'approchai de lui, lui montrant que je n'avais pas peur.

Il ne recula pas.

— Tu as lu mon journal. Je ne suis pas la même personne maintenant que celle que j'étais alors. J'étais tout comme toi. Froide, morbide, implacable. J'étais très perturbée, et je pensais que je ne changerais jamais. Mais j'y suis arrivée. Et tu le peux aussi.

— C'est différent.

— Non.

— Si.

— Hawke ! m'exclamai-je en tapant du pied. Laisse tomber !

Il laissa son regard errer au loin.

— Quand je l'ai vu t'attraper… quelque chose a lâché en moi. Je ne savais même pas ce que je faisais. Tout est devenu silencieux. J'étais juste concentré sur son visage et mes poings. Je voulais tout détruire sur mon passage. Je n'ai jamais été si furieux !

— Tu avais tout à fait le droit d'être furieux. Mais tu n'avais aucun droit de le cogner comme ça.

La rage réapparut sur son visage.

— Jason était saoul et il n'a pas réfléchi. Il n'aurait jamais fait quelque chose comme ça s'il n'avait pas été ivre.

— Et ça excuse son comportement ? lâcha-t-il. Et si j'embrassais une fille parce que j'étais saoul ? Pardonnerais-tu ce comportement ?

— Ce n'est pas pareil...

— Il t'a attrapée, il t'a harcelée et il t'a embrassée – c'est inacceptable.

— Et il méritait d'être frappé au visage – une seule fois.

— Qu'est-ce qui lui est arrivé ? demanda-t-il.

— Il est allé à l'hôpital et s'est fait soigner. Puis il est rentré chez lui. Il n'a pas eu besoin de points de suture.

Hawke sembla déçu.

— Pourquoi étais-tu avec lui ?

— Il est entré avec Mike une minute avant que tu n'arrives. J'ignorais qu'il serait là. J'étais sur le point de rentrer. Je te le jure.

— Tu n'as pas besoin de me jurer quoi que ce soit. Je te crois.

La gratitude déferla dans mon cœur.

— Et qu'est-ce que tu faisais là ?

— Axel voulait se taper Marie.

Logique.

Hawke fourra ses mains dans ses poches et baissa les yeux.

— Je suppose que c'est terminé.

Il baissa les yeux sur l'herbe à ses pieds avant de les poser sur moi.

— Pourquoi ce serait terminé ?

— Parce que tout ce qu'on a déjà dit. Je ne peux pas être avec toi, Francesca.

La colère déferla dans mes veines.

— J'en ai ma claque de t'entendre dire ça. Tu es un homme

bien. Un jour, tu me croiras. Mais j'imagine que ce n'est pas encore pour aujourd'hui.

Il me regarda d'un regard triste.

Je fis un pas vers lui et lorsque je m'approchai, il recula. Je l'attrapai par l'avant de son sweat et l'ancrai sur place en m'approchant à deux centimètres de son visage.

— Nous sommes pour toujours.

Il fixa des yeux la main qui agrippait son sweat.

— Dis-le.

Ses yeux remontèrent lentement vers mon visage.

— Dis-le-moi.

L'ombre d'une barbe naissante couvrait son menton. Il ne s'était pas rasé depuis des jours. Ses cheveux étaient emmêlés sous sa capuche. Des battements de cœur s'écoulèrent sans qu'il ne dise un mot. Ses yeux étaient illisibles, contrairement à d'habitude.

Je me penchai vers lui et lui donnai un baiser lent et doux. La seconde où nous nous touchâmes, nos cœurs se synchronisèrent. Ils battirent ensemble, cognant en rythme. Nos battements étaient différents de tous les autres, mais identiques l'un à l'autre. Je reculai légèrement et le regardai dans les yeux.

Il posa une main sur mon visage, frôlant ma joue du pouce. Il regarda dans mes yeux tandis que la vie semblait se réveiller en lui. Comme une fleur qui venait d'être arrosée après une semaine de sécheresse, il revint à la vie.

— Nous sommes pour toujours.

24

Tombe la nuit
Hawke

LORS DE CETTE HORRIBLE NUIT OÙ J'AVAIS POUSSÉ FRANCESCA, JE croyais pousser Axel. C'était une erreur involontaire. Beaucoup de choses se passaient, et j'étais dans mon monde. Mais lorsque je la vis étendue au sol, là où elle était tombée, je me désintégrai.

Mon cœur se brisa en deux.

Était-ce ainsi que ça avait commencé avec mon père ? Un coup innocent avait-il ouvert les portes de l'enfer ? Avait-il commencé petit, avant que les choses n'empirent et n'échappent à son contrôle ?

Empruntais-je la même voie ?

Francesca était ma seule raison d'en douter. Elle croyait en moi, affirmait que j'étais un homme bon, et je savais que je n'avais jamais eu l'intention de la pousser. Elle me pardonna alors que je ne la méritais pas, mais son pardon avait ramené de l'air dans mes poumons. Elle m'avait poussé à croire à nouveau.

Elle m'avait poussé à croire en nous.

Peut-être qu'un être supérieur l'avait menée à moi pour que

je reste sur le bon chemin. Peut-être était-elle ma seule chance de vertu. Elle était la seule chose qui me rendait heureux, et je ne pouvais l'abandonner.

Surtout qu'elle ne voulait pas que je l'abandonne.

Notre relation était toujours un peu mouvementée. J'étais anormalement silencieux et distant. Lorsque j'étais avec elle, je l'embrassais et la touchais. Mais mon cœur n'y était plus. J'avais peur de tout foutre en l'air à nouveau.

Francesca savait ce que j'éprouvais, comme toujours, parce qu'elle prit les choses lentement et ne me poussa pas dans un sens ou l'autre. Cette femme me comprenait mieux que ma mère. Elle m'acceptait sans poser de question.

Son amour était inconditionnel.

NOUS RESTÂMES CHEZ ELLE, ÉTENDUS DANS SON PETIT LIT DOUBLE. La taille du matelas n'était pas gênante parce qu'elle dormait généralement sur moi. Elle ne pesait rien. Ses longs cheveux s'étalaient sur ma peau et étaient si doux. J'adorais l'odeur de ses cheveux. Elle me rappelait des fleurs hivernales.

Elle s'ajusta pour pouvoir me regarder dans les yeux, les mains posées sur ma poitrine. Sans dire un mot, elle me dévisagea. Ses yeux examinèrent chaque trait de mon visage, comme si elle le gravait dans son esprit.

Je la regardai à mon tour.

Ses doigts tracèrent le contour de mes lèvres comme si elle sentait leur texture. Puis elle caressa mes poils de barbe, les petits poils qui poussaient malgré que je me sois rasé la veille.

— Ça me fait penser à du papier de verre...

— Merci !

Elle poussa un gloussement qui ressemblait à un murmure.

— Je disais ça comme un compliment.

— Le papier de verre… est très flatteur.

Elle sourit avec ses yeux.

— Qu'est-ce que tu fais ?

— On prend des photos pour se souvenir des choses et des gens. Mais elles ne rendent jamais justice à l'instant. J'essaye de me souvenir de chaque détail de ce moment pour pouvoir y repenser dans mon esprit.

— Pourquoi tu veux y repenser ?

— Quand tu seras loin ou occupé… je ne serai pas seule.

— Je ne te laisserai jamais seule, dis-je en posant la main sur sa chute de rein.

— Je sais que non. Mais même quand tu es avec moi, tu me manques toujours.

Je connaissais ce sentiment.

Elle se déplaça un peu vers le haut avant de poser ses lèvres sur la peau recouvrant mon cœur. Elle le faisait de temps en temps, me disant qu'elle m'aimait sans prononcer les mots. Quand elle le faisait lorsque nous faisions l'amour, je savais qu'elle pensait à la même chose que moi.

— Je devrais dormir, mais je préfère te regarder.

— Tu peux toujours me regarder demain, dis-je en éteignant la lampe.

La pièce fut plongée dans l'obscurité.

— C'est vrai, dit-elle en s'installant confortablement sur mon torse.

Je glissai mes doigts dans ses cheveux, comme tous les soirs. Elle s'endormait généralement en quelques minutes quand je le faisais.

Un instant plus tard, sa respiration changea et se fit profonde et régulière.

Et je sus qu'elle s'était endormie.

Mon téléphone vibra sur la table de nuit.

Mon esprit était réglé sur ce bruit. Dès que je l'entendais, je me réveillais en sursaut. C'était un bruit auquel je m'attendais constamment et que je craignais à la fois. J'attrapai le téléphone sans déranger Francesca et scrutai l'écran. C'était un numéro que je ne reconnaissais pas.

Qui pourrait m'appeler à cette heure-ci ?

Je me levai doucement du lit pour ne pas la réveiller, avant de sortir de la maison et de marcher sur la pelouse. Puis je décrochai le téléphone.

— Hawke, au téléphone.

— Je suis Patty, du centre médical. Je suis infirmière aux soins intensifs. Je cherche à joindre Theodore Taylor.

Mon cœur cessa de battre.

— C'est moi. Hawke est mon second prénom.

— Hawke, votre mère est ici. Elle est dans un état critique. Vous êtes répertorié comme parent proche, donc je pensais que vous aimeriez être tenu au courant.

Le temps s'arrêta.

C'était réel.

Le jour était arrivé.

Ça allait de mal en pis.

Et maintenant, quoi ?

— Monsieur ? demanda-t-elle, sa voix résonnant au téléphone.

— Pardon ?

— Elle a eu un accident et est tombée dans les escaliers. Elle s'est cassé l'épaule et le bras, et en tombant, s'est blessé l'abdomen. Elle a eu une hémorragie interne mais elle a été emmenée aux urgences avant que quelque chose de grave ne se passe. Elle va s'en sortir.

Elle était tombée dans les escaliers ?

Les escaliers ?

— J'arrive tout de suite. Merci de m'avoir appelé.

— Aucun problème.

Francesca était le moindre de mes soucis à cet instant. Je partis sans rien lui dire et sans lui laisser de mot d'explication. Je n'en avais pas le temps.

J'arrivai à l'hôpital et localisai la chambre de ma mère. Même s'ils avaient dit qu'elle s'en sortirait, je me sentais malade. Je tremblais de colère. Mon cœur était déchiré par la douleur. Mon crâne voulait exploser ; mon sang bouillonnait.

Lorsque j'entrai dans la pièce, elle était seule. Maman était étendue sur le lit, mince et fragile. Son bras était plâtré et des tubes lui sortaient de partout. Un tuyau était enfoncé dans sa gorge, et le respirateur respirait pour elle.

Je m'approchai lentement et baissai les yeux sur son corps inerte. Lorsque j'étais jeune, ma mère était pleine de vie. Mais depuis que j'avais atteint l'âge adulte, elle semblait morte. Elle n'était plus là, seule une coquille vide persistait.

Je m'installai dans la chaise à côté de son lit et fus frappé par un million d'émotions. L'agonie me serra le cœur en voyant sa souffrance, et je sentis mes yeux larmoyer en la regardant. Puis la rage me consuma. Je voulais tirer une balle dans la tête de mon père.

Puis entre ses yeux.

Puis dans son cœur.

Ma mère ne méritait pas ça. Je ne méritais pas ça. Personne ne méritait ça.

Des heures s'écoulèrent avant que l'infirmière ne vienne lui rendre visite. Le tuyau d'intubation fut retiré et elle commença à respirer seule. Ses paramètres furent vérifiés et tout semblait stable.

Mais elle semblait toujours brisée.

— Elle se réveillera bientôt, dit l'infirmière avant de sortir.

Je hochai la tête car j'ignorais quoi dire.

Trente minutes plus tard, les yeux de maman papillonnèrent. Elle fixa le plafond comme si elle ignorait où elle se trouvait. Elle tourna la tête à gauche et à droite pour regarder les environs. Puis elle finit par poser les yeux sur moi. Il lui fallut un moment pour comprendre ce qu'elle voyait.

— Hawke ? demanda-t-elle d'une voix rauque et craquelée.

— C'est moi.

Je rapprochai ma chaise de son lit et lui pris la main.

— Maman, le docteur a dit que tu allais t'en sortir. Il a cassé ton épaule et ton bras, et tu as eu une hémorragie interne, mais c'est arrangé.

— Je ne sens rien...

— Ce sont les antidouleurs.

Elle regarda à nouveau le plafond avant de se retourner vers moi.

— Je suis ici depuis quand ?

— Ils t'ont admise il y a douze heures. Ça fait trois heures que je suis là.

Elle étudia mon visage de ses yeux bleus si semblables aux miens.

— C'était très gentil de ta part de venir me voir.

— Je serai toujours là pour toi, maman.

Quand n'avais-je pas été là pour elle ? Elle n'avait personne d'autre au monde, à part moi. Elle n'avait pas de frères et sœurs ou de parents. J'étais tout pour elle.

— Quand ils te laisseront sortir de l'hôpital, tu pourras

rester chez moi jusqu'à ce que je trouve un appart plus grand. On trouvera une maison quelque part. Ne t'inquiète pas.

Elle avait presque perdu la vie, mais peut-être que ça aurait un effet positif. Maintenant, elle comprendrait qu'elle devait vraiment sortir de là. Sinon... allez savoir si elle survivrait la prochaine fois.

— Hawke... je ne vais pas venir vivre chez toi.

Le sang martela mes oreilles.

— Ce n'est pas ce que tu crois. Je suis tombée dans les escaliers.

Mes paroles ressemblèrent à des grognements.

— Vous n'avez même pas d'escaliers !

— Nous étions au centre commercial...

— Tu détestes le centre commercial.

Elle ne voulait même pas me regarder dans les yeux.

— Je ne veux pas que tu te fasses de fausses idées.

— Alors tu préfères me mentir ? lâchai-je. Ne sois pas stupide, Maman. Je sais que c'est lui qui t'a fait ça. Je t'ai prévenue que ça arriverait. Tu ne peux plus rester là. Viens vivre chez moi. Je te protégerai.

Elle secoua lentement la tête.

— Non, Hawke.

— Et pourquoi pas, putain ?

Mes limites avaient été atteintes, et la moutarde me monta au nez.

— Baisse d'un ton, siffla-t-elle.

— Non ! Pourquoi tu subis ça ? Quitte-le. Ce n'est pas si difficile que ça !

— C'est compliqué.

— C'est toi qui complique les choses, ripostai-je. Rassemble tes affaires et pars. S'il vient te chercher, je lui casserai la gueule. Tu n'as pas à t'inquiéter de ça.

Elle se tut, sachant bien qu'il était inutile de me contredire.

— Laisse-moi mettre les choses au clair, dis-je. Tu as deux os brisés et la rate endommagée, mais tu veux retourner avec lui ? Il t'a lobotomisé le cerveau ou quoi ?

— L'amour est compliqué…

— J'aime Francesca de tout mon cœur, et elle me rend fou parce qu'elle est vraiment casse-couilles, mais je ne lui ferais jamais aucun mal. C'est inacceptable, maman.

Elle ferma les yeux, honteuse.

— Je vais avertir la police.

Ils n'avaient rien fait la dernière fois, mais peut-être qu'ils agiraient cette fois-ci.

— Je te l'interdis, dit-elle en ouvrant de grands yeux.

— Je me fous de ce que tu veux, dis-je en repoussant la chaise et en me relevant.

Quelqu'un toqua à la porte, avant de contourner le rideau et d'entrer.

Du haut de son mètre quatre-vingt-dix, il domina l'entrée. Ses cheveux bruns étaient pratiquement rasés. Il était épais et fort comme un taureau furieux, et ses bras avaient la taille de la tête d'une personne normale. Son air de pitié et de regret reflétait le mien.

Puis il croisa mon regard.

Il me dévisagea quelques secondes, surpris de me voir ici. Apparemment, il ne pensait pas que je serais appelé. La peur apparut dans ses yeux, mais seulement une fraction de seconde. J'avais craint cet homme. Mais maintenant, c'était l'inverse.

— Tu es une grosse merde.

Le voir mettre les pieds dans cette chambre d'hôpital après y avoir envoyé ma mère me mit sur les nerfs. C'était un minable. Il était malveillant. Lorsqu'il me battait, il riait comme si c'était une mauvaise blague. Maintenant, il battait une vieille femme d'à peine cinquante kilos toute mouillée.

Je contournai précipitamment le lit, prêt à lui arracher la

tête. Je voulais lui infliger autant de douleur que possible. Lorsque j'en aurais terminé, ce serait lui qui aurait besoin de soins intensifs.

— Hawke ! Non ! s'écria ma mère.

Elle ne m'arrêta pas.

Je le taclai et l'envoyai valser contre le mur opposé, balançant son corps avec autant de force que possible. Puis je lui envoyai une série de coups au visage. Je n'avais pas dormi depuis vingt-quatre heures et avais à peine mangé, mais une montée d'adrénaline déferla dans mes veines et m'apporta l'énergie de treize cannettes de Red Bull. Du sang jaillit de son nez et de sa bouche à chaque coup. Je lui donnai un coup de pied lorsqu'il tomba au sol, lui infligeant autant de douleur que possible.

Des gardes de sécurité m'attrapèrent par derrière, me forçant à m'éloigner de lui. Quelques infirmières s'approchèrent en courant pour s'occuper de ses blessures et de ses bleus. J'étais certain d'avoir cassé quelques côtes, comme il l'avait fait pour moi. J'étais certain d'avoir infligé suffisamment de dégâts pour lui laisser des cicatrices à vie.

Mais ce n'était pas suffisant.

— Lâchez-moi, dis-je en me libérant de leur emprise. Je suis calme. Lâchez-moi.

Ils finirent par me relâcher.

Je retournai dans la chambre où ma mère était assise sur son lit, apeurée.

— Je n'en peux plus, dis-je tandis que ma poitrine se soulevait de douleur. Je ne peux plus te voir ainsi. Si tu ne veux pas me laisser te protéger... alors je m'en vais. Si tu changes d'avis un jour, tu sais où me trouver.

Je m'approchai de la porte avant de me retourner une dernière fois.

— Au revoir, maman.

25

Adieux
Francesca

Je me réveillai en sentant l'absence d'Hawke.

Il n'y avait pas de note, pas de message. Il avait disparu comme un fantôme au milieu de la nuit. Il ne répondit à aucun de mes appels. Je me rendis jusqu'à chez lui, mais il n'était pas dans son appartement.

Que s'était-il passé ?

Je demandai à Axel s'il savait où il était, mais il n'en avait aucune idée. J'appelai quelques fois et lui laissai des messages vocaux. Je retournai à son appartement en espérant qu'il y serait.

Il n'y était pas.

Lorsque je m'étais endormie, tout allait bien entre nous. Nous étions heureux et amoureux. Et en me réveillant, tout avait changé. Il avait disparu sans laisser de trace. Il ne disparaissait jamais sans explication.

La seule possibilité était qu'il soit arrivé quelque chose à sa mère. Elle l'appelait toujours au milieu de la nuit pour lui demander son aide. Mais ça n'expliquait pas pourquoi Hawke n'avait pas répondu à mes appels.

Sauf s'il en était incapable ?

Lundi, j'appelai Axel l'instant où il quitta le boulot.

— Il était là ?

— Ouais, dit Axel rapidement. J'ignorais qu'il avait décroché un boulot à New York.

— Quoi ? Quel boulot ?

— Il a dit qu'il avait décroché un job de boursier et qu'il déménageait. Il est allé dans le bureau de notre patron et a démissionné.

Hawke déménageait ? Ça n'avait aucun sens !

— Tu es sûr que c'est ce qu'il a dit ?

— Sûr et certain.

— Il t'a semblé comment ?

— Je ne sais pas... un peu silencieux. Tout se passe bien entre vous ? Je lui ai dit que tu essayais de le contacter, mais il m'a dit qu'il t'avait déjà rappelée.

Hawke ne mentait jamais.

— Il faut que j'y aille.

Je raccrochai sans dire au revoir et me rendis chez Hawke aussi vite que possible.

Il y avait un camion de déménagement dehors, et un groupe d'hommes transpirants chargeaient des meubles à l'arrière. En jetant un coup d'œil, je reconnus le mobilier d'Hawke. Le cadre de son lit et ses armoires étaient au fond.

Qu'est-ce que c'était que ce bordel ?

Je grimpai les escaliers quatre à quatre et avançai vers sa porte. Elle était grande ouverte tandis que des déménageurs entraient et sortaient. Sans attendre d'invitation, j'entrai à l'intérieur et vis que tout était vidé, à l'exception de quelques caisses.

— C'est tout ce qui reste ?

Un mec en uniforme empila les caisses sur un diable avant de l'incliner de côté.

— Ouais.

La voix d'Hawke résonna dans le couloir.

— Je m'occupe de les sortir.

Le mec me lança un regard furtif avant de franchir la porte.

Oh mon Dieu !

Hawke entra dans le couloir en portant quelque chose en main. Il avait les yeux baissés au sol, et lorsqu'il les leva enfin et me vit, il s'arrêta net.

Tant de choses tourbillonnaient dans mon esprit que j'ignorais par où commencer.

Il soutint mon regard d'un air inexpressif. Ses yeux étaient complètement vides. Lorsqu'il s'approcha de moi, il sembla sur ses gardes.

— Qu'est-ce que... Je ne comprends pas... Qu'est-ce qui se passe ? demandai-je, tandis que les larmes s'accumulaient dans mes yeux. Je n'ai pas de nouvelles pendant deux jours et maintenant tu déménages ? Pourquoi, bordel ?

Il avait mon journal à la main. Il le serrait entre ses doigts en me regardant.

Quelque chose n'allait pas du tout.

— Mon père a envoyé ma mère à l'hosto. Elle a les os brisés, des dégâts internes... Elle a failli y passer.

— Oh mon Dieu..., dis-je en poussant un cri.

— Je suis allé la voir et... elle veut toujours rester avec lui. Je ne peux plus rester ici. Je ne peux plus rester planté là et la regarder mourir. J'ai fait tout ce que je pouvais pour la sortir de là, mais elle ne veut pas bouger.

Je comprenais à présent.

— Hawke... je suis tellement désolée.

— J'ai décroché un boulot à New York et je m'en vais. Je ne peux pas attendre un jour de plus. Je ne peux plus rester ici.

Comment pouvais-je être fâchée, après tout ce qu'il avait traversé ?

— On pourrait avoir une relation longue distance jusqu'à ce que je termine mes études. Ce n'est qu'à quelques heures d'ici. Je pourrais venir te voir le week-end.

Il baissa les yeux.

Qu'est-ce que ça voulait dire ?

— Ou tu pourrais venir jusqu'ici...

— Francesca, écoute-moi...

Oh mon dieu !

Non.

Ce n'était pas vrai !

— Ma mère est exactement comme toi. Elle se bat pour mon père parce qu'elle croit en lui... et elle ne devrait pas. Tu fais pareil pour moi. Ce n'est pas sain, et tu finiras par en mourir.

— Tu n'es en rien comme lui ! m'exclamai-je.

Sa colère bouillonna.

— Je suis *exactement* comme lui, dit-il en martelant son torse de son poing. Je lui ressemble comme deux gouttes d'eau. Je parle comme lui. Je suis lui.

Il haletait tout en me regardant, les yeux écarquillés.

— Ça commence par un coup innocent et ça devient autre chose. C'est toujours comme ça que ça se passe...

— Combien de fois vais-je devoir te dire que tu as tort ?

Mes larmes devinrent si grosses qu'elles coulèrent sur mes joues.

— Hawke, tu es l'homme le plus formidable que j'aie connu.

Arrête de faire ces suppositions. Ce n'est pas parce que tu es passionné et agressif que tu es violent. Tu contrôles ta colère. Arrête de te rendre coupable par association—

— Je t'aime, dit-il en me regardant dans les yeux. Et je ne peux pas te laisser finir comme ma mère. Je ne peux pas m'y résoudre. Je suis désolé d'avoir entamé cette relation. J'aurais dû te laisser tranquille.

— Pas moi, dis-je en essuyant mes larmes. Je sais que tu es bouleversé, mais couper les ponts avec moi n'est pas la solution.

— C'est la seule solution, dit-il calmement. Je suis un monstre, Francesca. Tu mérites bien mieux que ce que je peux t'offrir.

— Tu es le seul homme de ma vie – pour toujours !

Il ferma les yeux, comme s'il était accablé par la souffrance.

— Hawke, c'est complètement idiot. Ne fais pas ça.

Cette dispute était différente de toutes les autres. Il n'était ni fâché ni agressif. Il semblait vaincu, comme s'il m'avait déjà laissée.

— J'ignorais que j'étais jaloux avant de tomber amoureux de toi. J'ignorais que j'étais possessif avant d'avoir quelqu'un que je ne voulais pas partager. J'ai toujours su que j'étais colérique et violent, mais je ne m'étais pas rendu compte à quel point ça t'affecterait. Si je restais, je n'aurais aucun droit de te dire que je t'aime.

— Ne fais pas ça...

Je reniflai et croisai les bras, complètement perdue.

— J'y suis forcé. Et je ne peux pas garder ça.

Il leva mon journal avant de me le tendre. *Voulait-il vraiment me blesser ?*

— Qu'est-ce que tu fais ?

— Je ne peux pas le garder.

Je le claquai sur sa poitrine.

— C'était un cadeau. Je te l'ai donné pour une raison.

— Mais je—

— Je ne veux que personne d'autre l'ait.

Il le ramena lentement vers lui sans faire mine de me toucher.

— Je dois y aller… les déménageurs m'attendent.

Il me contourna et s'approcha de la porte.

Ça me blessa plus que tout.

Je me retournai pour le regarder.

— C'est tout ? Notre histoire se termine par un simple adieu et un signe de main ?

Il resta de ce côté-ci de la porte, sans franchir le seuil.

— Peut-être que tu ne sais pas ce qu'est cette connexion entre nous, mais moi oui. Je le sais depuis très longtemps, dis-je.

Il se retourna vers moi, ses yeux brillants de larmes.

— Je sais très bien ce que c'est.

— Non, tu ne le sais pas ! Parce que si tu le savais, tu ne me quitterais pas.

Je devenais hystérique, incapable de contrôler les lames qui me perçaient le cœur.

— Je suis désolé…, dit-il en franchissant le seuil.

— Nous sommes des âmes sœurs ! Ne comprends-tu pas ?

Il se figea avant de se retourner. Il ferma les yeux pendant très longtemps, comme s'il souffrait.

— Je sais. C'est pour cette raison que je dois partir. Comment puis-je blesser quelqu'un qui partage mon âme ? Comment puis-je blesser quelqu'un que je suis destiné à aimer ? Je ne laisserai pas ça arriver. Tu finiras par trouver quelqu'un qui t'aime vraiment. Il ne t'aimera peut-être pas comme je t'aime… mais au moins, il ne te fera pas souffrir.

— Tu ne peux pas faire ça…

Il baissa les yeux et refusa de me regarder.

— Tu sais où me trouver si tu as besoin de quoi que ce soit – peu importe combien de temps s'est écoulé.

Mon corps s'affaiblissait. Je me dissipais.

— Adieu, Muffin.

Il se figea de l'autre côté de la porte, comme s'il allait rajouter quelque chose.

Je tombai à genoux et sentis la moquette sous mes doigts. Nous avions fait l'amour à même la moquette plus de fois que je ne pouvais le compter. Cet endroit était empli de souvenirs, tous magnifiques à leur manière. Hawke était devenu une part essentielle de ma vie. Il remplissait ce gouffre insondable qui s'était formé lorsque j'avais perdu mes parents. Et maintenant qu'il n'était plus là, tout s'en échappa à nouveau. J'éclatai comme une fenêtre brisée. Je me fracturai comme un os cassé.

Lorsque je ne prononçai pas un mot, il sortit et referma la porte derrière lui. J'entendis le verrou cliquer en se refermant, l'excluant pour toujours de ma vie. J'entendis ses pas tandis qu'il s'éloignait dans le couloir. Je les écoutai comme s'ils étaient un radeau de survie. Ils étaient mon dernier lien avec lui, avant qu'il ne disparaisse pour toujours.

Puis, le silence.

DU MÊME AUTEUR

J'espère que vous avez aimé lire LUNDI autant que j'ai aimé l'écrire. J'apprécierais énormément que vous preniez le temps d'écrire votre commentaire. C'est le meilleur soutien que vous puissiez apporter à un auteur. Un tout grand merci.

Est-ce vraiment terminé entre Hawke et Francesca ? Ou reste-t-il encore de l'espoir ? Découvrez-le dans le tome suivant de la série, MARDI.

À PROPOS DE L'AUTEUR

Vous souhaitez me suivre partout ?

Souscrivez à ma lettre de diffusion pour recevoir des infos sur mes nouvelles parutions, des petits cadeaux et ma newsletter mensuelle cocasse. Vous recevrez tous les ragots croustillants du moment. Abonnez-vous dès aujourd'hui.
www.eltoddbooks.com

Facebook :
https://www.facebook.com/ELTodd42

Twitter :
@E_L_Todd

Maintenant que vous n'avez plus aucune raison de ne pas me suivre, qu'attendez-vous pour vous inscrire ?
Je sais que j'ai la chance d'avoir de super fans ! Vous savez, le genre qui sauterait d'une falaise pour moi. Ils me soutiennent de tout leur cœur. Ils adorent mes livres et adorent en parler autour d'eux. Leur objectif est de me voir apparaître sur la liste des best-sellers du New York Times et ils ne reculeront devant rien pour y parvenir. Même si c'est beaucoup d'efforts, c'est

également très fun. Quel meilleur moyen de créer des amitiés que de se lier aux gens qui aiment les mêmes choses que vous ?

Êtes-vous l'un de ces supers fans ?

Si c'est le cas, envoyez-moi une demande pour rejoindre le groupe Facebook. Il est fermé, donc vous aurez du mal à le trouver sans le lien, que voici :

https://www.facebook.com/groups/1192326920784373/

J'espère vous y rencontrer, L'ÉLITE !

23242031R00209

Printed in Poland
by Amazon Fulfillment
Poland Sp. z o.o., Wrocław